KB078298

FUSION FANTASTIC STORY
미더라 장편 소설

괴짜 변호사 : 악마의 저울 7

미더라 장편 소설

초판 1쇄 찍은 날 § 2015년 9월 3일
초판 1쇄 펴낸 날 § 2015년 9월 10일

지은이 § 미더라
펴낸이 § 서경석

편집책임 § 이창진

펴낸곳 § 도서출판 청어람
등록번호 § 제387-1999-000006호
등록일자 § 1999. 5. 31
어람번호 § 제1-2218호

주소 § 경기도 부천시 원미구 부일로 483번길 40 서경B/D 3F (우) 420-822
전화 § 032-656-4452 팩스 § 032-656-4453
http://www.chungeoram.com
E-mail § chungeorambook@daum.net

ODD LAWYER

Devil's Balance

괴짜 변호사
악마의 저울

⟨7⟩

도서출판 청어람

FUSION FANTASTIC STORY

미더라 장편 소설

CONTENTS

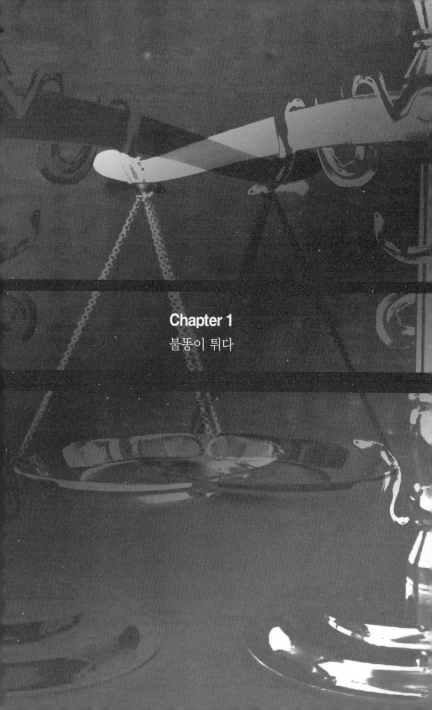

Chapter 1
불똥이 튀다

혁민은 계속해서 사람들과 만나려 했지만 쉽지 않았다. 만남 자체를 꺼려서 번번이 허탕 치기가 일쑤였다. 혁민은 위지원 변호사와 함께 소방서에 왔다가 퇴짜를 맞았다. 본인이 만나지 않겠다는데 어쩌겠는가.

 하지만 혁민은 아직 끝난 게 아니라고 다른 아이디어를 이야기하면서 위지원 변호사와 함께 걸어갔다. 그렇게 주차해 놓은 차가 있는 곳으로 걸어가고 있었는데, 뒤에서 누군가가 부르는 소리를 들었다.

 "변호사 양반, 잠깐 이야기 좀 합시다."

 혁민이 뒤를 돌아다보니 박경민이 그냥 보아도 불만이 있다는 표정을 한 채 서 있었다. 혁민은 위지원 변호사에게 먼저 차에 가 있으라고 하고는 이야기를 나눴다.

"무슨 일입니까?"

"당신, 뭘 원하는 거요?"

혁민은 무슨 말을 하느냐는 투로 되물었다.

"오히려 내가 묻고 싶은 말이군요. 도대체 뭘 그렇게 숨기려고 하는 겁니까?"

"숨기려고 한 적은 없어. 알리고 싶지 않았을 뿐이지."

"그게 그거 아닌가요? 별반 다르게 보이지 않습니다만."

박경민은 한숨을 내쉬었다.

"우리라고 이러고 싶은 줄 알아? 이건 어쩔 수가 없는 일이라고. 당신은 이런 게 우리를 얼마나 힘들게 할지 알기나 해?"

박 소방관은 피해를 보는 건 자신들이라고 이야기하면서 으르렁거리듯 말했다.

"다른 건 문제 삼지 않을 거요. 대신 내부적인 문제는 건드리지 마쇼. 그게 모두를 위해서 좋은 일이니까."

"모두를 위해서?"

"그래. 모두를 위해서. 아마 그 친구도 하늘에서 그러길 바라고 있을 거요."

혁민은 코웃음을 쳤다.

"나 원, 이건 참. 저기 박경민 씨. 우리 캐릭터는 분명하게 합시다."

"캐릭터?"

박경민은 갑자기 웬 캐릭터 타령이냐며 어리둥절한 표정을 지었다.

하지만 혁민은 여전히 냉랭한 표정으로 말을 이었다.

"주인공은 주인공다워야 하는 거고, 악당은 악당다워야 하는 거 아닌가? 뭐가 모두를 위해서라는 거야? 자기 편하자고 그러면서 그런 식으로 포장하면 마음이 좀 편해지나?"

"뭐야? 이 사람이! 당신이 뭘 안다고 그딴 식으로 지껄여?"

박경민은 버럭 화를 내면서 혁민의 멱살을 잡았다.

"이봐, 변호사 양반! 당신이야 사건만 마무리되면 끝이겠지만, 우리는 그때부터가 시작이라고. 당신은 아무것도 몰라. 당신은 모른다고!!"

박경민은 얼굴을 붉히면서 언성을 높였다. 그리고 이를 갈면서 멱살을 잡은 손에 더욱 힘을 주었다. 이대로 번쩍 들어 올리기라도 하겠다는 듯이. 하지만 그의 시도는 무산되고 말았다. 혁민이 그의 손을 꽉 쥐고는 힘을 주어 뿌리쳤기 때문이었다.

손을 홱 뿌리치자 순간적으로 박 소방관은 중심을 잡지 못하고 비틀거렸다. 그사이에 혁민은 잡혔던 부분을 손으로 툭툭 털면서 말했다.

"당연히 나야 잘 모르지. 그쪽 사정이야 나보다는 당신이 더 잘 알 테니까. 하지만 그런다고 뭐가 달라지나? 어차피 문제는 그게 아닌데."

"문제? 당신이 지금 일으키고 있는 평지풍파 말고 또 무슨 문제가 있는데?"

"문제가 뭔지도 모른다는 거. 그리고 그게 당연하다고 생각하는 거."

혁민의 말에 박 소방관은 기가 찬다는 듯 대꾸했다.

"당신이 그렇게 잘 알아? 모르는 게 없는 사람같이 구는구만. 공부 좀 잘하고 변호사 되니까 세상일이 그렇게 우습게 보여? 우습게 보이냐고!!"

혁민은 박경민에게 다가서면서 말했다.

"나는 복잡하다는 게 이해가 잘 안 되더라고. 문제는 간단한 거 아닌가? 필요한 장비가 제대로 지급되지 않는다는 거. 그게 바로 문제지. 그게 가장 핵심 아닌가?"

혁민의 질문에 박경민은 움찔했다. 바로 그게 핵심이긴 했다. 모든 문제가 거기서부터 시작되었으니까. 하지만 박경민은 그게 전부가 아니라고 생각했다. 그래서 인상을 쓰면서 대꾸했다.

"그게 그렇게 간단한 건 줄 알아? 세상일이 그렇게 단순하지가 않다고. 당신 같은 사람을 몰라. 이게 얼마나 복잡하고 어려운 문제인지."

"문제를 복잡하게 만드는 건 당신 같은 사람들이지. 문제를 자꾸만 회피하려고만 하니까 해결이 되지 않고 자꾸만 복잡해지잖아. 아닌가?"

"그게 무슨……."

"이런저런 핑계 대고 있지만, 결국은 내가 힘드니까 어려운 길을 가기 싫다는 거잖아. 안 그런가?"

혁민의 말에 박경민은 흠칫 놀랐다. 마음속으로는 아니라고 외치고 싶었지만, 가슴 한구석이 서늘해졌다. 심장이 저릿저릿한 느낌.

혁민은 그런 박경민을 보면서 앞으로 다가서면서 말했다.

"원래 문제는 아주 간단한 법이지. 그리고 말이야, 그걸 해결하는 방법도 사람들은 알고 있어. 하지만 대부분 그걸 외면하지. 왜냐고? 다 아는 그 방법은 대개 너무 힘들고 어렵거든."

"웃기지 마! 당신이 뭘 안다고 그래?"

박 소방관은 도리질 치면서 뒤로 조금 물러서다가 이내 성을 내면서 대들었다.

"외부인이 뭘 안다고!! 당신이 이러지 않아도 그 녀석 가족은 우리들이 챙겨줬을 거라고. 당신이야 지금 당장 도움을 주는 것뿐이지만, 우리는 애가 클 때까지도 옆에 있어줄 거야. 당신이 그럴 수 있을 것 같아??"

혁민은 절레절레 고개를 저였다.

"옆에만 있어주면 다 되는 건가? 생활비 좀 보태주고?"

"그게 어디 쉬운 일인 줄 알아?"

"물론 그것만 해도 쉽지 않은 일이지. 하지만 그 유족들이 정말 원하는 게 그걸까?"

혁민은 유족들은 지금 돈 때문에 이러는 게 아니라고 이야기했다.

"바꾸자는 거지. 이런 일이 다시는 일어나지 않게. 정 소방관도 그것 때문에 그렇게 행동한 거 아닌가? 이런 불상사가 일어나지 않기를 바라면서 말이야. 유족들은 정 소방관의 그런 마음이, 의지가 계속되기를 바라는 거라고."

혁민은 정 소방관은 이런 비극이 누구에게도 찾아올 수 있으니 그걸 막기 위해서 애쓴 거라고 말했다. 그리고 유족들도 그런 걸 알고서 더욱 소송에서 모든 게 밝혀지기를 바라는 거라고 했다.

잠시 침묵이 흘렀고 혁민은 마음을 추스른 후 차분하게 말했다.

"잘 생각해 보세요. 뭐가 더 중요한 건지."

그렇게 말하고 혁민은 자리를 떴지만, 박경민은 한동안 움직이지 않았다. 석상이 된 것마냥 그 자리에 우두커니 서 있었다. 그리고 힘없이 중얼거렸다.

"나도 그러려고 이러는 거라고. 나도 마찬가지라고."

*　　　*　　　*

혁민은 집 앞에서 이동은을 기다렸다. 퇴근하던 이동은 소방관은 혁민을 보고는 흠칫 놀란 표정이 되었다.

"뭘 그렇게 놀라십니까? 죄지은 거 있으세요?"

"아니, 뭐… 그런 게 아니라……."

완전히 자기 생각으로 꽉 찬 사람이야 그러지 않겠지만, 이동은은 그렇게까지 막힌 사람은 아니다. 그러니 아무리 본인은 아니라고 해도 의식 한구석에는 켕기는 게 있게 마련이다.

그래서 몸이 저절로 반응하는 것이고.

"길게 얘기하지 않겠습니다. 정 소방관이 왜 그렇게 교체를 요구하고 적극적으로 나섰는지는 아시죠?"

당연히 비극적인 일이 생기지 않게 하려고 한 것이다. 목숨이 달린 일 아닌가. 그러니 그렇게 애를 쓴 것이다.

"우리도 마찬가지야. 우리도 그걸 해결하려고……."

"예산 배정하는 데 잘 보여서요? 윗사람들하고 친분을 쌓아서요?"

혁민은 고개를 저었다.

"그런 식으로 해서 바뀌지 않아요. 그리고 조금 바뀌어봐야 뭐가 달라집니까?"

혁민은 잘 생각해 보라고 했다.

"그 사람이라고 그렇게 하면 문제가 생길 거를 몰랐을까요? 어렵고 힘든 길인 걸 몰랐을 리가 없어요. 당연히 알았을 겁니다. 그럼에도 계속 요구했어요. 왜 그랬을까요?"

이동은은 조용히 혁민의 말만 듣고 있었다.

"그래야만 바뀔 거라는 걸 알았으니까."

혁민은 왜 자꾸 피하려고만 하는지 모르겠다고 이야기했다.

"그래, 당신은 모르겠지."

"당연히 모르죠. 제가 어떻게 알겠습니까. 하지만 아는 것도 있죠. 그러지 않기 위해서 애쓴 사람도 있다는 거."

혁민은 그 이야기를 하고는 뒤로 돌아섰다.

"생각해 보세요. 고인이 왜 욕을 먹으면서까지 그렇게 해왔는지. 그리고 과연 그게 그렇게 욕을 먹을 만한 일이었는지."

이제 내일이 마지막이었다. 내일 변론을 마치면 판사가 결정할 테니까. 그래서 마지막으로 이야기하러 온 거였다.

"생각해 보시고 마음이 하는 말에 따르세요. 제가 할 말은 다 했습니다."

그렇게 말하고 혁민은 앞으로 걸어갔다. 나오지 않을 경우도 가정해서 전략을 짜기는 했지만, 그래도 나와주기를 바랐다. 그래야 승산이 더 높았으니까. 혁민은 뒤돌아보고 싶은 마음을 꾹 참으면서 앞으로 걸었다.

이제는 뒤돌아보고 그럴 시점이 아니었다. 앞으로만 달려갈 그런 때였다.

그리고 다음 날, 혁민과 위지원 변호사와 함께 법정으로 향했다.

"이런 거는 정말 속속들이 다 밝혀내서 적극, 소극에 위자료까지 탈탈 털어내야 하는 건데……."

위지원 변호사는 이런 경우에는 국가가 왕창 배상해야 한다고 주장했다. 혁민은 빙긋 웃었다. 심정적으로는 응원하고 싶은 말이었지만, 현실과는 동떨어진 이야기였다.

대한민국의 민법은 원상회복주의와 금전배상주의를 원칙으로 하고 있다. 손해가 발생한 경우 원래대로 되돌려 놓아야 한다는 것이 원상회복주의이다. 그리고 그것이 불가능하거나 어려울 경우 손해 정도를 화폐 가치로 환산해서 배상해야 한다는 게 금전배상주의이다.

그래서 적극적 손해와 소극적 손해, 그리고 정신적 손해까지 모두 돈으로 배상하는 것이다. 적극적 손해는 피해로 인해서 나갔거나 나갈 금액. 소극적 손해는 피해가 없었더라면 얻을 수 있었던 금액. 정신적 손해는 흔히 말하는 위자료를 이야기한다.

"사실 이게 상당히 문제가 있지. 있는 사람들에게는 아주 미미한 정도의 금액이거든. 그래서 같은 문제가 계속해서 반복되는 것이고."

"맞아요. 그렇다고 법을 다 뜯어고칠 수는 없는 일이니까 징벌적 손해배상 제도를 도입하는 게 가장 좋을 것 같아요."

위지원 변호사는 최근 징벌적 손해배상 제도를 자주 언급했다.

'하기야 지금 그것만큼 효과적인 제도도 없긴 하지.'

불법행위를 통해서 얻을 수 있는 이익이 손해배상액이나 과징금보다 훨씬 큰 경우가 많다. 그래서 일단 불법을 저지르고 나서 걸리면 벌금을 내는 식이 되는 것이다.

법이 왜 존재하겠는가. 죄를 처벌하는 목적도 있지만, 예방하자는 목적도 있는 것이다. 그런데 이익이 훨씬 크니 예방 효과가 전혀 없는 것이다. 그래서 그런 범죄를 막고자 징벌적 손해배상 제도가 꼭 필요하다는 거였다.

"하지만 쉽지 않겠지. 반대가 굉장할 테니까."

"그럼요. 어차피 법을 만들고 거기에 영향을 줄 수 있는 사람들이 그 제도를 전부 싫어할 테니까요."

그래서 요원한 거였다. 그런 걸 이겨내고 제도를 도입하기 위해서는 국민적인 공감대가 필요했다. 그런 분위기가 형성되면 국회에서도 수수방관하지 못할 테니까.

"그것도 선거 때가 다가오는 시점이 아주 좋지. 그럴 때면 무슨 짓이라도 하려고 하니까."

"맞아요. 선거 다가오면 이거저거 뭔가 많이 하잖아요."

씁쓸한 이야기였지만, 그게 현실이었다. 그렇게 이야기를 하는 사이 둘은 법정에 도착했다. 혁민은 도착해서는 가장 먼저 증인이 왔는지 둘러보았다. 내심 기대를 했지만, 역시나 혁민이 신청한 증인은 나오지 않았다.

"오늘도 나오지 않을 생각인가 보네요. 에휴, 정말 너무들 하네."

"괜찮아. 나오지 않는 것도 생각했으니까."

"그래도 좀 그래요. 나왔으면 훨씬 편했을 텐데."

위지원 변호사는 입을 삐죽 내밀었다. 그 모습을 보자 혁민은 불편했던 마음이 조금 진정됨을 느꼈다.

"자, 마지막이니까 잘해보자고."

재판장이 들어오고 법정에서 공방이 다시 시작되었다. 역시나 강윤태는 관리 소홀이라는 주장을 펼쳤다. 어디에도 혁민의 주장을 뒷받침할 만한 증거가 없다고 하면서.

혁민은 정황 증거를 내세우면서 주장을 펼쳐 나갔지만, 아무래도 증거 부족으로 그렇게 힘을 받지는 못했다.

"본 적이 없습니다."

혁민은 출석한 증인을 대상으로 질문을 던졌지만, 대답은 한결같았다. 고인이 장비 교체를 요구하는 걸 본 적이 없다는 거였다.

혁민도 이해는 되었다. 지자체 높은 사람에게 찍혀서 소방서가 발칵 뒤집혔다는 걸 들었으니까. 이번에도 그럴까 봐 조심하는 것이다. 잘못하면 어떤 누명을 덤터기를 쓰고 비참한 꼴이 될지 모르는 일이니까.

없는 비리도 엮으려고 하면 얼마든지 만들 수 있는 게 권력이다. 오죽하면 어떻게 할지를 먼저 정해놓고 죄를 거기에 맞춰서 만든다고까지 하겠는가.

'이렇게 끝인가? 이번에는 생각대로 안 될 수도 있겠는데? 아니, 그렇게 될 확률이 더 높겠어.'

최선을 다했지만, 강윤태도 워낙 뛰어난 변호사라 상대하는 게 벅찼다. 증인이나 증거만 정상적이더라도 어떻게 해볼 수 있겠는데, 그런 걸 아예 차단해 버리니 어떻게 해볼 방법이 없었다.

혁민은 그렇게 생각하면서 자리로 돌아오려는데 그의 눈에 법정의 문이 열리는 게 보였다. 그리고 남자가 조용히 걸어 들어왔다. 이동은 소방관이었다. 그는 머뭇거리면서 맨 앞으로 다가오더니 마중 나온 혁민에게 속삭였다.

"하아~ 이거 참. 마음속에서 자꾸 가보라고 해서 말이에요. 이거 잘하는 짓인지 모르겠네."

혁민은 그 말이 천상에서 노래를 부르는 천사의 목소리보다도 아름답다고 느껴졌다.

*   *   *

이동은 소방관은 이곳에 온 사실이 불편한지 계속해서 안절부절못했다. 하지만 다른 한 명은 끝내 나타나지 않았다.

"저는 만약 증인으로 누가 온다면 저분 말고 여기 오지 않은 분이 올 줄 알았는데……."

"나도 그러지 않을까 했는데 말이지. 그래도 더 친했다고도 하고, 소방서에서 나왔으니까 얽매이는 것도 없을 테고 하니까."

이래서 사람의 일이란 모르는 것이라고 하는 모양이었다. 그래도 이동은 소방관이 와주어서 혁민은 정말 든든했다. 여기 오기까지 얼마나 고민을 했겠는가. 사실 여기에 증언을 하러 오면 내부적으로는 왕따당할 수도 있다.

하지만 고민이 깊은 만큼 결심 또한 확고하게 된다. 그는 오늘 모든 것을 이야기할 각오를 하고 온 것이다. 그렇게 된다면 재판의 양상은 지금까지와는 다르게 바뀔 것이다. 찾아온 기회를 확실히 잡아채기 위해서 혁민은 마음의 준비를 하고는 자리에서 일어섰다.

"화면을 봐주시기 바랍니다."

혁민은 자료 화면까지 준비했다. 시간이 지나면 이런 식으로 재판에 자료 화면이나 영상을 활용하는 것이 너무나도 당연했지만, 현재는 모든 재판에서 활용하고 있는 건 아니었다.

'하지만 잘 활용하면 그만큼 효과적이지. 그리고 정말 많이 만들어봐서 제법 만들 줄 알기도 하고 말이야.'

혁민은 준비를 하면서 예전 생각이 많이 났다. 같은 내용이라도 어떤 식으로 꾸미고 배치하느냐에 따라서 효과가 완전히 다르다. 프레젠테이션 자료를 만드는 전문가가 따로 있고, 고수익을 올리는 것은 다 이유가 있어서 그런 것이다.

혁민이야 변호사인데 그런 걸 잘했을 리가 있겠는가. 미술적인 감각도 없고 그저 법만 들이판 사람인데 말이다. 하지만 미래에는 그런 걸 못하면 변호사 세계에서 살아남을 수가 없었다. 그래서 잘 만든 걸 보고 따라 하기도 했고, 실력 있는 사람에게 배우기도 했다.

덕분에 전문가 수준까지는 아닐지라도 괜찮다는 소리 정도는 들을 수준은 되었다. 나중에도 그 정도였는데, 그런 개념 자체가 희미한 지금은 어떻겠는가. 단순한 글자와 사진을 나열한 것 이상은 보기 어려웠다. 잘 다듬고 꾸민 혁민의 자료와는 비교가 되지 않았다.

'때깔이 다르다니까.'

혁민은 자신이 만든 자료에 만족하면서 증인 앞으로 조금 걸어갔다. 그리고 화면을 가리키면서 물었다.

"저기 보이는 장비가 누구 건가요?"

"제 장비입니다."

사진에는 불에 타서 곳곳이 검게 변한 방화복과 여기저기 녹은 헬멧의 사진이 보였다. 배경을 어두운색으로 해서 사진이 더욱 도드라지게 보이도록 했는데, 판사도 심각한 표정으로 사진을 보았다.

"현장에서 화재 진압을 하다 보면 저렇게 되나 보군요."

"예. 화재가 심각하면 심각할수록 그렇습니다. 화재 현장은 정말 말로는 표현할 수 없는 그런 곳이니까요."

혁민은 화면을 넘겼다. 헬멧이 확대된 사진이었는데, 불에 일부분이 녹은 헬멧에 랜턴이 달려 있었는데, 랜턴은 아주 새것이었다.

"헤드 랜턴은 신상품인 것 같군요. 헬멧과는 어울리지 않는 것 같은데 어떻게 된 건가요?"

"헤드 랜턴은 제가 따로 산 겁니다."

"지급된 게 망가져서 그런 건가요?"

"그건 아니고… 받지를 못했습니다."

혁민은 깜짝 놀라는 시늉을 하면서 되물었다.

"제가 말입니다, 화재 현장에 관해서 잘 아는 건 아니지만, 헤드 랜턴은 꼭 필요한 장비 같은데요? 불이 난 건물 안으로 들어가려면 말입니다. 화재 현장에 불이 켜져 있을 리도 없지 않습니까? 아닌가요?"

이동은은 씁쓸한 표정으로 대답했다.

"맞습니다. 현장에서는 시야가 확보가 아주 중요하거든요.

그래서 헤드 랜턴은 꼭 필요합니다. 그래서 어쩔 수 없이 사서 부착했습니다."

상식적으로 생각해 봐도 그렇지 않겠는가. 자욱한 연기가 사방에 가득한 곳이다. 랜턴이 있어도 시야 확보가 어려운 곳인데 랜턴도 없이 들어간다? 그건 그냥 장님이나 마찬가지인 셈이다.

"그러면 노후한 장비나 부족한 장비에 관해서는 어떻게 합니까?"

"달라고 신청은 하는데 대부분은 예산 부족이라서……."

혁민은 갑자기 손을 들어 올렸다. 그리고 일부러 발소리를 내면서 증인에게 걸어갔다. 시선을 모으고 주의를 한번 환기시키기 위해서였다.

"잠깐만요. 신청을 하셨다고 분명히 이야기하셨죠?"

"예. 그렇습니다."

"혹시 본인만 그런 건가요? 아니면 다른 소방관들도 그런 건가요?"

"음… 사실 말해봐야 소용없다는 걸 대부분 알고 있어서 그냥 구두로 물어보고 마는 경우가 대부분이긴 합니다. 그래도 서류로 올리는 사람도 있습니다."

혁민은 자세를 틀어서 몸이 판사를 향하도록 만들었다. 그리고 자료를 보면서 말을 이었다.

"고인이 된 정한준 소방관의 경우도 그런 요구를 한 적이 있습니까?"

"예. 그렇습니다."

"직접 본 사실입니까?"

"예. 직접 보기도 했고, 이야기를 들은 적도 있습니다."

신문이 진행될수록 판사의 표정은 심각해졌고, 강윤태의 표정은 굳어갔다. 신문을 진행하다가 혁민은 자신의 자리로 가서 다른 서류를 집어 들었다.

"지금 일부 장비에 문제가 있다고 하던데 사실입니까?"

"정확한 건 모르겠지만, 문제가 있는 것 같습니다."

"왜 그렇게 생각하셨습니까?"

"같은 현장에 있었는데, 어떤 장비는 괜찮았는데, 다른 장비에는 문제가 있었기 때문입니다."

"똑같은 장비였는데 말이죠?"

"그렇습니다."

혁민은 그런 장비가 한두 개가 아니며 정 소방관의 공기 흡입기도 그중 하나였다고 이야기했다. 이상한 점은 그 공기 흡입기를 증거로 요청하자 소방서에서는 장비가 없어졌다고 한 점이었다.

이동은 소방관이 있는 그대로를 이야기해 주자 혁민도 이야기를 풀어나가기가 쉬웠다. 그래서 거침없이 질문을 던졌다.

"이런 내용도 분명히 보고했다고 했습니다. 맞습니까?"

"맞습니다. 장비에 문제가 있는 것 같다고 저와 정한준 소방관이 보고했습니다. 특히 공기 흡입기 같은 경우에는 현장에서 문제가 생길 수도 있으니 시급하게 교체를 해달라고 했습니다."

"그렇다면 그런 요구가 지자체에 올라가지는 않은 건가요?"

"올라가기는 했지만, 예산이 없다고 했다는 말을 들었습니다."

혁민은 고개를 절레절레 흔들었다. 장비의 가격이 정확하게 얼마나 하는지는 모른다. 그리고 지자체도 예산을 편성하다 보면 써야 할 곳이 많을 것이다. 하지만 소방관의 생명을 지켜줄 장비에 배정될 예산은 우선순위에서 한참 아래일 것 같다는 생각이 들었다.

'선거에서 점수 딸 그런 데 쓰일 예산이나 판공비가 우선이겠지.'

혁민은 아마도 정말 쓸데없는 곳에 들어가는 그런 금액만 줄여도 소방관 장비 정도는 해주고도 남을 것이라고 생각했다. 혁민은 슬슬 마무리를 해야겠다고 생각했다.

"화재 현장은 어떻습니까? 장비를 하고 있으면 안심이 되나요?"

이동은 소방관은 묘한 웃음을 입에 달고는 말했다. 마치 현장이 어떤 곳인지는 아무도 모를 것이라는 그런 표정이었다.

"현장에 가면 여러 일을 겪고 보게 됩니다. 고열에 쇠가 녹아내리는 걸 보면 섬뜩하죠. 과연 내 장비가 저 열기를 견딜 수 있을까 하고요."

그는 잠깐 말을 멈추었다가 다시 시작했다.

"겪어보지 않은 사람들은 모릅니다. 화재 현장 안이 어떤 곳인지. 지옥이 있다고 하면 아마도 그곳과 비슷할 겁니다. 불길을 악마의 혓바닥이라고 하기도 하는데 저는 참 어울리는 말이라는 생각이 들더군요."

이동은 소방관은 가끔은 동료들하고 농담처럼 이야기하는데, 자신들은 결국 현장에서 죽을 거라고 말한다고 했다.

"몇 시간 화재 진압을 하고 나면 땀으로 목욕을 하게 됩니다. 목욕이라… 더 적당한 단어가 생각나지 않네요. 몇 시간 그러고 나면 몸무게가 몇 킬로 빠질 때도 있죠."

계속 겪어와서 별거 아니라는 듯 이야기를 해서 혁민은 더욱 마음이 좋지 않았다. 그런 사람들인데 장비조차 제대로 챙겨주지 못해서 너무나도 미안했다.

"현장에 들어가실 때 두렵지는 않으십니까?"

"소방관도 사람인데 왜 무섭지 않겠습니까. 하지만 그게 우리 일이고 숙명이니까요."

이동은 소방관은 그렇게 대답하고는 침통한 표정이 되었다. 떠나간 동료가 떠오르는 모양이었다.

혁민은 미안한 감정을 담아서 질문했다. 사건과는 관련이 없는 질문이라 이의가 나올 법도 했지만, 그러지 않았다.

"앞으로도 이 일을 계속하실 겁니까?"

"저는 계속할 겁니다. 제 일이니까요. 하지만 제 자식에게 시키고 싶지는 않습니다."

법정 안은 무거운 공기로 가득 찼다. 미망인은 이야기를 듣다가 감정이 복받쳤는지 눈물을 흘리고 있었다. 법정이라서

크게 소리는 내지 못하고 흐느끼는 미망인의 모습이 더욱 안
쓰럽고 측은하게 보였다.

＊　　　＊　　　＊

"이제 판결만 남은 거로군. 어떤가?"

"어려울 것 같습니다. 제가 판사라면 배상 판결을 내릴 것
같습니다."

하치훈의 말에 강윤태는 특별한 감정을 보이지 않고 대답했
다. 하치훈도 이미 보고를 받은 것인지 그냥 고개를 끄덕이기
만 했다.

"그런데 그런 것치고는 표정이 무척 편안해 보이는군. 신경
도 많이 쓴 사건이라고 들었는데 말이야."

"제가 할 수 있는 건 다 했으니까요. 그 이상은 제가 어떻게
할 수 있는 영역이 아닙니다. 거기까지 신경 쓰는 건 시간 낭
비죠."

소송에서 지고 마음 편할 변호사는 한 명도 없을 것이다. 강
윤태와 같이 엘리트 코스를 밟아온 사람이라면 그런 면이 더
강할 것이다. 실제로도 강윤태는 소송에서 지고 나면 그날 식
사를 거르고 자신의 방에서 사건 기록을 다시 검토했다.

왜 졌는지를 분석하고 다른 방법은 없었는지 찾는 거였다.
식사를 거르는 건 자신에게 벌을 주는 거였고. 그래야만 발전
할 수 있다고 생각해서 그렇게 행동해 왔다.

하지만 이번 사건은 조금 예외적인 사건이었다.

일단 혁민에게는 도전하는 마음이었다. 그는 자신보다 앞서 나가고 있었고, 자신은 계속해서 뒤를 따라갔다. 그래서 챔피언에게 도전하는 도전자의 마음으로 소송에 임했다.

그렇다고 소송에 소홀히 했다거나 주눅이 들었다거나 한 게 아니다. 오히려 더 완벽하게 준비하려고 애썼다. 그만큼 자신이 인정하는 상대였으니 자신을 더 추스르고 결전을 준비한 것이다.

'이제는 많이 따라잡았다고 생각했는데…….'

그렇게 생각했다. 정말 격차가 거의 없을 거라고. 하지만 법정에서 붙어보니 아직은 아니었다. 혁민은 법리적인 치밀함이나 기발함도 여전했지만, 그걸 더욱 보완하는 다른 것까지 두루두루 갖추고 있었다.

강윤태는 만약 혁민이 미국에서 변호사 생활을 한다면 한국에서보다 더욱 빛날 것이라는 생각이 들었다. 화법이나 태도도 그렇고 화면을 활용하는 능력도 그렇고. 배심원을 상대로 한다면 훨씬 더 큰 효과를 볼 것으로 생각되었다.

'하지만 판사도 사람이지. 더구나 혁민은 판사의 리걸 마인드와 인간적인 감정을 잘 생각해서 공략하고 있어.'

그냥 감정적으로만 호소하는 건 판사에게 잘 먹히지 않을 가능성이 높았다. 재판하면서 그런 걸 얼마나 많이 경험했겠는가. 하지만 혁민은 그것보다 한 차원 위의 능력을 보여주고 있었다.

예전에는 몰랐었는데, 이제는 조금 알 것 같았다. 혁민은 상대에 맞추어 자신의 주장을 펼치고 있었다. 몰아세우고 달래고 감정을 끌어 올리고 법리적인 부분을 강조하고.

정교한 전략에 따라서 움직이는 것처럼 느껴졌다. 가만히 되짚어 생각을 해보니 그랬다. 먼저 법리적인 부분으로 밑바탕을 쌓은 다음에 그게 단단해지면 차근차근 다른 걸 쌓아 올렸다.

'재판을 받을 때는 그냥 되는대로 상황에 따라서 하는 줄 알았는데 그게 아니야. 기분파이고 즉흥적인 사람이라고 생각했는데 엄청나게 계산적이고 정교한 전략을 세우고 움직이는 사람이었어.'

사실 강윤태가 생각하는 것처럼 혁민이 계산하고 전략을 세운 다음에 움직이는 건 아니었다. 아무런 작전 없이 움직이는 건 아니었지만, 강윤태가 그렇게 느끼는 건 그런 약간의 오해라고 할 수 있었다.

그냥 몸에 밴 거였다. 지금이야 그런 게 필요 없을지 몰라도 변호사가 먹고살기 힘들어진 미래에는 점점 변호 기술이나 전략이 중요해졌다. 그런 상황을 숱하게 경험했던 혁민이라 그런 게 몸에 완전히 붙어 있었다. 마치 습관처럼 말이다.

"알았네. 그리고 조만간 내가 여자를 한 명 소개할까 하는데……."

이미 강윤태의 아버지인 강진명과는 이야기가 어느 정도 된 후였다. 명현그룹과 인연을 돈독하게 하려는 하치훈의 생각과

법조계의 명문가와 인연을 맺어서 나쁠 게 없다는 강진명의 생각이 서로 맞닿아서 나온 결과였다.

강윤태는 만나는 보겠다는 소극적인 대답을 하고는 하치훈의 방에서 나왔다. 그러면서 사무실에서 일하고 있는 율희의 뒷모습을 바라보았다.

'율희같이 편안한 여자라고 하면 괜찮겠지. 그나저나 율희하고 혁민이가 만나는 사이였다니. 참 묘한 인연이라고 해야 하나?'

강윤태는 둘이 결혼하면 어느 쪽에다가 부조해야 하는가 하는 쓸데없는 고민을 하면서 걸어갔다.

'그래도 연수원 동기인 혁민이한테 해야 하나?'

그리고 강윤태가 생각하는 당사자인 혁민은 같은 시각 윤종연 PD를 만나고 있었다.

"그래, 이번에는 또 무슨 소스를 주려고?"

혁민만 만나면 뭔가 재미있는 일이 터져서 잔뜩 기대하고 나온 윤종연 PD였다. 하지만 이번에는 기대했던 것과는 조금 다른 말을 듣게 되었다.

"방송 관련된 일이 아니구요, 아니다. 방송하고 아예 관련이 없다고는 할 수 없는 건가?"

혁민의 말에 윤종연 PD는 고개를 갸웃거렸다. 방송 관련된 일이 아니라면 굳이 자신을 찾을 일이 없을 것 같다는 생각에서였다.

하지만 혁민은 웃으면서 말을 계속했다.

"사람을 한 명 소개해 주십사 해서요."

"어떤 사람?"

"제가 알아보니까 이분하고 아주 막역하시다면서요?"

혁민은 한 사람의 프로필을 보여주었다. 윤종연 PD는 사진을 보자마자 바로 웃음부터 터뜨렸다.

"이 친구야 어렸을 때부터 잘 알지. 중고등학교에다가 대학까지 같이 다녔으니까. 군대도 비슷하게 다녀왔고."

PD는 고개를 갸웃거렸다.

"그런데 이 친구는 왜? 뭐 사려고? 아니면 물건을 좀 알아보려는 건가?"

"아니요. 뭘 사려는 건 아니고 상의를 할 일이 좀 있어서요. 다리 좀 놔주세요."

"뭐, 다리 놔주는 거야 어렵지 않지. 그런데……."

PD는 은근히 기대하는 표정으로 몸을 조금 숙이면서 혁민에게 속삭였다.

"이번에는 뭔데?"

혁민은 슬쩍 눈치를 보다가 말을 흐렸다.

"아직은 이야기 할 단계는 아닌 것 같기는 한데……."

"그래? 자네가 그 정도 이야기를 하는 걸 보면 이번에도 물건인가 보구만."

혁민의 말에 윤종연 PD는 애가 탔다. 혁민이 이런 식으로 이야기하는 걸 보니 분명히 무언가 구미가 당기는 건수임이

틀림없었다.

사실 혁민은 재판에서의 결과와는 상관없이 일이 그런 상태로 마무리되는 것이 영 마음에 들지 않았다. 그래서 여러모로 생각하다가 괜찮겠다고 생각한 아이디어를 떠올렸다. 하지만 아이디어만 가지고 있는 건 아무런 소용 없는 일.

아이디어를 현실로 만드는 일도 아이디어 못지않게 중요하다. 그래서 필요한 사람이 누구인지 찾아보았고, 그 사람과 만날 방법을 찾다 보니 윤종연 PD가 적임자라는 사실을 알게 된 거였다.

PD는 몸이 달아서 혁민에게 졸라댔다.

"뭔데? 그냥 알려줘. 그래야 나도 준비를 좀 하지."

혁민은 잠시 시간을 끌다가 재판하면서 알게 된 실상에 관해서 이야기하기 시작했다. 아주 심각했지만, 사람들은 잘 모르는 그런 이야기를.

"흐음······."

이야기를 듣던 윤종연 PD의 얼굴이 점점 굳었다. 소방관의 현실이 설마 그 정도일 줄은 몰랐기 때문이었다. 쉽사리 믿어지지 않는다는 그런 표정이었다.

"정말이야? 정말 장비도 제대로 지급이 되지 않는다고?"

도저히 이해할 수 없다는 표정. 누가 이해를 할 수 있겠는가. 목숨을 걸고 일을 하는 사람들에게 제대로 된 장비도 주어지지 않는다는데 말이다. 윤종연 PD는 어처구니가 없다는 표정이었다.

"현실이 영화보다 더 쓰레기라고는 하기는 하지만, 이건 좀 심한 거 아닌가?"

혁민이 보아하니 윤종연 PD는 서서히 화가 치밀어 오르고 있었다. 얼굴이 살짝 붉어지고 표정이 험상궂게 변하고 있었으니까. 그런데 갑자기 의문이 떠오르는 듯 고개를 살짝 모로 비틀었다.

"그런데 그 친구는 왜 만나려고 하는 거야? 그 친구는 아무런 도움이 될 것 같지 않은데……. 그런 거라면 언론에 알리는 게 더 좋지 않을까?"

"언론에 알리는 것도 나쁘지 않은 방법이죠. 하지만 한계가 있는 것 같아요. 어차피 잠깐 화제가 되었다가 다른 사건이 터지면 곧 묻히고 말 거잖아요."

윤종연 PD는 입맛을 다시면서 고개를 끄덕였다. 그런 일이 너무나도 흔하게 일어나고 있었으니까. 드라마틱하고 스펙터클한 사건이 하루가 멀다 하고 터지는 게 이 나라의 현실이다. 사람들이 한 사건에 계속해서 관심을 두기에는 큼직한 사건이 너무나도 빵빵 터졌다.

"하기야… 그렇긴 한데 그래도 이해가 잘 되지 않는데? 도대체 그 일하고 그 친구하고 무슨 연관이 있는지 말이야."

"어차피 그분 만나서 이야기가 잘되어야 하는 거기는 한데, 그냥 알고만 계세요."

혁민은 자신이 생각한 아이디어를 이야기했다. PD는 차분하게 이야기를 듣다가 감탄을 하면서 혁민을 쳐다보았다.

"이야. 이거… 이거… 기가 막히네. 자네는 머릿속이 어떻게 돼 있는 거야? 도대체 어떤 머리를 가지고 있으면 이런 생각을 할 수가 있는 거지?"

"괜찮을 것 같은가요?"

혁민이 빙긋 웃으면서 이야기하자 PD는 엄지를 번쩍 들면서 대답했다.

"괜찮냐고? 이건 최고야. 효과는 만점이겠어."

그러면서 혁민에게 변호사 말고 홍보나 마케팅 이런 쪽으로 갔어도 괜찮았을 거라고 이야기했다. 혁민은 그 말을 듣고는 조금 쑥스러워졌다. 사실은 자신의 온전한 아이디어는 아니었기 때문이었다.

'하기야 지금은 아직 일어나지 않은 일이니까 내 아이디어라고 해도 되는 건가?'

지금으로부터 먼 훗날 일어난 일을 참고해서 생각해 낸 아이디어였다. PD는 연신 감탄을 하면서 혁민이 보는 자리에서 곧바로 자신의 친구에게 전화를 걸었다. 그리고 혁민을 바꿔 주었고 만날 약속을 잡았다.

그렇게 성과를 내고 나서 혁민은 의뢰인을 찾아갔다. 고인이 된 소방관의 아내이자 의뢰인인 그녀는 혁민의 말에 무척이나 기뻐했다.

"다행이네요. 이번 일이 잘되었으면 좋겠어요. 그렇게만 된다면 애 아빠도 정말 좋아할 거예요."

미망인은 남편이 남긴 물건들을 쓰다듬으면서 이야기했다.

낡고 여기저기가 망가진 화재 진압용 장비들. 혁민은 반드시 일이 성사되도록 하겠다고 이야기했다.

"이렇게까지 애써주셔서 감사해요. 소송을 맡아주신 것만 해도 감사한데 너무 폐를 끼치는 게 아닌가 싶네요."

"저는 이런 것도 의뢰의 연장선이라고 생각합니다. 다른 변호사하고는 조금 다르지만, 제 개인적인 방침이 그래서요."

혁민의 이야기에 미망인은 무척 안타까워하면서 이야기했다.

"변호사님 같은 분을 남편이 진작 만났으면 좋았겠다는 생각이 드네요. 그러면 이런 일이 일어나지 않았을 수도 있었을 텐데…… 아닌가? 사고가 일어나지 않았으면 변호사님은 만날 기회가 없었을 테죠?"

그녀는 슬픈 미소를 지으면서 작은 목소리로 이야기했다.

"쉽지는 않겠지만, 앞으로의 일만 생각하세요. 소송도 그렇고 다른 일도 잘될 겁니다. 저도 자주는 힘들겠지만, 종종 연락 드릴게요."

"무슨 말씀을 그렇게 하세요. 연락은 제가 드려야죠. 참, 우리 애도 변호사님 굉장히 좋아하는 거 아세요? 나중에 커서 변호사 되겠다고 요즘 노래를 부르고 다녀요."

혁민은 조금 밝아진 미망인의 표정을 보면서 앞으로는 얼굴에 남아 있는 그늘도 점점 사라지게 될 것이라고 생각했다.

＊   ＊   ＊

"상황이 여의치 않게 돌아가니 애가 탔나 보군."

하치훈은 피식 웃었다. 방금 전화를 받았는데, 도움을 달라는 연락이었다. 바로 소방 관련 예산을 삭감한 장본인이자 소방서가 소속된 지자체의 수장이었다.

지자체의 수장 정도가 되려면 신세를 진 곳도 많고 쓴 돈도 많을 수밖에 없다. 그러면 어떤 일이 벌어질까? 신세를 진 곳에서는 무언가 해달라고 은근히 청탁을 넣는데 그걸 받아들일 수밖에 없다.

한 번만 하고 그만둘 것이라면야 상관없겠지만, 권력이란 놈은 요물과 같아서 한번 맛을 들이면 절대로 헤어나지 못한다. 그러니 계속해서 그 자리나 혹은 다른 자리를 노리려면 도움을 준 사람들과 관계를 잘 유지해야 한다.

"밀어줘야 다음에도 도움을 줄 테니까. 그리고 자기도 뭘 좀 챙겨야지."

당선되려고 쓴 돈이 어디 한두 푼이겠는가. 수백억 원대의 자산가가 작은 시의 시장 선거에 몇 차례 떨어지고는 오히려 빚까지 지게 된 일도 있지 않은가. 그 일이 정치판이 어떻게 돌아간다는 걸 여실히 보여주는 예다.

그러니 당연히 임기 중에 자신이 쓴 돈을 다시 회수하려고 한다. 돈이 있어야 계속해서 자리를 보전할 수 있으니까. 그래서 어떻게든 임기 중에 뭔가를 하려고 하는 거다.

방법이야 많다. 개중에 가장 흔하게 쓰이는 건 새로운 프로

젝트를 만들어서 진행하면서 챙기는 방법이다. 기존에 해왔던 일들은 예산이 다 나와 있다. 그걸 하면서 무언가를 챙기는 건 쉽지 않다. 그러니 자꾸만 새로운 일을 만들려고 하는 거다.

"그리고 새로 뭔가를 해야 일을 하는 것으로 사람들이 알아주니까. 그리고 그렇게 되면 다음에 당선될 확률도 높아지고 말이지."

그나마 그런 게 지역사회에 도움이 되는 거라면 다행이다. 그렇지 않고 엉뚱한 일을 벌이면 그 지자체는 거덜이 나는 거다. 외국의 경우에는 그런 식으로 지자체가 파산하는 경우도 있다.

하지만 한국에서는 어떻게든 막아줄 거라는 생각이 있어서 무리한 일도 너무나도 쉽게 진행을 결정한다.

"설마 파산까지 가겠나 하면서 말이지. 누가 나서든 간에 어떻게든 해결될 거라고 생각하는 거지. 멍청한 녀석들."

그래서 자꾸만 새로운 일을 벌이는데, 문제는 예산은 정해져 있다는 거다. 예산은 늘 모자라게 마련이다. 아무런 일을 만들지 않아도 예산이 모자란데 그런 상황에서 새로운 일을 벌이자면 어떻게 해야 할까.

다른 곳의 예산을 줄여야 한다. 아니면 어디선가 새로운 재원을 구하든가. 줄이는 것도 우선순위가 있다. 주민의 반발이 가장 적은 부분, 그리고 예산을 줄여도 별다른 소리를 못 하는 힘이 없는 곳의 예산 등이 우선순위에 들어간다.

"그런데 설마하니 사람이 죽고, 그것 때문에 소송까지 걸릴 줄은 몰랐겠지."

이런 소송이 걸리면 언론에서 관심 있게 지켜본다. 그리고 자신의 적들도 그런 걸 예의 주시하고 있다. 그리고 무슨 거리만 생기면 온갖 방법을 동원해서 그 사람을 자리에서 내려오게 하려고 수작을 부린다.

"그 정도입니까?"

이야기를 듣고 있던 장 변호사가 대충 돌아가는 걸 알면서도 장단을 맞추어주었다.

"자네도 판사 할 때 소송 몇 번 맡았을걸? 왜 그런 거 있지 않은가. 선거가 가까워지면 검찰이 움직이는 경우도 있고 소송까지 오는 경우도 있고 그러잖나. 특히 지방 같은 경우에 말이야."

"그런 게 좀 있기는 하죠."

장 변호사는 피식 웃었다. 선거가 가까워지면 온갖 난잡한 일들이 난무한다. 출마가 예상되는 사람의 경우 그걸 탐탁지 않게 여기는 사람이 제보하거나 아예 아는 검사를 통해서 어떻게든 엮어 넣는다.

꼭 당이 다른 경우만 그런 게 아니라 같은 당에서도 공천을 자신이 받으려고 그렇게 하는 경우도 있다.

"그러니까 애가 타는 거지. 이런 건수를 얼마나 많은 사람이 좋아하겠어. 모르긴 해도 이 사건을 어떻게 이용해 먹을까 하고 궁리하는 사람이 최소한 열 명은 넘을걸?"

"물론 겉으로는 그렇지 않은 척하면서 그럴 테죠."

"그렇지. 그러니까 정치판이 더럽다고 하는 거 아니겠나."

하치훈은 자신에게 들어온 청탁을 어떻게 할까 고민했다. 청탁을 들어주는 건 상당히 많은 요소를 고려해야 하는 일이다. 과연 청탁을 들어주는 것이 도움이 될 것인가, 혹시나 그걸 기분 나쁘게 생각할 사람은 없을까, 나에게 약점으로 남지는 않을 것인가, 지금 정치 판도가 돌아가는 건 어떠한가, 이런 것을 고려해야 한다. 그리고 이번 경우에는 판사의 성향이 어떤지도 중요하다.

"재판장이 이빨이 좀 들어갈 친구던가?"

"그건 가능할 것 같습니다. 정치적으로 민감하게 움직이는 사람이더군요."

하치훈은 고개를 끄덕였다. 법원에서 아주 고위직까지 노리는 인물이라면 정치적으로 움직이는 게 어느 정도는 필요하다. 그런 자리는 누군가 끌어주는 사람이 있어야 가능한 거니까.

'그렇다면 선생님에게 한번 이야기해도 좋을 것 같군.'

여러 가지 요소를 고려해 봤을 때, 청탁을 들어주면 꽤 도움이 될 것 같았다.

하치훈은 장 변호사와 이야기를 끝내고서는 바로 선생님에게 전화를 걸었다.

"예, 선생님. 예… 이번에는 손을 써두면 나중에 도움이 될 것 같습니다."

하치훈은 선생님의 말을 귀 기울여 들었다.

―그런가? 그러면 내가 직접 하기는 좀 그러니 다른 사람에게 언질을 좀 주어야겠구만.

"예, 그러시는 게 좋을 것 같습니다."

―알았네. 그렇게 하지.

하치훈은 청탁을 한 사람에게 바로 연락을 할까 하다가 그만두었다. 이런 일일수록 연락이 잦아서 좋을 게 없다. 나중에 일이 해결되었을 때, 슬쩍 안부 전화를 한 통 넣으면 상대도 알아서 행동할 것이다. 이 판에서 한두 해 굴러먹은 위인이 아니니까.

그리고 얼마 후, 혁민의 재판을 맡은 재판장은 판결문을 쓰다가 전화를 한 통 받았다.

"예, 선배님."

―요즘 바쁜가?

"뭐, 판사 일이 항상 그렇지 않습니까. 늘 그렇죠."

―언제 식사나 한번 하지.

재판장은 법원 고위직에 있는 선배가 무슨 의도가 있어서 전화했다는 걸 바로 알아들었다. 평소에는 거의 연락이 없었던 선배였으니까.

"예. 그런데 무슨 하실 말씀이라도……."

―아니, 뭐 별다른 얘기가 있겠나. 뭐, 요즘 돌아가는 게 다 마음에 들지 않아서 그러지. 국가 재정이나 그런 것도 어렵고 말이야.

재판장은 재정 이야기가 나올 때 대충 어떤 이야기인지 감이 왔다. 자신이 맡은 재판 중 하나와 연관이 있어서 연락한 것일 테고, 국가 재정과 관련이 있다면 한 재판밖에는 없었으니까.

"물론입니다. 저도 그런 부분에 관해서는 신중하게 생각하고 있습니다."

어떤 결과를 원하는지 알아들었고, 원하는 쪽으로 판결을 내리겠다는 완곡한 표현이었다. 상대도 어떤 의도로 이런 이야기를 했는지 알아들은 듯했다.

—그런가? 그러면 좋은 소식을 내가 들을 수 있겠군. 식사는 언제쯤이 좋겠나?

재판장은 선고가 내려지는 다음 날을 이야기했다. 판결을 내리고 기분 좋게 만나자는 뜻. 게다가 판결 이후에 만나는 것이니 문제가 될 일도 없는 것이고.

—자네 같은 후배가 있어서 든든하군. 그래, 자네도 이제 슬슬 윗자리 올라갈 때가 되었지?

"아이고, 선배님. 제가 무슨. 아직 이릅니다."

—이르긴 뭐가 이른가. 딱 적당한 때인 것 같은데. 일에 충실했으니 좋은 소식이 있겠지.

"감사합니다. 조만간 제가 연락드리겠습니다."

재판장은 통화를 마치고 자신이 쓴 판결문을 보았다. 지금은 컴퓨터로 작성하는 판사도 많았지만, 그는 아직도 직접 손으로 판결문을 썼다. 재판장은 판결문을 쭉 읽어보다가 손으로 종이를 잡았다.

　재판장은 자리에서 일어나 가방을 들고 퇴근했는데, 그의
자리에는 구겨진 판결문이 나뒹굴고 있었다.

＊　　　＊　　　＊

　한국의 경매시장은 아주 활성화되어 있는 편은 아니다. 그
리고 시장은 사실상 두 회사가 양분하고 있다. 가장 먼저 생긴
한국옥션과 후발주자인 에스옥션.

　"저번에 통화는 하셨죠?"

　에스옥션의 대표는 혁민에게 손을 내밀었다. 혁민도 손을
내밀어 가볍게 악수를 하고는 둘 다 자리에 앉았다.

　"그런데 무슨 일로 보자고 하신 건지……."

　회사의 대표답게 남자는 단도직입적으로 물었다. 혁민은 어
떻게 이야기를 시작할까 하다가 경매시장 이야기부터 풀어놓
기로 했다.

　"제가 경매시장을 잘 몰랐는데, 저번에 보니까 방송도 하더
군요. 조금 신기했습니다."

　"예. 아시는 분들만 아시죠. 그런 데서 하는 건 거의 미술품
경매니까 그렇게까지 대중적이진 않거든요."

　소더비나 크리스티와 같은 세계적인 경매 회사는 수백억,
수천억 원대의 미술품이 거래된다. 물론 국내에서는 그 정도
의 금액이 오가지는 않는다. 하지만 그래도 수십억 원대에 작

품이 팔리기도 한다.

"그런데 한국옥션이 단연 점유율이 높은 것 같더군요."

"뭐… 그렇습니다. 아무래도 가장 먼저 생긴 곳이니까요. 하지만 격차는 줄어들고 있습니다."

불편한 진실. 하지만 외면할 수 없는 진실이다. 대표는 지금이야 2위이지만, 십 년 내로 국내 업계 1위로 올라서는 게 목표라고 말했다. 그리고 그렇게 만들 자신도 있다고 이야기했고.

"그런데 미술품 말고 다른 건 취급하지 않으시는 건가요?"

"아닙니다. 다른 물건도 취급하죠. 그런데 어떤 물건 때문에 그러시는지……."

대표는 어떤 물건을 경매에 내놓으려고 한다고 생각했다. 그래도 상대가 변호사이니 무언가 좋은 물건이 나오지 않을까 하는 기대도 하고 있었다.

"이걸 한번 보시죠."

혁민은 사진을 내밀었다. 대표는 익숙하다는 듯 사진을 받아 보았다. 이런 식으로 찾아오는 사람도 간혹 있었는데 실물을 가지고 오는 사람은 백에 하나나 될까 하는 정도였다. 대부분은 이렇게 사진을 가지고 왔다.

그런데 사진을 보고 대표는 깜짝 놀라서 혁민을 쳐다보았다. 사진에는 자신이 예상했던 것과는 너무나도 다른 물건이 있었기 때문이었다.

"이게 뭐죠?"

미술품도 아니었고, 그렇다고 값이 나가 보이는 물건도 아니었다. 정확하게 말하면 대표는 쓰레기라고 생각했다. 차마 그 말을 입 밖으로 내뱉지 못했을 뿐이지.

"굉장히 놀라신 모양이군요."

"당황스러운 건 사실입니다. 그리고 도대체 어떤 의도로 이 물건을 보여주신 것인지도 좀 의아하군요."

직원이 이런 걸 내밀었다가는 불벼락이 떨어졌을 테지만, 손님, 그것도 절친이 소개한 유명한 변호사였다. 막말을 할 수는 없는 일. 대표는 화가 치밀어 오르는 걸 꾹꾹 눌러 참았다.

"여기에는 이야기가 좀 있는데 좀 들어주셨으면 합니다."

혁민은 사진에 있는 낡고 변색된 신발과 장갑, 그리고 불에 타서 일그러진 랜턴을 보면서 조용히 이야기하기 시작했다.

처음에는 불만이 있다는 표정을 한 대표였지만, 혁민의 이야기가 이어짐에 따라 표정이 조금씩 변했다. 그리고 그도 믿을 수 없다는 표정을 지어 보였다. 혁민의 이야기를 들은 사람들이 모두 그랬듯이.

"허허… 이거… 믿기지 않는군요. 이 물건들은 전부 직접 산 거라는 거죠? 장비가 나오지 않아서 말입니다."

"예. 지금은 고인이 된 분의 물건들입니다."

대표는 큰 충격을 받은 듯 잠시 말을 이어가지 못했다. 그러나 이내 자세를 바로 하고 이야기를 했는데, 혁민이 원하는 말은 아니었다.

"사정은 잘 알겠습니다. 무척이나 안타깝고 유감스러운 일이군요. 하지만 이 물건을 경매에 내놓는 건 좀 어렵겠습니다.

저희가 취급하는 물건과는 성격이 조금 다른 것 같아서요."

혁민은 그럴 줄 알았다는 듯 자신이 생각한 이야기를 털어놓았다.

"일반적인 물건이 아니라는 건 잘 압니다. 그리고 이걸 팔아서 뭘 어쩌겠다는 것도 아닙니다. 유족이 사람들에게 지금 이런 현실을 알리려는 차원에서 하려는 것이죠."

혁민은 특별 경매 형식으로 진행하고 수익은 전액 고인이 근무한 소방서의 화재 진압 장비를 구매해서 전달하는 데 사용하려고 한다는 이야기를 했다.

"흐음… 분명 좋은 의도이기는 하군요."

대표는 뭔가 느낌을 받은 것 같았다. 활용할 방법이 있을 것 같다는 느낌. 머리를 간질간질하게 하는 그런 감각이 느껴진 거다.

혁민은 이야기를 더 풀었다.

"이런 식으로 하면 어떨까요?"

혁민은 고가의 미술품 경매가 이어지는 중간에 잠깐 쉬는 시간을 갖는 개념으로 특별 경매를 하자고 제안했다. 거기다가 방송국과 이야기를 해볼 수도 있지 않겠느냐고 말했다.

"그러니까 특별 경매는 전액 기부라는 점을 들어서 방송국과 이야기를 해보라 이거군요."

"그렇죠. 그냥 미술품 경매라고 하면 좀 그렇겠지만, 중간에 이런 특별한 내용이 들어가면 이야기가 좀 달라지지 않을까요?"

대표는 고개를 끄덕였다. 그냥 미술품을 경매하는 걸 방송으로 내보내자고 하는 것과는 차원이 다른 이야기였다. 일단 사람들에게 알려지면 화제가 될 건 뻔하지 않은가.

"그렇다면 방송국에서도 반응이 있을 것 같기도 하고……."

"그리고 일정 금액을 정해놓는 것도 좋을 것 같습니다. 만약 모자라면 회사에서 나머지는 내는 것으로 하고요."

그런 건 문제가 아니다. 이 정도 화제성이 있는 아이템이고, 방송에 내보낼 수 있다면 천만 원 정도 내는 건 일도 아니다.

"그러면 금액은 어느 정도가 좋겠습니까? 천만 원? 이천만 원?"

"제 생각에는 이천만 원 정도가 적당할 것 같은데요. 그리고 이천만 원이면 어떤 걸 살 수 있는지도 아예 밝히면 좋을 것 같구요."

대표는 급격하게 관심이 생기는 걸 느꼈다. 이게 영 이상한 것 같았는데, 이야기를 듣다 보니까 사람들이 큰 관심을 보일 것 같았다. 그리고 사연이 너무나도 안타까웠다.

"좋습니다. 사실 이 물건은 시작 가격이나 가치를 정하는 게 무의미할 것 같군요. 그냥 시작 가격은 백만 원으로 하고 이천만 원이 안 되면 나머지는 제가 보태는 걸로 하죠."

대표는 잘만 하면 이번 일을 통해서 회사의 이미지도 높이고 유명세도 얻을 수 있겠다는 판단을 했다. 그렇게 되면 만년 2위의 자리를 벗어날 수도 있는 것이다.

"한번 해봅시다. 까짓 거 정 안 되면 내가 기부하는 걸로 하죠. 뭐, 이런 일에 기부하는 거면 돈 아깝지 않아요."

"잘 생각하셨습니다."

혁민과 대표는 웃으면서 손을 맞잡았다.

*　　*　　*

일은 생각보다 순탄하고 빠르게 진행되었다. 방송국 한 곳에서 관심을 표명했다. 어차피 낮 시간대에 특별하게 내보낼 방송도 없었는데, 이런 화제성이 있는 아이템이라면 괜찮겠다 싶었던 거였다.

그래서 곧바로 편성이 되었고, 회사와 방송국에서 적극적으로 이 사실을 알렸다. 그리고 생각한 대로 큰 관심을 불러일으켰다.

다른 것보다 소방관들이 장비도 제대로 받지 못해서 자비로 사서 쓰고 있다는 사실에 사람들은 경악했다. 그리고 그런 장비로 지금까지 불구덩이 속으로 들어갔다는 걸 알고는 관련 부처에 온갖 비난이 쏟아졌다.

"이것도 그 친구 작품인가?"

강윤태는 인터넷 기사를 보면서 혀를 내둘렀다. 계속해서 따라잡으려고 했지만, 도저히 잡을 수 없을 것 같다는 느낌을 받았다.

"프레젠테이션도 그렇고 이런 아이디어도 그렇고. 이 친구는 변호사 하지 말고 기업에서 일을 했어야 하는 거 아닌가?"

그룹에서 하는 프레젠테이션을 본 적이 있다. 얼마나 신경을 많이 쓰겠는가. 최고의 전문가가 만들고 발표자도 스킬이 장난이 아니다. 그런 거에 비하면 혁민은 다소 손색이 있기는 했다.

그런데 그렇게 큰 차이도 아니었다. 게다가 그룹의 프레젠테이션이야 전문가들이 붙어서 만든 자료이고 발표자도 그런 일에 특화된 사람 아닌가. 하지만 혁민은 그런 걸 혼자서 해냈다. 괴물이라고 할 수밖에 없었다.

"괴물로도 부족하지."

강윤태는 일단 프레젠테이션 자료를 만드는 방법부터 배워야겠다고 생각했다. 그도 앞으로는 그런 자료가 유용해질 것이라는 걸 느꼈기 때문이었다.

그리고 같은 시각, 똑같이 인터넷 기사를 보고 있는 사람이었다.

"생각보다 반응이 좋은데?"

혁민은 인터넷을 확인하면서 중얼거렸다. 미래에 워낙 유명했던 일화라서 자신 있게 밀어붙이기는 했지만, 그래도 내심 걱정을 하고 있었다. 아이템이 성공하는 데는 시기도 무척 중요하기 때문이었다.

영화도 코미디가 뜰 때가 있고, 세기말적인 분위기의 작품이 흥행하는 때가 있다. 그리고 그 당시에는 흥행하지 못하다가 나중에 흥행하는 경우도 있다. 다 사회적인 분위기나 여러 가지 요소가 복합적으로 작용해서 그런 것이다.

그러니 미래에 큰 성공을 한 것이라고 해서 지금 성공한다는 보장은 없는 것이다. 그래서 걱정했는데, 결과적으로는 성공을 거두었으니 다행스러운 일이었다.

"선배님, 선배님은 정말 천재 같아요."

위지원 변호사가 감탄하면서 혁민에게 그런 발상은 어떻게 하면 할 수 있는 것이냐며 물었다. 혁민은 그저 싱긋 웃기만 해서 그녀의 애를 태웠다. 하지만 말해줄 게 정말 없었다. 미래에서 오면 된다고 말해줄 수도 없는 일이었으니까.

"그나저나 이거 날짜가 좀 묘하게 됐네."

"날짜가요? 왜요?"

"방송 날짜가 선고일 이틀 전이라서."

위지원 변호사가 날짜를 확인하더니 정말 그렇다고 손뼉을 쳤다.

"뭐, 상관없잖아요. 어차피 이긴 거나 마찬가지니까."

"그런가? 그래도 이렇게 붙어 있으면 그런 거 영향을 받아서 이긴 것처럼 보일 수도 있을 텐데……."

"에이, 어차피 유리했던 건데요. 그런 거라고는 생각하지 않을 거예요."

혁민은 어차피 사람들이 소송 결과에는 큰 관심을 보이지 않겠거니 했다.

그리고 시간이 흘러 경매 방송이 되는 날. 경매사는 다른 어느 날보다 긴장하고 있었다. 공중파에서 방송을 하기 때문이기도 했고, 특별한 물건이 있어서이기도 했다.

"휴우~ 휴우~"

경매사는 메이크업을 점검하고 물건 목록을 보면서 연습을 했지만, 여느 때와는 다르게 쉽게 진정이 되지 않았다.

경매에 나온 물건을 소개하기 위해서는 그 물건에 관해서 완벽하게 꿰뚫고 있어야 한다. 경매에서 작품을 소개할 시간은 대단히 짧다. 그 짧은 시간에 작품의 매력을 어필해서 판매가 되게끔 하려면 작품을 정확하게 알아야 하는 건 필수다.

그런데 특별 경매에 나온 물건은 정말 독특했다. 처음에는 누가 사진을 잘못 끼워 넣은 줄 알았다. 이런 물건이 나올 리가 없었으니까. 하지만 사연을 알게 되고는 너무나도 큰 감동을 받았다.

경매사는 좌중을 압도해야 하고 매끄럽게 진행해야 한다. 그런데 그 물건을 설명할 때마다 감정적으로 자꾸만 흔들려서 혹시라도 경매 도중에 실수를 할까 그게 걱정이었다.

"후우~ 아니야. 괜찮을 거야. 넌 최고니까."

경매사는 거울을 보면서 그렇게 중얼거렸다. 그리고 이내 시간이 되었다. 그녀는 마음의 채비를 하고는 밖으로 나갔다.

"일억 이천만 원. 더 없으십니까?"

그녀는 좌우를 둘러보면서 손짓을 하면서 외쳤다.

"일억 이천만 원. 더 없으시면 마무리하겠습니다."

그녀는 재빠르게 주위를 훑어보았지만, 번호 피켓을 드는 사람은 보이지 않았다. 그녀는 힘 있는 목소리로 외쳤다.

"일억 이천만 원! 일억 이천만 원!! 일억 이천만 원!!! 낙찰입니다!!!"

경매사는 장내가 정리되는 동안 재빠르게 마음을 가다듬었다. 지금까지는 순조로웠다. 여태껏 많이 해왔던 어느 경매와 다름없이 진행되었다. 문제는 지금 시작될 특별 경매. 경매사는 호흡을 가다듬었다.

"이번 경매는 여러분도 잘 아실 특별 경매입니다."

정면에 있는 커다란 화면에 물건의 사진이 나타났다. 지금까지 나왔던 미술품의 모습과는 전혀 다른 물건. 아주 낡고 변색된 물건들이었다. 물건의 사진이 보이자 그동안 한 번도 번호 피켓을 들지 않았던 사람들이 대거 준비하기 시작했다.

경매사는 살짝 놀랐다. 화제가 되리라고는 생각했지만, 이정도일 줄은 몰랐기 때문이었다. 경매사는 모든 자리를 한눈에 볼 수 있다. 그래서 지금 어떤 움직임이 있었는지 누구보다 명확하게 느낄 수 있었다.

그러자 더욱 부담감이 생겼다. 지금까지는 압도하는 카리스마를 보여주었던 그녀지만, 갑자기 수많은 사람이 부산하게 움직이자 동요할 수밖에 없었다. 하지만 그런 티를 낼 수는 없는 일. 그녀는 물건을 설명하기 위해서 손으로 사진을 가리켰다.

"이번 작품은……"

그렇게 연습하고 동요하지 않으려고 했다. 작품을 설명하려면 그 작품과 관련된 내용을 쭉 떠올리고 준비한 멘트를 그대로 할 것인지, 장내 분위기를 보아 약간 변형할 것인지 냉정하게 결정해야 하기 때문이다.

그런데 사진 속 물건의 사연을 떠올리자 순간적으로 울컥한 마음이 들었다. 어쩔 수 없는 거였다. 자신도 모르게 그런 마음이 생겨서 가슴 깊은 곳에서부터 치고 올라왔으니까. 그리고 그 감정은 목에서 턱 막혔다.

경매사는 잠깐, 아주 잠깐 말을 하지 못했고, 침을 꿀꺽 삼켰다. 그리고 그 모습을 경매장에 있는 사람은 물론이고 방송을 보는 사람들도 모두 보았다.

불에 그슬리고 다 떨어진 장갑과 신발 사진. 그리고 그걸 손으로 가리키면서 순간적으로 말을 잇지 못하는 경매사. 이미 사연을 알고 있는 사람들이었기 때문에 같이 울컥하는 감정을 느꼈다.

경매장에 번호 피켓을 든 사람들의 손에 힘이 들어갔다. 그리고 방송을 보고 있던 사람 중에는 눈시울이 붉어지는 사람도 있었다.

재빨리 감정을 추스른 경매사는 진행을 이어나갔다.

"시작가는 100만 원입니다. 지금부터 특별 경매를 시작하겠습니다."

경매사가 손을 앞으로 쭉 뻗었고, 묘한 흥분이 장내에 요동쳤다. 호가는 10만 원씩 올랐는데, 아주 빠르게 치솟았다.

감정사도 이 물품의 가격을 얼마로 해야 할지 회사 대표와 함께 엄청나게 고민했다. 사실 가격으로만 따지면야 얼마가 되겠는가. 거의 걸레 같은 장갑에 다 떨어진 신발. 정상적인 경우라면 돈을 받을 수 없을 것이다.

하지만 상징적인 의미가 있는 물건 아닌가. 그런 식으로 따지자면 너무 낮은 가격으로 시작해도 문제가 된다고 생각했다. 그래서 결정한 가격이 100만 원이었다. 그것도 조금 높은 게 아니냐는 말이 있었지만, 의미를 생각하면 그 정도가 적당하다고 판단한 거였다.

하지만 사람들의 반응은 뜨거웠다. 경매사는 분위기를 보다가 500만 원이 넘어가자 호가를 50만 원으로 높였다. 하지만 그래도 뜨거워진 분위기는 수그러들 줄을 몰랐다. 장내에 있는 사람들뿐만 아니라 전화를 통해서 구매 의사를 전달하는 사람도 다수 있었다.

"600만 원, 71번. 650만 원 있으십니까? 650만 원. 42번 여성분이 먼저 드셨습니다."

경매사는 세밀한 것까지 확인하면서 경매를 진행했다. 그리고 가격은 계속 치솟아 어느새 천만 원대로 진입했다. 그럼에도 불구하고 사람들이 번호 피켓을 올리는 속도는 거의 줄어들지 않았다.

호가를 백만 원으로 올리고 목표로 삼은 2천만 원에 도달했지만, 사람들의 기세는 여전했다. 경매사도 조금 놀랄 정도의 열기였다.

"2천3백만 원, 27번. 2천4백만 원 계십니까? 2천4백만 원, 71번. 2천5백만 원 가겠습니다. 2천5백만 원, 118번……."

방송으로 경매를 지켜보고 있는 사람들도 조금씩 흥분하고 있었는데, 개중에는 간접적으로 참여하고 있는 사람들도 있었다.

"야, 이거 우리 얼마 모았다고 했지?"

"2천9백만 원인가 그럴걸? 잠깐 있어봐. 찾아보고……."

인터넷으로 방송을 보던 사람이 이야기하자 옆에 있던 사람이 카페에 들어가서 모금액을 확인했다.

인터넷 모임 회원인 그들은 이번 경매에 참여한다는 공지를 보고 참여했다. 비록 많은 금액은 아니었지만, 그런 사연이 있는 물건에 내는 돈이라면 아깝지 않겠다고 생각하고 흔쾌히 돈을 냈다.

그리고 모임의 대표가 경매장에 직접 가서 번호 피켓을 들고 있었는데, 71번 피켓을 가진 사람이 바로 그 사람이었다.

"야, 이거 그 정도 가지고는 안 될 것 같아. 분위기 장난 아닌데?"

"우리가 타면 좋을 텐데……."

"안 되면 어때. 어차피 같은 일에 기부하기로 했는데."

"그래도 기분이지. 되면 좋잖아. 우리 모임 이름도 나오고."

둘은 경매를 보면서 이야기를 계속 나누었는데, 경매라는 게 이렇게까지 재미있는 것인 줄 처음 알았다며 흥분해서 화면을 지켜보았다.

"2천9백만 원, 71번. 자, 3천만 원 올라갑니다. 3천만 원, 3천만 원!! 55번이 드셨습니다."

드디어 3천만 원을 돌파했다. 그제야 포기하는 사람들이 대거 나타났다. 하지만 아직도 몇 명의 사람이 경매사가 말을 할 때마다 계속해서 피켓을 들어 올리고 있었다.

그리고 4천만 원이 넘어가자 다른 사람들은 모두 정리가 되었고, 두 사람의 각축전이 되었다. 42번 피켓을 가지고 있는 중년의 여성. 그리고 27번 피켓을 가진 30대 초반 정도로 보이는 남성이었다.

두 사람은 계속해서 번갈아 피켓을 들었고, 그런 공방은 5천만 원이 넘을 때까지 이어졌다.

"5천3백만 원. 42번이 드셨습니다. 5천4백만 원. 5천4백만 원. 없으십니까?"

사람들의 시선이 27번 피켓을 가진 남자에게로 모였는데, 그는 무척 고민이 되는 모양이었다. 손을 움찔움찔했지만, 선뜻 피켓을 들지는 못했다. 아마도 그가 준비한 금액은 이 정도가 한계였던 듯.

"지금까지 최고가는 5천3백만 원입니다. 하지만 아직 기회는 모두에게 열려 있습니다."

경매사는 사람들을 돌아보면서 손짓을 하면서 이야기했다. 그런 손짓과 말투에 넘어가서 미술품 경매에 피켓을 든 사람이 여럿 있었다. 하지만 이번에는 물품 자체가 특이한 것이었고, 워낙 금액이 치솟은 탓이라 사람들의 반응이 없었다.

"5천4백만 원 없으십니까? 없으시면 마무리하겠습니다."

경매사는 주변을 돌아보면서 마지막으로 유혹하는 손짓과 멘트를 날렸다. 하지만 아무도 반응을 보이지 않았다.

"5천3백만 원! 5천3백만 원!! 5천3백만 원!!! 낙찰입니다!!!"

중년 여성은 갑자기 감정이 북받쳐 오른 듯 잠시 고개를 숙였다. 사람들은 그녀에게도 무슨 사연이 있는 게 아닌가 하고 짐작했지만, 어떤 사연이 있는지는 알 수 없었다. 하지만 이런 특이한 사건을 기자들이 가만히 내버려 둘 리 없었다.

장내에 있던 기자들이 물건을 낙찰받은 중년 여성에게 접근했고, 그녀의 사연이 다음 날 기사로 나오게 되었다.

"아우, 너무 감동적이에요. 낙찰받은 분도 남편이 소방관이었대요."

위지원 변호사는 기사를 보면서 감정에 푹 빠져 있었다. 낙찰받은 중년 여성의 남편도 소방관이었는데, 십 년도 전에 화재 현장에서 고인이 되었다고 했다.

"어머. 그 돈은 그때 받은 보상금이래요. 일부는 사용했지만, 남편 목숨값이라고 생각하니까 쓸 수가 없었대요."

그래서 대부분 남겨놓았는데 이런 일이 있다는 걸 듣고서는 드디어 그 돈을 쓸 데를 찾았다는 생각이 들었다고 했다.

"아주머니가 유족을 직접 만나고 싶다고 했다네요. 자신이 도울 수 있는 게 더 있을 거라면서요."

중년 여성은 식당을 하고 있었는데, 자신이 도움을 줄 수 있는 게 있으면 돕겠다고 이야기했다. 그것 말고도 경매는 여러모로 화제가 되었다.

인터넷에서 모금해서 참가한 곳도 여러 곳 있었다. 그들은 모두 경매에는 실패했지만, 그 금액을 유족에게 기부하고 싶다고 이야기했다. 그런데 그런 곳이 여러 곳이 되다 보니 모인 금액이 상당했다.

미망인은 남편이 근무했던 소방서에서 필요한 물품을 구입하고 남은 금액은 다른 소방서에서 필요한 물건을 사서 전달하겠다고 이야기했다는 내용도 기사 말미에 있었다. 어제 혁민이 조언해 준 그대로였다.

"어쩜. 결말이 이렇게 훈훈하니까 너무 좋은 것 같아요. 선배님, 아직 세상은 살 만한 것 같지 않아요?"

"그런 마음을 가진 사람들만 있으면 얼마나 좋겠어. 그렇지 않다는 게 문제이고, 그렇지 않은 사람들이 권력과 부를 가지고 있다는 게 더 문제지."

위지원 변호사는 맞는 말이라면서 대답하고는 입을 쭉 내밀었다.

*   *   *

판결은 혁민이 예상한 대로 배상해야 한다고 났다. 대부분 그렇게 예상하고 있었는데, 그렇지 않은 사람도 몇 명 있었다. 하치훈이 대표적인 사람이었다.

"뭐지? 분명히 이야기가 잘되었다고 전달받았는데?"

하치훈은 이상하다고 생각하면서도 청탁한 사람에 전화하지 않은 걸 정말 다행으로 생각했다. 만약에 전화해서 틀림없다고 이야기라도 해놨으면 아주 곤란할 뻔했으니까.

그리고 그런 곤혹감을 느끼는 건 하치훈이 선생님이라고 부르는 사람도 마찬가지였다. 그는 이야기를 전하라고 한 사람에게 연락해서는 어찌 된 일인지를 물어보았다.

"내가 들은 것하고는 조금 다른 것 같아서 말이야. 결말이 좀 바뀌었는데?"

ー선생님, 죄송합니다. 그 친구가 아무래도 여론의 압박을 받은 모양입니다.

판사도 인간이다. 사실 여론에 휘둘리면 안 되고, 법과 소신에 따라서 판결해야 한다. 하지만 어떻게 그럴 수가 있겠는가. 판사도 여론이 어떤지를 보고 듣는 사람인데.

"그럴 수도 있지. 사람이 하는 일 아닌가."

ー서… 선생님…….

전화 속 목소리가 떨렸다. 선생님이라는 사람이 자신에게 찍힌 사람에게 늘 하는 말이었기 때문이었다.

"너무 걱정하지 말게. 사람 일이라는 건 어떻게 될지 모르는 일이니까."

그는 그렇게 이야기하고 전화를 끊었다. 그는 일이 자신이 생각한 대로 돌아가지 않으면 무척이나 신경이 예민해졌다. 그는 핸드폰을 꺼버리고는 옷을 챙겨 밖으로 나갔다. 그가 있던 자리에는 엄청나게 많은 서류가 쌓여 있었다.

그리고 같은 시각, 박경민 소방관은 사표를 쓰고 있었다.
"뭐 하나?"
이동은 소방관이 들어오면서 뭘 쓰고 있는지를 살폈다. 박경민은 후다닥 종이를 감추었는데, 이동은은 이미 다 보았다는 듯 씩 웃었다.
"관두게?"
"뭐… 면목이 없네…….사람들이 날 보고 뭐라고 하겠냐. 난 그런 거 감당할 자신 없다."
박경민은 지금까지 자신이 잘못 생각하고 있었다고 말하면서 한숨을 내쉬었다. 사람들이 자신을 손가락질할 거라면서. 체면 같은 걸 무척이나 중시하는 박경민이라는 걸 아는지라 이동은은 고개를 끄덕였다.
"같이 힘을 모아서 목소리를 냈으면 오히려 더 좋지 않았을까? 늦었지만 조금은 후회가 되기도 하네……."
"야, 지금 상황이 이렇게 되니까 그런 소리를 할 수 있는 거지. 그때만 해도 니가 한 행동이 틀렸다고 생각하는 사람 없었다."
이동은은 품에서 무언가를 꺼내서 박경민이 보는 앞에 내려놓았다. 사직서였다. 박경민은 놀란 표정으로 이동은을 쳐다보았다.

"야, 니가 왜?"

"왜냐니. 이런 거 문제 커지면 누군가는 책임져야지. 상황이 이렇게 된다고 해서 위에서 곱게 넘어갈 것 같으냐? 지금이야 어떻게 할 수 없겠지만, 나중에는 또 이런저런 핑계 대면서 꼬투리 잡으려고 난리를 칠 거란 말이야."

맞는 말이었다. 조금만 조용해지면 괘씸죄를 저지른 대가를 치러야 할 것이다. 더럽고 아니꼬운 일이지만 그렇게 돌아가는 게 현실 속의 세상이었다.

"그러니까 내가 다 떠안고 가는 게 맞아. 내가 나가서 다 밝히고 그랬잖냐. 내가 적임이야. 그러니까 너는 안에 그대로 있어."

"무슨 소리야? 잘못은 내가 했는데."

"그러니까 있으라고 이 새끼야."

이동은은 목소리를 높였다.

"그러니까 니가 안에 있어. 너한테 뭐라고 할 사람 없을 거 아냐. 너야 반대쪽에서 끝까지 아니라고 증언까지 했으니까. 그러니까 너는 안에서 뭘 해도 할 수 있을 거야."

이동은은 박경민의 어깨를 잡았다.

"너 받은 건 갚는 놈이잖아. 그게 좋은 일이든 안 좋은 일이든."

박경민은 무슨 말인가 싶어서 계속 이동은을 쳐다보았다.

"너, 갚아야 할 거 많잖아. 그런데 니가 지금 나가 버리면 어떻게 하라고?"

이동은은 사표를 집어 들면서 말을 이었다.

"그러니까 니가 갚아야 하는 거 지금부터 이 안에 있으면서 갚아나가."

"나보고 지금 온갖 쪽팔린 걸 다 감수하고 그러라고 말하는 거야? 사람들이 나한테 손가락질하는 거 다 참으면서?"

"그래, 그러란 거다. 그게 니가 할 일이야."

이동은은 사표를 품에 넣고는 손을 흔들었다. 오늘 사표를 낼 것이라고 이야기하면서.

"같이 있자. 지금 분위기가 이러니까 괜찮을 거야. 너까지 가버리면 내가 어떻게 버티겠냐."

"왜 이래? 박경민답지 않게. 넌 잘할 수 있을 거야. 그리고 나도 계속 고민했는데 그러는 게 맞는 것 같다. 나는 책임지고 떠나고 너는 책임지고 남고."

이동은은 피식 웃으면서 안에 남아서 열심히 일하는 게 벌이니까 달게 받으라고 박경민에게 말했다. 박경민은 착잡한 표정이 되었다. 그는 밖으로 나가려는 이동은에게 물었다.

"관두면 뭐 하려고?"

"아직은 모르겠다. 치킨집이나 해야 하나?"

"야, 망하려고 작정했냐? 요즘 생기는 게 치킨집 아니면 피자집이야. 여기 소방서 근처에서 할 생각 아니면 아예 하지 마라."

"왜? 이 근처에 내면 팔아주게?"

"그럼 다른 데 가겠냐? 먹으면 글루 가야지."

이동은은 피식 웃었다. 그러고는 다른 거 일할 거 알아봐야겠다고 말했다.

"장사도 아무나 하는 게 아니라고 하더라. 소방관도 아무나 하는 게 아닌 것처럼."

"사표 내는 거 바꿀 생각은 없는 거냐?"

"얘기했잖아. 어차피 그렇게 될 거라고. 많이 변한 것 같지만, 아직 세상은 그냥 그래. 먼 길을 가고 나서야 변하겠지."

이동은은 손을 흔들면서 밖으로 나갔다. 박경민은 그의 등 뒤에다 대고는 말했다.

"잘 가, 인마. 뭐 할 건지 정해지면 연락하고."

이동은은 대답 대신 손을 들어 흔들었다. 이동은의 모습이 사라지자 박경민은 책상 위에 있는 사직서로 시선을 돌렸다. 그는 잠시 사직서를 바라보다가 손으로 종이를 북 찢었다. 박경민은 거울에 비친 자신의 모습을 보면서 복장을 가다듬고는 밖으로 걸어 나가면서 중얼거렸다.

"까짓 거 손가락질 좀 받지 뭐."

그리고 같은 시각, 혁민은 미망인과 대화를 나누고 있었다. 미망인은 남편의 사진을 들고 있었는데, 사진 속의 남자는 활짝 웃고 있었다.

"변호사님, 이번에 정말 많은 걸 느꼈어요. 처음에 소송해야겠다고 생각했을 때는 그냥 억울하다는 생각만 했는데……."

"이번에 검찰이 움직이는 것 같던데요. 지자체에 비리가 있다고 누가 제보를 한 모양이에요."

누군지는 모르겠지만, 예산 관련해서 누가 찌른 모양이었다. 내부에서 고발한 것일 수도 있고, 자리를 탐내는 사람이 손을 쓴 것일 수도 있다.

"제발 좀 사람들이 정신을 차렸으면 좋겠어요. 자기 일만 잘하면 아무런 문제도 없을 건데……."

"사람의 욕심이란 게 어디 쉽게 없어지나요. 이런 문제는 사람이 일하는 이상 없어지지 않을 겁니다."

"그런가요? 그거 굉장히 슬픈 이야기네요. 우리 애가 커졌을 때는 안 그랬으면 좋겠는데……."

"완전히 없어지지는 않겠지만, 지금보다는 나아질 겁니다."

그렇게 이야기를 나누고 있을 때 갑자기 쿵쾅거리는 소리가 들리더니 남자아이가 뛰어왔다.

"아저씨이~~"

"아이구, 이 녀석."

혁민은 아이를 번쩍 안아 들었다. 아이는 활짝 웃고 있었는데, 얼굴이 사진 속의 얼굴과 비슷하다고 느껴졌다. 땀에 절어 있지만, 너무나도 환하게 웃고 있는 정한준 소방관의 얼굴과.

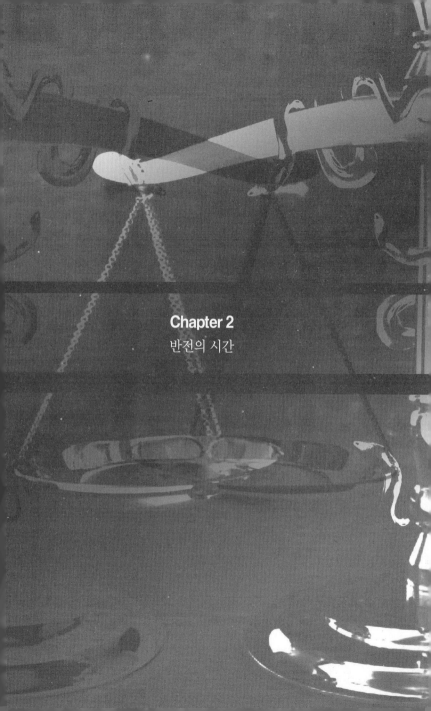

Chapter 2
반전의 시간

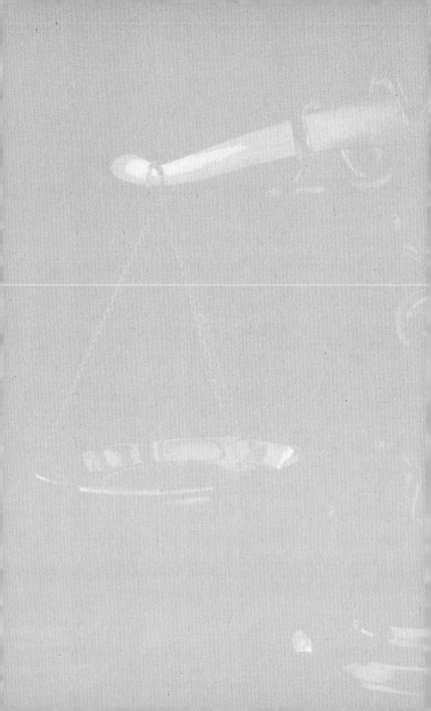

"그러니까 말입니다. 그런 일은 조용히 처리하는 게 좋습니다."

서류 더미가 가득한 책상. 50대로 보이는 남자가 크지는 않지만, 힘이 느껴지는 목소리로 대화하고 있었다.

"그렇게 덮을 테니 걱정하지 않으셔도 될 겁니다. 대신 자리는 보장해 주셔야 하는 거 잘 아시리라 믿습니다."

남자는 잠시 핸드폰을 들고 조용히 있었다. 가끔 고개를 끄덕이기도 하고 미간을 찌푸리기도 했지만, 조용히 듣고만 있었다. 그리고 얼마의 시간이 지난 뒤 입을 열었다.

"알겠습니다. 그렇게 하죠. 이번 달 내로 소식을 들으실 수 있으실 겁니다. 예, 당연한 일이지요."

잠시 침묵이 흐른 뒤 남자는 섬뜩한 미소를 띠면서 입을 열었다.

"시체는 말이 없는 법입니다."

그것으로 통화가 마무리되었다. 남자는 잠시 의자에 등을 기댄 채 책상을 손가락으로 톡톡 건드렸다. 그렇게 생각을 하던 남자는 다시 자세를 바로 하고는 핸드폰을 들었다.

"당분간 취직 좀 해야겠어."

—돈 버는 일이야 항상 환영입니다. 안 그래도 요즘 불경기라서 식구들 끼니가 걱정이었는데 잘되었군요.

핸드폰 너머에서는 아주 걸쭉한 목소리가 흘러나왔다.

—종목은?

"살!"

—호오. 청소까지 깔끔하게 해야 하는 일인가 보군요. 요즘은 CCTV다 블랙박스다 해서 신경 써야 할 게 한두 가지가 아닌데.

"월급은 충분히 나갈 테니 일처리 확실하게."

—그런 거야 걱정하지 마시고, 프로필이나 빨리 보내주십쇼. 요즘은 작업하려면 시간이 상당히 걸려서요.

"지금 바로 보내지. 이달 내로 가능하겠지?"

—뭐, 조금 빡빡한 것 같기는 하지만 취직했는데 사장님 일정에 맞춰 드려야죠.

남자는 그렇게 이야기하고는 통화를 마무리했다. 그리고 다시 다른 곳에 전화를 걸었다.

"하 대표, 나일세."

—선생님. 이거 제가 먼저 연락을 드렸어야 하는 건데.

전화를 받은 하치훈은 조금 놀란 표정이었다. 선생님은 먼저 전화를 잘 하지 않는 사람이었으니까. 그리고 먼저 전화를 할 때는 대부분 처리해야 할 일이 있을 때였다. 그것도 상당히 조심해서 다루어야 할 그런 일이었다.

그래서 하치훈은 전화를 받고는 살짝 긴장되는 걸 느꼈다. 이번에는 또 어떤 일을 처리해야 하나 싶어서였다.

—일을 하나 맡기려고 하는데…….

"말씀만 하시죠. 제가 알아서 잘 처리하겠습니다."

—말로 하는 건 좀 그렇고, 내가 잠시 후에 그쪽으로 보내지. 보면 어떤 일인지 알 수 있을 거야.

"알겠습니다. 그러면 제가 살펴보고 혹시라도 여쭤볼 게 있으면 연락드리겠습니다."

—그래. 하 대표야 알아서 잘할 테니까.

하치훈은 최선을 다하겠다는 상투적인 말을 하고는 통화를 마쳤다. 그리고 이번에는 또 어떤 지저분한 사건을 처리하게 될지 걱정이 되면서도 조금 흥분이 되기도 했다.

이런 일을 처리하다 보면 묘한 흥분 같은 걸 느끼게 된다. 다른 사람은 할 수 없는 그런 걸 자신의 손으로 가능하게 만든다는 건 꽤 매력적인 일이었다. 그것이 비록 불법적인 일이라고 할지라도.

"일단 받아봐야 알겠지. 그건 그렇고 요즘 전 대표 세력들이 움직이는 것 같던데……."

하치훈은 인터폰으로 장 변호사를 좀 부르라고 시켰다.

잠시 후 장 변호사가 들어왔고, 로펌 내부를 단속하는 이야기를 조금 나누었다. 워낙 공고하게 세력을 다져놔서 크게 걱정하지는 않아도 될 것 같았지만, 그래도 방심하면 안 된다.

전 대표도 방심하지 않았다면 자신이 이렇게 대표 자리까지 오는 데는 시간이 더 오래 걸렸을 것이다. 정상에 있을 때는 항상 조심하고 주변을 살펴야 한다. 그렇지 않으면 언제 어떻게 나락으로 떨어질지 모르니까.

하지만 그런 이야기는 길지 않았다. 그쪽 세력에 꽂아놓은 빨대가 있어서 정보를 모두 파악하고 있었기 때문이었다. 이야기는 다른 쪽으로 흐르다가 강윤태와 명현그룹 쪽으로 넘어갔다.

"요즘 명현하고 특별한 일은 없지?"

"아무렴요. 어떤 데라고 소홀하게 관리하겠습니까. 특별히 신경 쓰고 있습니다. 그리고 강 변호사도 잘 챙겨주고 있습니다."

하치훈은 고개를 끄덕였다.

"그런데 강 변호사는 요즘 뭐하나? 통 볼 수가 없는데?"

"아, 요즘 뭘 좀 배운답니다. 미술하고 연기를 배운다고 하던데……."

"미술하고 연기? 아니 변호사가 그런 건 뭐하러?"

"글쎄요? 본인은 그냥 필요해서 배운다고 하던데 잘은 모르 겠습니다."

하치훈은 헛웃음을 내뱉으면서 고개를 절레절레 저었다.

"하여간 팔자 좋은 친구야. 하기야 금 수저를 물고 태어났으 니 뭐가 걱정이겠나. 자기가 하고 싶은 거 하면서 살면 되는 거지."

"그래도 일은 확실합니다. 로펌의 어지간한 변호사들은 이 제 발아래로 봐도 되겠던데요?"

"워낙 머리가 좋은 친구니까. 게다가 배경도 빵빵하고. 그 런데 여자는 통 관심이 없는 모양이야?"

"그러게나 말입니다. 주변에서 들이대는 여자도 많은 것 같 던데 통 관심을 보이지 않는답니다."

하치훈은 남자가 어떻게 그럴 수 있느냐면서 장 변호사에게 물었다.

"자네 같으면 그럴 수 있나? 아직 미혼인데 말이야."

"허허. 부장님도 참. 솔직하게 남자가 그런 거 마다하는 거 보셨습니까? 강 변호사는 취향이 좀 다른 거겠죠."

"취향이라. 거기 그 무슨 여직원 그 아이 같은 취향 아닌가? 둘이 꽤 친하다면서."

"그런 건 아닌 것 같습니다. 뭐라고 할까. 오누이 같다고 해 야 할까요? 왜 남자가 여자로 보면 눈빛이 벌써 다르지 않습니 까. 그런데 그런 게 전혀 없더군요. 다른 사람 말도 비슷하구 요. 게다가 외부에서는 따로 만나는 일도 거의 없답니다."

하치훈은 하기야 그런 관계였다면 벌써 무슨 일이 있어도 있었을 것이라고 이야기했다. 그 여직원이 혁민과 만나는 사이이니 말이다.

"그런 게 없는 걸 보면 그런 사이는 아닌가 보구만. 그런데 그 여직원은 도대체 뭐야? 무슨 전지현이나 송혜교라도 되는 건가? 만나는 남자는 장래가 촉망되는 일류 변호사이고, 오누이같이 지내는 남자는 대기업 3세이고."

"그러게 말입니다. 저도 그게 이상하더군요. 아무리 봐도 그렇게 미인도 아닌데 말입니다."

둘은 이해할 수 없는 미스터리라는 점에 동의했다. 하지만 그런 일이야 자신들이 신경 쓸 일이 아니다. 다른 이야기로 화제를 바꾸려다가 하치훈은 갑자기 미간에 내 천 자를 그리면서 이야기했다.

"저기, 혹시 말이야……."

"예, 부장님."

"이건 아닐 것 같긴 한데 말이지… 강 변호사 말이야……."

"예. 말씀하시죠."

"혹시 그런 쪽이 아닐까? 왜 있지 않은가. 남자가… 뭐 그런… 영화 브로크백 마운틴에 나온 것 같은 그런 거 말이야."

"아, 남자를……."

하치훈의 말에 장 변호사는 가만히 생각을 해보았다. 사실 여자에 그렇게까지 관심이 없기도 쉽지 않았다. 그러니 남자 취향이라고 생각을 하는 것도 무리는 아니라는 생각이 들었다.

하치훈도 갑자기 생각이 난 거였는데, 사실 상당히 중요한 문제였다. 하치훈은 강윤태에게 여자를 계속 소개해 주고 있었기 때문이었다.

강윤태에게 소개를 할 정도의 여자면 하치훈도 쉽게 생각할 수 없는 배경을 가진 집의 여식들이다. 명현그룹의 삼남에게 아무나 소개를 할 수가 있겠는가. 그런데 만약 강윤태가 그런 취향이라면 엄청난 실례가 되는 일이다.

"아니겠지?"

사실 그런 거야 다른 사람들에게 말하고 다닐 그럴 수는 없는 일이다. 장 변호사는 심각한 표정으로 대답했다.

"제가 알기에는 아닌 걸로 알고 있습니다만, 한번 알아보겠습니다. 혹시라도 모르는 일이니까요. 이런 건 확실하게 해두는 게 좋지 않겠습니까."

하치훈도 고개를 끄덕였다. 공연히 나중에 큰 문제가 될 수도 있는 일이다.

그리고 둘이 이야기하는 당사자인 강윤태는 오랜만에 친구들과 만나고 있었다.

"야, 너는 꼰대가 결혼하라는 말 안 해?"

학벌도 좋고 전문직에 종사하는 재벌가 자제들의 모임이었는데, 개중에 그나마 강윤태와 친분이 있는 남자가 물었다. 동갑에다가 과는 다르지만, 같이 대학교에 다닌 터라 가까운 남자였다.

"안 하긴. 얼마 전부터는 매주 만나고 있다."

"그런데? 너 좋다는 애들도 다 모으면 한 트럭에 다 못 태울 걸? 지금 쟤도 너한테 꼬리 치는 거 안 보여?"

강윤태가 보니 이 모임에서 자주 본 여자가 윤태에게 계속 야릇한 눈길을 보내고 있었다. 그보다 두 살 적은 여자이고 마찬가지로 재벌가 차녀라고 들은 기억이 났다. 하지만 윤태는 슬쩍 웃어주고는 다시 고개를 돌렸다.

"그냥. 끌리는 사람이 없어서."

"야, 너 그러면 연예인 한번 만나볼래? 내가 아는 애들 몇 명 있는데."

"글쎄? 나는 기가 센 여자는 별로 안 끌리는 것 같더라고."

남자는 양주를 입에 털어 넣으면서 호탕하게 웃었다.

"야, 너 현모양처 스타일이었냐? 하기야 결혼 상대로는 그런 여자가 좋기는 하지. 그런데 우리 주변에 그런 여자가 어디 있냐. 우리 쪽에 그런 여자는 정말 유니콘 같은 존재야. 있다고는 하지만 볼 수는 없는 그런 존재."

윤태도 술잔을 비웠고 남자는 윤태의 잔에 술을 따랐다.

"그러면 마음에 드는 여자는 없고? 야, 너 계속 이러면 꼰대 등쌀에 아주 죽는다 죽어. 어? 무슨 집안도 생각해야 하고 이런저런 거 생각해서라도 적당한 배우자하고 결혼하라고 들들 볶아댄다고."

남자는 결혼도 자기 마음대로 할 수가 없다면서 투덜거렸다.

"어차피 우리는 결혼은 대충 하고 따로 노는 거야. 다들 그러잖아. 뭐 그럭저럭 잘 사는 사람들도 있기는 하지만."

"난 좀 편한 사람하고 결혼하면 좋을 것 같아서……."

"나도 마찬가지다, 인마. 그런 여자하고 살면 오죽 좋겠냐. 그런데 그런 여자는 집에서 반대하잖아. 뭐라도 있는 집 여자는 그렇게 조신하고 현모양처 같을 리가 거의 없고."

남자는 자기도 내년에는 결혼할 것 같다면서 계속해서 투덜거렸다.

"야, 마셔. 이런 데 아니면 어디서 스트레스 풀겠냐."

"적당히 마셔라. 이제 슬슬 조심해야지."

"냅둬라. 술도 못 마시면 무슨 낙으로 살겠냐. 참, 너 아나운서 한번 만나볼래?"

"아나운서?"

남자는 술잔을 입에 쫙 털어 넣고는 크으 하는 소리를 냈다. 그리고 눈을 반짝이면서 이야기를 했다.

"그래. 생각해 보니까 얼마 전에 아는 친구가 몇 명 같이 만나자고 그러더라고. 뭐, 거기도 비슷비슷하기는 한데 좀 조신한 애도 있다더라."

"글쎄? 나는 시간도 그렇고."

"야, 웃기지 마. 너도 나오는 거다. 이런 건 자꾸 만나봐야 누가 걸려도 걸리는 거야. 가만. 자꾸 빼는 거 보니까 이거 수상한데? 너 누구 있는 거 아냐? 아니면 혹시… 너 남자 취향이야?"

친구의 말에 윤태가 기겁을 했다.

"무슨. 만나는 사람도 없고 남자 취향은 더 아니다. 나도 여자가 좋지."

"하기야. 그런 취향이었으면 내가 몰랐을 리가 없지."

남자는 술잔을 들고 다시 술을 권했다.

"그런데 너 요새 연기는 뭐하러 배워?"

"아, 그거. 변호할 때 도움이 좀 될까 하고. 내가 표현력이나 그런 게 좀 약한 것 같아서."

"변호사도 그런 게 필요하나? 하기야 표현력이 좋아서 나쁠 건 없겠지."

강윤태는 고개를 끄덕였다. 그러면서 이미 자신보다 앞서 나가고 있는 남자를 떠올렸다. 정말 온 힘을 다해서 따라잡으려고 있는 힘을 다하고 있는데, 잡힐 듯하면서 잡히는 않는 남자.

벌써 대학교에 다닐 때부터였다. 애산 법정변론 경연대회는 강윤태에게는 하나의 분기점이었다. 그 전까지는 겉으로는 겸손을 가장하기는 했지만, 속으로는 자만하고 있었다. 적어도 같은 나이에서는 자신이 최고라는 그런 자부심이 있었다.

그런데 그런 게 아주 박살이 났다. 아쉽게 지거나 그런 정도가 아니었다. 말 그대로 아주 박살이 나버렸다. 자신뿐이 아니었다. 자신과 같이 팀을 이루어 나간 선배들도 마찬가지였다.

'그 선배들은 적어도 나보다는 위였어. 그런데도 당할 수가 없었지. 셋이 힘을 합쳐도 밀렸어.'

충격이었다. 그때부터 목표는 혁민이었다. 그래서 사법시험
에서 자신이 수석을 하고 혁민이 차석을 했을 때, 얼마나 기뻤
던가. 그동안 노력한 보람이 있다고 생각했다. 하지만 그건 정
말 잠깐이었다.

그 이후로는 한 번도 그를 이겨본 적이 없었다. 그건 지금까
지도 마찬가지였다.

"정혁민."

"응? 뭐라고 그랬어?"

"어? 아니야. 그냥… 자, 마시고, 그래, 나중에 모임 있을 때
연락해라. 나가서 만나보지 뭐."

"이야, 그래. 그렇게 나와야지. 내가 연락할게."

윤태는 술잔을 기울였다. 그렇지만 아나운서보다는 어떻게
하면 혁민을 따라잡을 수 있을까 하는 그런 생각이 머릿속에
서 떠나지 않았다.

그 시각, 혁민은 바쁘게 재판 준비를 하고 있었다. 아무래도
자신의 사건에다가 위지원 변호사의 사건까지 챙겨주려니까
가끔은 정신없이 바쁠 때가 있었다.

"내가 준비하라고 한 거는?"

"아! 맞다. 죄송해요, 선배님. 지금 빨리 할게요."

"위 변호사. 내가 덜렁대지 말라고 그렇게 얘기했지?"

혁민이 눈을 부라리자 위 변호사는 손을 모으고는 잘못했다
는 표정을 지어 보였다. 애교스러운 표정에 혁민은 더는 화를

낼 수가 없었다.

"그래, 빨리 하자고. 니 덕에 오늘도 제시간에 못 나가고 있는 선배가 불쌍하지도 않냐?"

"죄송해요. 맞다, 오늘 데이트 있다고 하셨지? 괜찮으세요?"

"아직은. 한 15분 정도 시간 남았어. 그러니까 빨리 해. 내가 한번 봐주고 가게."

"넵, 알겠습니다."

위지원 변호사는 재빨리 자리로 돌아갔다. 그사이에 혁민은 전화를 걸었다.

"그래, 율희야. 어. 내가 시간 맞춰서 나갈게."

―오빠, 무슨 일 있죠?

"아니야, 무슨 일은."

―목소리에 다 나와 있는데요 뭘. 또 일이죠?

"아니, 뭐, 그런 거 아니야."

―제가 사무실 쪽으로 갈게요.

"아니야. 그러지 않아도 된다니까. 시간 맞춰서 나갈 거야."

―됐네요. 사무실 앞에서 봐요. 일이나 마무리해요. 대신 맛있는 거 사줘요, 오빠.

혁민은 웃으면서 그러겠다고 했다. 그러고는 정말 귀신같다고 생각했다. 어떻게 이렇게 자신에 대해서 잘 아는지. 그리고 자신을 위하고 편안하게 해주는지. 이런 여자를 어떻게 사랑하지 않을 수 있겠는가.

혁민은 위지원 변호사를 채근해서 일을 마무리하고 재빨리 옷을 챙겨 입었다. 시계를 보니 원래 약속했던 시간에서 조금 지난 후였다. 그는 가방을 챙기고 후다닥 뛰어 나갔다.

그로부터 1년 후.

"내가 준비하라고 한 거는?"

"예, 여기 있습니다."

위지원 변호사는 가지고 있던 서류를 척 내밀었다. 혁민은 건네받은 자료를 살펴보면서 가끔 고개를 끄덕였다. 자신이 원하는 내용이 잘 정리되어 있었기 때문이었다. 완벽하지는 않았지만 충실하게 만들어진 데다가 그녀 특유의 반짝거리는 게 있었다.

"오케이. 그러면 오늘은 마무리하면 되는 건가?"

"저는 내일 재판 준비 좀 더 하려고요."

"그래?"

혁민은 그렇게 대답하면서 시계를 확인했다. 율희와 약속한 시각까지 도착하는 게 아슬아슬하다는 생각이 들었다. 솔직하게 말해서 적어도 5분 정도는 늦을 상황이었다. 이동하는 중간에 일이 생긴다면 더 늦어질 수도 있었고.

혁민은 뺨을 긁적이면서 전화를 걸었다. 오늘은 늦지 않으려고 했는데, 그게 마음같이 잘 되지 않았다. 위지원 변호사가 일에 익숙해졌는데도 일손은 항상 모자랐다.

"율희야, 미안. 조금 늦을지도 몰라서."

—괜찮아요. 근처 구경하고 있을 테니까 천천히 와요, 오빠.

"맨날 늦기나 하고 이거 면목이 없다."

위지원 변호사는 혁민이 통화하는 걸 유심히 들으면서 혁민은 참 묘한 사람이라고 생각했다. 평소 일하는 모습과 율희를 대할 때가 너무 차이가 났기 때문이었다.

평소에 일할 때는 굉장히 꼼꼼하고 집중력이 굉장했다. 그래서 처음에 그런 사실을 모를 때는 무척 신기하게 생각했다. 그 시간에 어떻게 그런 작업량을 소화해 내는지 이해가 잘 되지 않았으니까.

위지원 변호사는 혁민의 사무실 안에 다른 사람이 있는 게 아닌가 하고 생각한 적도 있었다. 혼자서 그 정도의 양을 작업한다는 건 불가능하다고 생각했었으니까. 하지만 같이 작업을 해보니 어떻게 된 것인지 알 수 있었다.

혁민은 한번 집중하기 시작하면 옆에서 움직여도 그걸 알아채지 못할 정도였다. 그래서 같은 시간을 일해도 결과물의 분량이 확연하게 달랐다.

'보통은 일하다가 인터넷도 잠깐 보고 그러는데…….'

하지만 혁민은 일단 작업에 들어가면 한눈을 거의 팔지 않았다. 그렇다고 쉬지 않고 일만 하는 것도 아니었다. 중간중간 쉬기도 했다. 하지만 쉬었다가 작업에 다시 집중하는 게 굉장히 빠르고 자연스러웠다.

그래서 위지원 변호사도 자극을 받아서 혁민을 따라 해보았는데, 쉽게 혁민처럼 되지는 않았다. 그래서 요즘은 자신만의 방법을 찾았다. 작업에 들어갈 때는 아예 핸드폰도 끄고 인터넷 선을 뽑고 작업하는 방법이었다.

하지만 아직 쉬었다가 다시 작업에 들어갈 때 빠르게 집중하는 건 잘 되지 않았다. 혁민을 보고 있자면 작업에서 쑥 빠져나왔다가 다시 훅 들어가는 그런 느낌인데, 자신은 천천히 물러났다가 어기적어기적 들어가는 그런 느낌이었다.

'하여간 신기한 사람이라니까.'

그리고 기발하고 괴팍한 면도 있었다. 특히나 상대방을 몰아붙일 때 보면 혁민의 안에 악마가 살고 있다는 생각마저 들 때가 있었다. 혁민은 사람 열 받게 하다가 건수 잡아서 확 몰아치는 데는 최고였다. 아마 그런 종목이 있다면 국가대표 에이스 자리는 혁민에게 돌아갈 것이라는 생각이 들었다.

그런데 율희를 대할 때는 완전히 달라졌다. 순한 양도 그런 양이 없었다. 율희가 뭐라고 이야기를 하든 간에 무조건 오케이였으니까.

'뭐, 율희 씨가 워낙 착해서 무리한 거 요구하고 그러지 않으니까……'

처음에는 굉장히 이상한 커플이라고 생각했는데, 그동안 보니 꽤 어울리는 커플이라는 생각이 들었다. 겉으로 보기에는 나이도 10살이나 차이 나고, 잘나가는 변호사와 고졸 사무직 여직원이었다.

누가 잘 어울린다고 생각하겠는가. 하지만 사랑은 그런 조건과는 상관없는 것인 듯했다. 서로를 보는 두 사람의 눈을 보고 있으면, 정말 사랑과 행복이라는 게 이런 거구나 하는 느낌이 들었으니까.

'하기야 이유가 있으면 그건 이미 사랑이 아닐 테지.'

위지원 변호사는 자신에게는 그런 운명적인 사랑이 언제 나타나게 될까 하는 생각을 했다.

'선배님 같은 사람이면 좋을 텐데……'

외모야 눈이 번쩍 뜨일 그런 미남은 아니었지만, 혁민이 가진 매력은 훨씬 강하게 사람을 끌어당기는 힘이 있었다. 위지원 변호사는 조각 같은 미남이라도 자신은 혁민 같은 사람을 택할 것이라고 생각했다.

그러는 사이에 혁민은 재빨리 옷을 챙겨 입었다. 그리고 가방을 챙기고는 후다닥 뛰어나갔다. 혁민은 허겁지겁 뛰어가서 엘리베이터 버튼을 눌렀다. 그리고 엘리베이터의 숫자가 점점 커지는 동안 대충 입은 옷 여기저기를 매만졌다.

혁민은 엘리베이터가 도착하자 안으로 들어가서는 1층을 누르고는 버튼을 연타했다. 빨리 문이 닫히라고. 그러면서 오늘따라 유난히 엘리베이터가 굼뜨게 움직이는 것 같다고 느꼈다. 하지만 이내 엘리베이터 문이 서서히 닫혔다.

같은 시각, 엘리베이터 문이 열리면서 율희가 통화를 하면서 나왔다. 혁민을 기다리면서 근처에서 아이 쇼핑을 하다가 약속 시각이 되어서 밖으로 나오는 중이었다.

"오랜만이네요, 윤태 오빠."

―그래, 잘 지내지?

"저야 항상 그렇죠 뭐. 그런데 어쩐 일이에요?"

─그냥. 요즘 통 연락도 못 하고 보지도 못한 것 같아서.

"그러게요. 같은 회사 있으면서도 얼굴 보기 힘드네요."

윤태는 요즘도 글 쓰냐고 물어보았다.

"가끔 써요. 자주는 힘들더라고요. 오빠는요? 아, 오빠는 더 시간이 없겠다."

─나도 가끔. 그런데 너무 오랜만에 쓰면 새로운 걸 쓰는 느낌이야.

"나도 비슷해요. 이렇게 해서 언제 완결까지 낼지 모르겠어요."

율희와 이야기하면서 윤태는 마음이 안정되는 걸 느꼈다. 요즘 들어 무척이나 자신을 심란하게 하는 일들이 많았다. 재판도 골치가 아팠고, 누나인 강윤주가 자신을 배척하는 느낌은 더 강해졌다.

거기다가 빨리 결혼하라는 아버지의 압력도 더욱 강해졌고. 하지만 여러 여자를 만나보았지만, 마음에 드는 여자는 없었다. 다들 잘나고 똑똑하고 가진 건 많았지만, 그런 건 자신도 충분히 가지고 있었다.

자신이 원하는 건 그런 게 아니었다. 그런 걸 채워줄 수 있는 건 율희가 유일했다. 그녀와 이야기를 하면 정말 편안했다. 바람이 불 때마다 사각거리는 소리가 나는 잔디밭에 누워 푸른 하늘에 몽실몽실한 구름이 흘러가는 걸 보고 있는 기분.

따스한 봄볕이 몸을 따뜻하게 덥히고 가끔 부는 바람이 상쾌한 내음을 몸에 끼얹는 그런 기분이 들었다.

"그래, 언제 회사에서 점심이나 같이하자. 얼굴 잊어먹겠어."

—네, 그래요. 오빠. 아, 저 이제 가봐야 할 것 같아요.

"그래, 내가 연락할게."

강윤태는 혁민이 도착했다는 걸 느낄 수 있었다. 혁민과 연관이 될 때는 율희의 목소리가 조금 달라졌으니까. 당연한 거라고 생각하면서도 언젠가부터 조금씩 그런 게 불편하게 느껴졌다.

하지만 그런 생각은 오래 이어지지 않았다. 하치훈의 호출이 있었기 때문이었다. 윤태는 하치훈의 방으로 향했다.

"그래, 일요일에 만난 그 아이는 어떻던가?"

하치훈은 소파에 앉으라고 권하면서 물었다. 현직 장관과 대법관이 있는 집안의 자제였다. 강윤태의 가문과 비교해도 절대로 떨어지지 않는 명문가. 게다가 여자가 먼저 강윤태를 마음에 두고 다리를 놓아달라고 이야기했다.

하치훈으로서도 소개를 하고는 부담을 느낄 수밖에 없었다. 게다가 그 집은 여자가 귀해서 집안 어른들이 무척이나 귀여워한다니 더욱 그랬다. 잘만 하면 유력가들과 좋은 인연을 맺을 수 있는 기회.

"좋은 사람이더군요."

"그래, 한 번 더 만나기로 했다고?"

"예."

강윤태는 상대가 무얼 원하는 건지도 다 눈에 보였다. 하지만 그런 의도대로 움직이는 척하는 건 늘 있는 일이었다. 초등학교 시절부터 지금까지 계속해서 그런 삶을 살아왔다.

사실 일요일에 만난 여자는 무척 매력적인 여자였다. 지금까지 자신이 만났던 여자 중에 손에 꼽을 정도로. 자신만만하지만 부드럽고 여성스러웠다. 만약 그렇지 않았다면 다시 만나기로 하지 않았을 것이다.

"그쪽에서도 꽤 괜찮게 본 모양이던데……."

하치훈은 그렇게 말하면서 슬쩍 강윤태의 표정을 살폈다. 하지만 강윤태의 표정은 평소와 마찬가지였다. 부드럽고 온화한 표정. 윤태가 로펌에서 항상 하고 있는 표정이었다.

직장용 가면 같은 거였다. 집에서 하는 무표정하고 감정이 없는 것 같은 표정의 가면을 사용하는 것처럼. 가끔은 다른 표정을 할 때도 있었지만, 대부분은 이 가면을 쓰고 살아갔다.

"잘되었으면 좋겠군. 나도 주변에 알아봤는데 굉장한 재원이라고 하더군. 성품도 좋다고 하고."

"예, 그런 것 같더군요."

윤태도 그렇다는 건 바로 알 수 있었다. 대화 자체는 무척 잘 통했으니까. 적어도 다양한 주제의 대화 상대로는 지금까지 만났던 여자 중에서는 최고였다. 하지만 문제는 한 번 정도 더 만날 생각은 들었지만, 끌리지는 않는다는 거였다.

사람을 만나다 보면 생각이 바뀌기도 한다고는 하지만, 윤태는 그런 말은 자신에게는 통하지 않는 말이라고 생각했다. 자신이 처음 느낀 그 사람에 대한 감각이 변한 건 그리 많지 않았다.

윤태는 어렸을 때 자신이 사람의 감정을 잘 파악한다는 걸 알게 되었고, 그 이후로는 어떤 사람이라도 처음 만났을 때의 느낌에서 변하지 않았다. 간혹 있기는 했지만, 지금까지 그런 사람은 스물이 넘지 않았다.

"그리고 이번에 기업 인수 관련해서 일이 들어왔는데 살펴 보도록 하게."

"알겠습니다. 그런데 다른 건이 있어서 제가 가능할지 모르겠습니다."

강윤태의 목표는 명확했다. 혁민을 이기는 것. 그래서 강윤태는 자신을 진흙탕에서 더 밀어 넣었다. 모범생 같은 스타일만 고수해서는 한계가 있다는 걸 알고 있었으니까. 그리고 표현력이나 발표력, 프레젠테이션과 같은 부가적은 부분도 더 다듬었고.

그래서 태경에서도 윤태의 스타일을 많이 참고하기도 했다. 앞으로는 재판에서 디지털 기기를 점점 더 활용하게 될 거라는 건 다들 예상하고 있었으니까.

"그건 자네 판단에 맡기지. 어차피 메인은 정해진 상태니까. 그래도 무척 큰 사건이니 경험해 보는 것도 나쁘지는 않을 거야."

"알겠습니다. 가능할지는 모르겠지만, 참여할 수 있는지 살펴보겠습니다."

적당히 긍정적인 답변. 가장 무난한 말이었다. 강윤태는 그렇게 대답하고는 자리에서 나갔고, 하치훈은 목과 어깨를 주무르면서 잠깐의 휴식을 즐겼다.

요즘 들어 모든 일이 다 잘 풀리고 있어서 기분이 좋았다. 신경이 쓰이는 일이라면 일이 너무 많아서 피곤하다는 정도랄까.

"예전 같지가 않아. 이제는 정말 조심해야지."

그는 어깨를 두드리면서 중얼거렸다. 얼마 전에 친구의 장례식장에 갔다 와서는 부쩍 건강에 신경이 쓰였다. 그렇게 건강하던 친구인데 갑자기 심장마비가 와서 죽었다고 하니 남일 같지 않았던 것이다.

신경 쓸 일이 많으면 혈압도 높아지고 스트레스도 많이 받는다. 다 심장에 좋을 것 없는 것들이다. 기껏 권력을 잡고 모든 걸 자신이 휘두를 수 있으면 뭐하나. 그걸 누릴 수 없다면 아무런 소용 없는 거 아닌가.

"선생님은 그런 면에서 보면 참 신기하단 말이야. 하기야 기가 워낙 강한 분이시니……."

하치훈은 선생님을 떠올리고는 고개를 절레절레 저었다. 자신이 만나는 사람들은 대부분 기가 강한 사람들이다. 고위직에 있는 사람치고 흐물흐물한 사람이 어디 있겠는가. 하지만 선생님은 그런 사람 중에서도 아주 특별했다.

그렇게 강해 보이지 않는데, 어떨 때는 심장이 팍 쪼그라들 정도로 강한 기운을 내뿜기도 했다. 하치훈도 사람을 많이 경험했다고 자부하는 사람이었는데, 선생님과 비슷한 느낌의 사람은 본 적이 없었다.

그렇게 하치훈이 떠올리고 있는 남자는 그 시각, 전화를 받고 있었다.

"그래? 꼬리를 잡았다 이거지?"

—그렇습니다. 이거 아주 힘들었습니다.

"이번에는 확실하게 하라고. 이번에도 놓치면 그냥 넘어가지 않을 테니까."

—그래서 말씀인데… 시간이 좀 걸려도 상관없겠습니까?

핸드폰 너머에서는 아무래도 확실하게 하려면 은밀하게 움직여야 하고, 그러려면 인원과 시간이 더 필요하다는 말이 들렸다.

"확실하게만 할 수 있다면 시간이야 줄 수 있지. 지금까지 기다린 시간이 얼마인데."

—취직도 몇 명 더 시켜야 할 것 같은데 말입니다…….

"돈 걱정은 하지 말고 제대로 된 사람들을 써. 실수는 한 번으로 충분해."

선생님이라고 불리는 남자의 말에 전화기 너머에서는 낄낄대는 웃음소리가 들렸다.

—여부가 있습니까. 저번에 그거야 제 실수라기보다는 그쪽에서 잘못 건드린 거 아닙니까.

"그런 부분도 있지만, 자네가 제대로 컨트롤하지 못한 것도 책임도 커."

선생님이라고 불리는 남자의 목소리가 묵직해졌다. 만약 전화기 너머의 남자가 온전히 실수한 것이라면 그냥 넘어가지 않았을 것이다. 그런 걸 잘 아는지 곧바로 전화기 너머의 목소리가 바뀌었다.

—물론입니다. 그래서 이번에는 확실하게 하려는 것 아닙니까. 걱정하지 마시죠. 이번에는 틀림없이 눈앞에 대령하겠습니다.

"그래야지. 당연히 그래야지."

통화를 마치고 남자는 주먹을 쥐었다 폈다를 반복했다.

"백 선생. 드디어 꼬리를 잡았군."

그가 가진 자료는 반드시 없애야 했다. 그게 세상에 퍼지면 어마어마한 혼란이 올 것이다. 그리고 그가 세상에 나와서 입을 열어도 마찬가지 일이 생길 것이고.

그러면 자신이 지금까지 온갖 고생을 하면서 이룩해 놓은 모든 것이 사라지게 될 것이다. 그것만은 절대로 용납할 수 없는 일이었다.

"그것만 없애면 걱정할 거리가 없는 거야. 그리고 백 선생하고 장중범만 제거하면……."

그는 대포폰을 가방에 넣었다. 그리고 주머니에서 다른 핸드폰을 꺼냈다. 그러고는 서류 더미에 쌓인 채 문서를 보기 시작했다. 마치 아무런 일도 없었다는 듯이.

*　　　*　　　*

혁민은 기지개를 쭉 켰다. 하지만 너무 오래 앉아 있었는지 몸이 찌뿌둥한 게 말끔하게 가시지는 않았다. 혁민은 자리에서 일어나서 몸을 이리저리 움직였다. 그러다가 창가로 움직여서는 밖을 보게 되었다.

다른 직원들은 퇴근한 후였는데, 위지원 변호사는 아직 일하고 있었다. 처음에는 조금 덜렁대는 면이 있어서 불안불안했는데, 이제는 제법 능숙하게 일을 처리했다.

"많이 늘었지. 그러고 보니 쟤도 이제 방 하나 줘야겠는데?"

정식으로 일한 지가 이제 거의 일 년이 되었다. 그동안은 임시로 밖에 자리를 만들어주었지만, 아무래도 불편한 점이 있을 것이다. 그러니 이제는 따로 방을 주어야 할 것 같았다.

문제는 지금 이곳은 따로 방을 줄 수가 없는 구조라는 점이었다. 방은 혁민이 사용하는 곳 하나뿐이었다. 따로 방을 내기도 모호한 구조였고. 애초에 다른 변호사가 올 거라는 예상을 하지 않고 옮긴 곳이라 그런 거였다.

"다른 데로 옮겨야겠지?"

지금은 모자라지는 않았다. 사건은 많지 않았지만, 혁민에게는 굵직한 사건이 많이 들어왔으니까. 전에도 그랬지만, 혁민이 사건을 맡는 기준은 단순했다. 다른 사람도 할 수 있는 사건은 맡지 않는다는 거였다.

그래서 혁민이 맡는 사건은 극명하게 나뉘었다. 아주 큰돈이 되는 사건, 아니면 아예 돈은 생각할 수 없는 그런 사건이었다. 그래서 돈이 펑펑 남는 건 아니었지만, 경제적으로 어려움은 느끼지 못했다.

"그래. 어차피 나중에 성만이 형도 올 걸 생각하면 아무래도 그러는 게 좋겠어."

성만은 사법시험에 합격해서 지금 사법연수원에 있었다. 이제 조금 있으면 졸업을 할 테니 그런 것까지 생각하면 지금 사무실을 아예 옮기는 게 좋을 것 같았다.

"예전에는 이것보다도 작은 사무실도 운영하기 어려워서 절절맸는데⋯⋯."

지금 있는 사무실의 절반이나 되었을까? 아주 작은 사무실이었다. 혁민과 성만 둘의 책상만으로도 사무실의 절반이 넘게 차는 그런 아주 작은 사무실. 그것도 서울에서는 버티기가 어려워서 경기도에 사무실을 냈었다.

하지만 지금은 서울 중심가라도 마음만 먹으면 사무실을 낼 수 있을 것이다. 유지하는 것도 충분할 테고. 그런 생각을 하니 정말 만감이 교차했다.

"정말 요즘만 같으면 더 바랄 게 없겠네."

일이 생각보다 많은 걸 제외하고는 자신이 처음에 이곳에 와서 생각하던 생활과 거의 흡사했다. 일은 적당히 하면서 여유로운 생활을 꿈꾸었지만, 그런 건 아무래도 무리인 듯했다. 하기야 돈도 충분히 벌면서 일은 조금만 한다는 게 솔직히 말이 안 되는 거 아닌가.

하지만 자신의 능력을 제대로 발휘하고 경제적으로도 풍족했다. 자신이 챙겨야겠다고 생각한 사람들을 잘 챙겼고, 그들은 다들 나름대로 행복한 삶을 살아가고 있었다. 게다가 율희와도 이제는 무척이나 가까워졌다.

이 정도면 충분히 만족스러운 생활이었다. 모아놓은 돈도 제법 되어서 집을 장만할 정도는 되었다. 그래서 아직은 율희나이가 어려서 당장은 좀 그렇지만, 이삼 년 안에 식을 올리면되지 않을까 생각하고 있었다.

"빨리 마무리하고 가서 쉬어야지. 아구구구."

혁민은 팔을 이리저리 젖히면서 몸을 쭉 늘렸다. 몸에 힘을 잔뜩 주었는데, 갑자기 혁민의 눈동자가 확 커지면서 몸이 부들부들 떨렸다.

"어허억… 꺼어어억……."

혁민은 얼굴이 일그러지면서 몸을 뒤틀었다. 심장 부근에서 아주 격한 통증이 느껴졌다. 심장 부근에서 무언가가 찢어지는 것 같은 느낌. 아직 한 번도 경험해 보지 않은 그런 종류의 감각이었다.

그러더니 그런 느낌은 순식간에 온몸으로 퍼졌다. 마치 몸을 누가 잡아 뜯고 조각조각 쪼개는 것 같았다. 너무나도 괴로워서 영혼이 산산이 조각나는 것 같았다.

그리고 몸을 움직일 수도 소리를 지를 수도 없었다. 제발 지금 이 고통이 없어졌으면 좋겠다는 생각이 들었지만 어떤 것도 할 수 없는 상황. 혁민의 얼굴은 시뻘겋게 변했고, 이가 갈리면서 나는 뿌드득 하는 소리가 났다.

"커어억……."

온몸의 핏줄이 고통을 견디다 못해 몸 밖으로 달아나려는 듯 튀어나왔고, 정신이 점점 아득해졌다. 심장에서 시작된 통증은 온몸을 휘감았는데, 갑자기 찾아온 고통은 왔을 때와 마찬가지로 갑자기 사라져 버렸다.

"어?"

혁민은 당황스러웠다. 처음부터 아무런 일도 없었다는 듯, 그런 고통은 존재하지도 않았다는 듯 사라졌다. 몸에 아무런 느낌도 남아 있지 않아서 처음부터 그런 일은 없었던 것 같았다.

"뭐지?"

고통이 몸을 엄습했을 때보다도 고통이 사라졌을 때 느끼는 공포감이 더 컸다. 고통에 몸을 움직일 수조차 없을 때는 제발 이런 고통이 사라지기만 한다면 더 바랄 게 없다고 생각했지만, 막상 고통이 사라지고 나니 섬뜩한 기분이 온몸을 휘감았다.

들어본 적도 없는 경험이었다. 보통 통증이란 게 강해졌다가 없어졌다가 하기는 하지만, 없어졌다고 하더라도 정말 씻은 듯이 없어지는 게 아니다. 조금은 그 느낌이 남아 있게 마련이다.

그런데 지금은 그런 게 하나도 없었다. 정말 하나도 아프지 않았던 것 같은 그런 느낌이었다. 몸을 이리저리 움직여 보았지만, 이상한 구석이 하나도 없었다. 처음부터 그런 일은 일어나지도 않은 것처럼.

"이게 도대체 무슨……."

어찌 된 영문인지는 알 수 없었다. 혁민이 상식이 풍부하기는 했지만, 의학적으로 잘 아는 건 아니었으니까.

"이거… 당장 내일이라도 병원에 가봐야겠어."

혁민은 정밀 검진이라도 받아보아야겠다고 생각했다. 모든 것이 완벽한 상황. 이런 때 몸에 무슨 문제라도 있으면 정말 큰일 아닌가. 생각만 해도 끔찍한 일이었다. 예전에 대장암을 치료받을 때의 고통과 어려움을 생각하면 치가 떨렸다.

도대체 무슨 문제가 있는 것인지 정말 궁금했다. 강윤주에게 소개받은 의사에게 물어볼까 생각도 해보았지만, 시간이 늦었다는 걸 깨닫고는 포기했다.

만약 고통이 계속되거나 했다면 시간 같은 것에는 구애받지 않고 바로 연락을 했을 것이다. 하지만 지금은 아무런 통증도 없었다. 전화를 걸어서 뭐라고 할 것인가.

"그래. 갑자기 심장 부근에 통증이 있다가 온몸으로 퍼졌다. 움직이기 어려울 정도로 엄청난 고통이었지만, 잠시 후 사라졌다. 이렇게 얘기를 하겠지?"

그러면 검사를 받아보라고 답변할 것이다. 이야기만 들어서는 어떤 증상인지 짐작도 하기 어려울 테니까. 그러니 통화를 하는 것보다는 아예 내일 직접 병원에 가서 검사하고, 무슨 문제가 있는지 확인하는 게 좋겠다고 생각했다.

혁민은 몸 여기저기를 살펴보다가 자리를 정리하고 짐을 챙겼다. 원래는 조금 더 일하다가 갈 생각이었지만, 빨리 돌아가서 쉬는 게 좋겠다는 생각이 들어서였다.

"들어가시게요?"

혁민이 밖으로 나오자 위지원 변호사가 말을 걸면서 기지개를 켰다.

"같이 나가지?"

"아뇨. 저는 좀 더 하다가 가려고요."

평소라면 그러라고 했겠지만, 혁민은 오늘은 그냥 퇴근하라고 이야기했다.

"조금 더 한다고 일이 끝나는 것도 아니잖아. 가서 쉬어. 건강이 제일이야. 건강은 건강할 때 지켜야 하는 거라고."

위지원 변호사는 평소와는 다른 말에 조금 의아해했지만, 고개를 끄덕였다.

"그럴까요? 하긴 지금 마무리할 수 있는 것도 아니니까, 뭐……."

"그래. 그리고 너 건강검진은 언제 받았어?"

위지원 변호사는 책상 위를 정리하다가 혁민을 쳐다보았다.

"건강검진이요?"

그녀는 고개를 모로 틀면서 생각을 하더니 기억이 나지 않는다고 대답했다.

혁민은 심각한 표정으로 중얼거렸다.

"아예 이 기회에 사무실 식구들 검진을 싹 받는 게 좋겠어. 그리고 앞으로는 정기적으로 받는 게 좋겠지?"

"뭐, 건강검진이야 정기적으로 받아야 한다고 하기는 하던 데……."

위지원 변호사는 왜 갑자기 혁민이 이러는지 이유를 몰라서 어리둥절한 표정이었다. 그리고 다음 날 보람도 아직 20대인 데 무슨 건강검진이냐면서 고개를 저었지만, 혁민은 모두를 데리고 병원으로 향했다.

그렇게 갑자기 사무실 전체가 건강검진을 받게 되었다. 특별한 사정이 있는 한 명을 제외하고. 운전기사 겸 수행 비서 같은 역할의 배인수 실장이 그 주인공이었다.

그리고 건강검진 결과 혁민은 아무런 이상도 없었다. 오히려 나이보다도 훨씬 건강하다고 의사가 이야기했다. 신체 나이가 20대 중반 정도라고 의사가 이야기한 거였다.

혹시나 싶어서 가슴의 통증을 이야기하면서 정밀 검사도 해보았지만, 결과는 마찬가지였다. 혈관도 그렇고 심장도 그렇고 모든 게 정상이었다.

"이상하네. 분명히 그날 통증이 어마어마했는데."

그냥 조금 아픈 거였으면 신경도 쓰지 않았을 것이다. 그런데 아무리 생각해도 아주 심각한 일이라는 생각이 들었다. 그런 통증은 느껴본 적도 없었고, 들은 적도 없었으니까.

만약 그런 통증을 또 느꼈으면 어떻게든 이유를 찾으려고 했을 것이다. 하지만 그 이후로 그런 순간은 찾아오지 않았고,

혁민의 뇌리에서 그 일은 서서히 잊혀갔다.

                    *   *   *

　혁민이 출근하기 위해 주차장으로 오자 기다리고 있던 배인수가 인사 대신 말을 걸었다.

"사람들한테서 연락이 왔습니다."

"사람들이요?"

혁민은 누구를 말하는 거냐면서 차 문을 열었지만, 다음 말을 듣고는 곧바로 고개를 돌렸다.

"예. 백 선생한테 연락이 왔습니다."

"백 선생한테서요? 어떻게, 잘 지낸답니까?"

얼마 만에 연락이 온 것인지 몰랐다. 그동안 궁금해하기도 했지만, 언젠가부터는 그들을 잊고 있었는데, 이렇게 소식을 듣게 되니 궁금증이 한꺼번에 몰려왔다.

"잠시 중국에 있었답니다. 그쪽으로 연줄이 좀 있지 않습니까."

"아, 그렇죠."

장중범이 중국에서 작전하다가 버려진 이후에 알게 된 연줄이 좀 있었다는 게 생각났다. 살아남기 위해서 험한 일을 하면서 만난 사람들이니 밀항이나 그런 쪽으로도 관련이 있어도 이상할 게 없었다. 그리고 밀항이라는 게 쉽지 않지만, 불가능한 것도 아니다.

"하기야, 국내에서 도망 다니는 건 한계가 있으니까⋯⋯."

한국은 무척 좁은 곳이다. 숨거나 도망 다니기 무척 어려운 곳. 그래서 아마 밀항을 선택한 모양이었다. 그리고 그 때문에 연락을 계속 못 했던 것이고.

"그래. 잘 지낸답니까?"

"얼마 전에 다시 한국에 왔다고 하더군요."

"그래요?"

배인수는 장중범이 조심스럽게 거점을 마련하는 중이라고 했다.

"아직은 무척 조심스럽게 움직이고 있습니다. 그런데 조사를 하다가 좀 이상한 걸 발견했다고 합니다."

"이상한 거라뇨?"

"자신들을 뒤쫓고 있는 사람이 예전에 백 선생이 뒤를 봐주었던 자들로 알고 있었는데, 그들이 아니라 다른 자인 것 같다고 하더군요."

배인수는 물론 그 권력자들이 뒤에 있기는 하겠지만, 사람들을 풀어서 잡아들이려고 하는 자는 전혀 뜻밖의 인물인 것 같다고 했다.

"아직 확실하지는 않지만, 사법개혁 모임의 일원인 것 같다고 하더군요. 추적하던 사람을 하나 잡아서 알아보았는데, 지시한 사람이 사법개혁 모임과 관련이 있었다고 합니다."

"예?"

혁민은 깜짝 놀랐다. 사법개혁 모임이라면 정말 열정과 신념으로 뭉친 사람들이 모인 모임이다. 물론 어떤 모임이라도 변절자가 나올 수는 있지만, 혁민은 조금 충격을 받았다. 그래도 가장 믿을 수 있는 집단이라고 생각했는데, 거기에도 스파이가 있다는 말이었으니까.

"그게 확실한 건가요?"

"모임과 관련이 있는 사람이라는 건 확실하답니다. 그리고 지금 용의 선상에 몇 명을 올려놓고 알아보는 중인데 워낙 움직이기가 어려워서 시간이 오래 걸릴 것 같다는군요."

장중범은 혁민이 사법개혁 모임과 가깝다는 걸 알고는 그 사실을 미리 알려주기 위해서 연락을 했다는 거였다. 혹시라도 그 사람이 무슨 짓을 할 수도 있으니 조심하라고.

혁민은 혼란스러웠다. 지금까지 자신이 만났던 모임의 구성원 중에는 의심할 만한 사람이 없었다.

"아니야. 내가 모임의 멤버를 전부 다 아는 것도 아니고, 멤버가 아니라 그냥 연관이 있는 사람일 수도 있는 거지. 아직 확실한 건 아니니까."

"뭐, 그렇습니다. 작은 실마리 하나가 있는 것뿐이니까요."

"그래서 어떻게 하기로 했답니까? 언제쯤이면 만날 수 있는 건가요?"

그동안 너무 무심했다는 생각이 들었다. 이상하게 가까워진 사이기는 하지만, 그래도 서로 신뢰하는 사이인데 말이다.

"확실하게 안전해졌다고 확신이 들기 전까지는 연락을 못 할 것 같다고 합니다."

왜냐하면, 혁민이 위험해질 수도 있기 때문이었다. 혁민은 무척이나 아쉬웠지만, 사정을 이해했다. 정말 목숨이 달린 일 아닌가.

"그렇군요. 좀 아쉽네요."

"그리고 저도 자리를 좀 비워야겠습니다."

"배 실장님도요?"

"예. 제가 좀 움직여야 그 사람들이 자리를 잡는 게 빨라질 것 같아서요."

혁민은 고개를 끄덕였다. 그동안 존재감은 없었지만, 항상 배 실장이 곁에 있어서 든든했다. 그런데 당분간 그가 없다고 생각하니 벌써부터 허전함이 느껴졌다.

"언제부터인가요?"

"지금 바로 가봐야 할 것 같습니다. 그래서 그 이야기도 할 겸 해서 이렇게 온 겁니다."

"그런가요? 뭐, 어쩔 수 없죠."

혁민은 종종 연락할 수 있느냐고 물었는데, 배 실장은 그러지 않는 편이 좋을 것 같다고 했다.

"혹시 모르는 거니까요. 하지만 다른 방법으로 연락을 전하도록 하겠습니다."

"다른 방법이요? 어떤 방법으로?"

"그건 나중에 아시게 될 겁니다. 그럼 전 이만……."

배 실장은 그렇게 이야기하고는 뒤돌아 가버렸다. 혁민은 갑자기 자신의 주변에 일이 생기는 것 같다고 생각했다.

"이상하게 불안하네… 저번에 그 통증도 그렇고, 갑자기 주변에서 일이 생기는 것도 그렇고……."

혁민은 멀리 사라지는 배 실장의 흐릿한 모습을 보면서 중얼거렸다.

*　　　*　　　*

"이런 데가 있는 줄 몰랐군."

남자는 방 안을 보면서 신기하다는 듯 이야기했다. 하지만 태연한 남자와는 달리 교도관은 무척이나 신경이 쓰이는 표정이었다. 눈앞에 있는 남자가 세상을 떠들썩하게 했던 연쇄살인마였기 때문이었다.

"일단 앉읍시다."

특별 면회실. 일반인은 이런 곳이 있는지도 모르는 곳이다. 그냥 보기에는 일반 가정집의 거실처럼 보이는 장소. 양복을 입은 남자는 일단 자리에 앉으라고 권했고, 연쇄살인범이자 사이코패스인 남자는 다리를 조금 절면서 소파를 향해 움직였다.

사이코패스가 자리에 앉자 양복을 입은 남자는 교도관을 향해 눈짓을 했다. 자리를 비워달라는 이야기. 교도관이 있어야 하는 것이 원칙이지만, 충분히 약도 쳤고 이야기도 이미 다 된 터.

교도관은 슬며시 고개를 끄덕이고는 밖으로 나갔다. 교도관이 나가자 방에는 두 명의 남자만이 남아 있었다. 사이코패스는 소파에 털썩 주저앉아서 이야기했다.

"아이고, 편하구만. 그런데 나야 이런 데서 시간을 때우니 좋긴 한데, 무슨 용건이 있어서 온 걸까 궁금하네. 평생 여기서 썩어야 하는 나에게 말이야."

사이코패스는 흥미롭다는 눈초리로 남자를 쳐다보았다. 다소 섬뜩한 기운이 느껴지는 음산한 눈빛이었는데, 남자는 대수롭지 않은 듯 받아넘겼다.

"뭐, 서로에게 이득이 되는 걸 이야기하러 왔지. 들어서 나쁠 건 없을 거야. 듣고 나서 받아들이지 않더라도 상관없고."

남자는 조금은 퉁명스럽게 말했다. 너 따위는 아무것도 아니라는 것처럼. 두 사람은 아닌 것 같이 굴면서도 서로 팽팽한 기 싸움을 벌였다.

"얘기 듣는 거야 뭐 어려울까. 용건 있는 사람이 말을 시작하지?"

"그러지. 그 전에 안에서 생활하기는 괜찮던가? 최근에 자해했다는 얘기도 있던데……."

"호오. 나에 대해서 관심이 많은가 보군. 뭐, 심심해서 팔을 좀 그어봤지. 피를 본 지 오래되니까 좀 그리워서 말이야."

그렇게 말하고는 사이코패스는 씨익 웃었는데, 보통 사람이 보았다면 한기가 느껴질 그런 표정이었다. 하지만 양복을 입은 남자는 표정 변화 없이 그저 고개만 살짝 끄덕였다.

"그럴 만하지. 피를 끊는다는 거, 그거 상당히 어려운 일이거든."

남자도 소파에 편하게 등을 기대고는 말을 이었다.

"하지만 그게 전부는 아닐 것 같은데? 치료를 받으면서 간을 좀 본 거 아닌가? 여기 시스템이 어떻게 돌아가는지를 알아보려고 말이야."

"호오… 이거 재미있는 친구인데? 이쪽 방면으로 잘 아나봐?"

사이코패스는 그렇게 얘기하면서 양복을 입은 남자를 계속해서 살폈다. 어떤 의도로 자신에게 접근했고, 왜 이런 이야기를 하는지 가늠해 보기 위해서였다.

"그러고 보니 당신도 뭔가 냄새가 좀 이상하군. 나랑 같은 과인가?"

사이코패스는 양복을 입은 남자가 자신과 비슷한 종류의 인간이거나 아니면 피를 많이 경험한 사람이라고 생각했다. 그렇지 않고서는 풍길 수 없는 그런 묘한 분위기가 느껴졌기 때문이었다.

사이코패스는 처음에는 연구나 조사 목적을 가지고 찾아온 사람일 수도 있겠다는 생각을 가졌지만, 이제는 그런 생각은 완전히 접어버렸다. 이런 종류의 인간은 그런 것을 위해서 움직이지 않으니까.

'나하고 비슷한 인간.'

사이코패스는 갑자기 다리가 욱신거리는 걸 느꼈다. 자신의 다리를 이렇게 만든 그 중년 남자도 자신과 조금 비슷한 느낌이 있었다는 게 떠올랐기 때문이었다. 하지만 조금 달랐다.

그 중년인은 훈련을 받고 사선을 넘나드는 경험을 해서 그런 분위기가 나는 거였고, 자신이나 눈앞에 있는 남자는 타고난 거였으니까.

'민주엽이라고 했던가? 나중에 제대로 갚아줘야 할 텐데 말이야.'

자신에게 그런 짓을 한 사람을 그냥 둘 수는 없었다. 하지만 교도소에 이렇게 갇혀 있는 한은 복수는 꿈에 불과했다. 그래서 사이코패스는 이런저런 수를 생각하고 있었다.

자해를 한 것도 피가 그리웠던 것도 있지만, 치료를 받은 것도 다 무슨 수가 있나 살펴보기 위함이었다. 하지만 이곳에서 나가는 건 쉽지 않았다. 특히나 연쇄살인범은 단독으로 움직여서 더 그랬다.

어떤 식으로든 나가려면 누군가의 도움이 필요하다. 혼자의 힘으로 교도소에서 빠져나간다는 건 불가능에 가까운 일이다. 사이코패스가 그런 생각을 하고 있을 때, 남자가 말을 툭 던졌다.

"그런 거야 중요한 건 아니고. 안에서 있기 불편할 텐데 외출 좀 해볼 텐가?"

외출. 사형수인 사이코패스가 외출할 일이 뭐가 있겠는가. 어떤 식으로든 빼내겠다는 소리다. 사이코패스는 아주 흥미롭다는 듯 남자를 쳐다보면서 이야기했다.

"외출? 좋지. 그런데 그 어려운 외출을 이야기하는 걸 보면 뭔가 대단한 걸 원하는 것 같은데… 바로 털어놓지? 여기도 마냥 있을 수만은 없는 곳인 것 같은데."

"시간은 넉넉하니 걱정하지 말라고. 그 정도 파워도 없이 어떻게 외출을 이야기하겠나."

양복을 입은 남자는 자신에게 힘이 있다는 걸 과시했다. 하기야 이렇게 특별 면회를 가능하게 하고, 시간도 충분히 뺄 수 있다는 것. 그건 어지간한 힘이 있지 않고서는 불가능한 일이었다.

하지만 자신에게 왜 이런 제안을 하는지가 중요했다. 하지만 도대체 어떤 이유에서 그러는 것인지는 짐작도 할 수 없었다.

"그건 그렇다고 치고, 내가 할 일은?"

"당신한테 바라는 게 뭐 있겠나. 늘 하던 일 하라는 거지."

그렇게 말하면서 양복을 입은 남자는 이빨을 내보이며 씩 웃었다. 역시나 섬뜩한 느낌의 웃음. 사이코패스는 만족스러운 표정을 하면서 서서히 고개를 끄덕였다.

"클클클. 좋은 조건이군. 피 냄새를 다시 맡을 수 있다니 말이야. 그런데 내가 기동력이 예전 같지 않아서 말이지… 그리고 외출을 하게 되면 나를 찾는 사람이 좀 많을 것 같은데……."

"그런 부분은 우리가 알아서 해주지. 설마 그 다리로 알아서 움직이라고 하겠나."

알아서 서포트를 해주겠다는 의미. 남자의 말을 들은 사이코패스는 잠시 생각하다가 질문을 던졌다.

"그러면 내가 원하는 대상이 아니라 당신들이 원하는 대상을 상대해야 한다는 거로군."

"그렇지. 그렇게 되면 서로 좋은 일 아닌가?"

양복을 입은 남자는 사이코패스가 당연히 제안을 받아들일 것이라고 생각하는 듯했다. 표정이나 행동에서 그런 느낌이 물씬 풍겼다.

"당신들이야 좋을지 몰라도 나는 그렇지 않을 것 같은데? 나도 취향이라는 게 있어서 말이지."

사이코패스는 고개를 저었다. 당장에라도 나가고 싶었다. 하지만 이런 식으로 상대방에게 끌려가는 건 좋지 않았다. 게다가 아직은 상대를 믿을 수도 없었고.

"재미있군. 지금 선택의 여지가 있다고 생각하는 건가? 스마트한 친구인 줄 알았는데 생각보다는 판단력이 별로인데?"

"세상일이란 게 자기 생각한 대로 돌아간다고 생각하면 오산이지. 일단 나는 거절하지."

사이코패스는 그렇게 이야기하고는 자리에서 일어섰다. 남자는 물끄러미 사이코패스를 쳐다보다가 입을 열었다.

"그래? 자네 뜻이 그렇다면야. 뭐, 시간은 넉넉하니까 여기서 푹 쉬다 가라고. 어차피 방에 가봐야 할 일도 없지 않은가. 그 정도는 내가 해주지."

양복을 입은 남자는 그렇게 말하고는 자리에서 일어섰다. 그는 양복 단추를 채우고는 먼저 밖으로 나갔다. 그리고 잠시 후 교도관이 들어왔다. 사이코패스는 소파에 드러누워서 낄낄대며 웃었다.

"재미있군. 재미있어."

사이코패스는 조만간 그 남자와 다시 만나게 될 것이라고 생각했다. 왜인지는 모르겠지만, 상대는 자신을 원하고 있었다. 그리고 자신은 넌지시 의사를 밝혔다.

"그 정도는 알아들었겠지. 나랑 비슷한 인간이라면."

사이코패스가 중얼거릴 시각, 양복을 입은 남자는 교도소 밖으로 나가고 있었는데, 철문을 나서자마자 곧바로 핸드폰을 꺼냈다.

"받아들일 것 같습니다."

—그런가?

"그런데 조건을 조금 추가해야 할 것 같더군요."

—까다로운 녀석이군. 하지만 그놈만큼 적임자도 없으니 어지간하면 맞춰주어야겠지? 자네 생각은 어떤가?

"저야 생각하는 파트에서 근무하는 거 아니지 않습니까. 원하시는 대로."

남자는 사이코패스가 원하는 게 어떤 것인지 들은 대로 전달했다. 그러자 핸드폰 너머에서는 잠시 아무런 소리도 들리지 않았다. 생각에 잠긴 모양이었다.

남자는 사이코패스와의 만남을 다시 떠올리면서 히죽 웃었다. 즐거웠다. 오랜만에 보는 동류의 인간. 그것도 아주 짙은

혈향을 풍기는 인간이었다.

'그런 인간은 절대로 피를 포기하지 못하지. 일단 거절한다는 건 조금만 더 신경을 써주면 하겠다는 뜻이야.'

그렇게 그가 사이코패스와의 만남을 떠올리고 있는 동안 선생님이라고 불리는 남자는 손가락으로 책상을 살짝 두들기면서 고민했다.

하지만 어차피 결론은 정해져 있었다. 포기할 수 없는 인간이었다. 자신이 원하는 바를 이루기 위해서는 반드시 그 사이코패스가 움직여 주어야 했으니까.

선생님이라고 불리는 남자는 결심을 한 듯 입을 열었다.

"그렇게 하지. 조만간 다시 가서 이야기하고 움직일 준비를 하게."

―알겠습니다. 하지만 이게 보통 일이 아니라서 시간이 필요하다는 건 아시겠죠?

"그래. 앞으로 1년 정도 시간이 남았으니까 시간은 부족하지 않을 거야."

핸드폰 너머에서는 걱정하지 말라는 투의 목소리가 들렸다.

―그 정도면 떡을 치고도 남지요. 제가 알아서 준비하겠습니다.

"그리고 백 선생 건도 그 안에 마무리하고. 반드시 그 전에 끝장을 봐야 해."

―물론입니다. 시간이 조금 더 걸리기는 하겠지만, 우리의

눈에서 벗어날 수는 없을 겁니다.

중간에 상황을 보고하라는 말을 끝으로 통화는 종료되었다. 통화를 마친 남자는 핸드폰을 가방에 넣었다.

"그런데 정혁민을 어쩐다?"

남자는 고민이 되었다. 백 선생이나 장중범과 정혁민이 연관이 있다는 정보가 있었기 때문이었다. 그들과 깊은 관계라면 절대로 가만히 둘 수는 없는 일이었다.

"민주엽의 딸과 사귀는 것도 그렇고. 자꾸 엇나간단 말이야."

민주엽도 요주의 인물이었다. 장중범이 빼돌린 정보. 그 정보를 가지고 있다고 생각되는 인물 중 한 명이 민주엽 아니던가. 정혁민이 그쪽과 자꾸만 엮이게 되면 포기할 수밖에 없었다.

하지만 정혁민은 쓸모가 많은 인재다. 그래서 어떻게든 키워서 써먹겠다고 생각했었다. 그의 능력을 보면 볼수록 더욱 탐이 났다.

"일단 어느 정도 관계가 있는 것인지 확실하게 알아보고 결정을 해야겠어. 그냥 버리기에는 아까운 녀석이니까."

그렇게 중얼거린 남자는 사람들의 명단이 적힌 서류를 집어 들었다.

"그것보다 사법개혁 모임에서 고위직이 더 많아져야 내가 원하는 걸 이룰 수 있을 텐데 말이야. 다들 워낙 뻣뻣해서 그러기가 쉽지 않으니⋯⋯."

남자는 그나마 고위직이 몇 명 있었지만, 아직 부족하다고 중얼거렸다. 그러면서 제대로 힘을 쓰려면 앞으로도 시간이 더 필요하겠다고 말하면서 한숨을 내쉬었다.

"하여간 쉬운 일이 없군."

남자는 명단을 쭉 훑다가 끄트머리 쪽에 있는 정혁민의 이름에서 눈길을 멈추었다. 그리고 잠시 정혁민의 이름을 유심히 쳐다보았다.

＊　　　＊　　　＊

─그래, 율희야. 이따가 봐.

"네, 오빠. 제가 시간 맞춰서 사무실로 갈게요."

통화를 마친 율희는 외출 준비를 했다. 약속 시각이야 한참 남았지만, 어디 준비가 일이십 분 만에 마칠 수 있는 것이던가. 율희는 부산하게 움직였다. 그런데 얼추 준비를 마쳤다고 생각하는 순간 핸드폰이 울렸다.

"예, 아주머니."

친한 동네 아주머니의 전화였다.

─아이고, 율희야. 지금 혹시 집인감?

"네, 그런데요?"

─아고아고 잘됐네. 저기 부탁 좀 하나 할라고.

시장에서 장사하는 아주머니였는데, 자기가 지금 급하게 어디 가볼 데가 있어서 그러니 딸아이가 학원에서 돌아오면 좀 챙겨달라는 거였다. 평소에도 가끔 이런 부탁을 받았던 터라 율희는 그러겠다고 했다.

—별건 없고 그냥 집에 오면 간식 만들어놓은 거 먹으라고 만 하면 돼. 숙제하는지만 좀 챙기고.

율희는 시계를 보았는데 그렇게 하고 약속에 가도 시간은 넉넉했다.

"네, 알았어요."

—아이구, 그래. 부탁 좀 할게. 나중에 시장에 와. 내가 물건 좋은 거 싸게 줄 테니까.

"그러지 않으셔도 돼요. 제가 이따가 전화드릴게요."

율희는 통화를 마치고 근처에 있는 아주머니의 아파트로 향했다. 지은 지가 오래돼서 낡은 아파트. 율희는 아주머니의 집으로 가서 번호키를 누르고 들어갔다.

"아직 오려면 시간이 조금 남았네?"

율희는 무얼 할까 고민하고 있었는데, 갑자기 벨 소리가 들렸다.

"이상하네? 아직 올 시간은 안 됐는데?"

현관문으로 가서 보니 작은 남자아이가 있었다. 남자아이는 이 집 딸과 또래로 보였는데, 같은 반 친구라고 말했다. 그리고 만나기로 했다면서 친구가 집에 있느냐고 물었다.

"아직 안 왔는데. 들어와서 잠깐 기다릴래?"

"예, 그럴게요."

남자아이는 무척이나 싹싹하게 대답하고는 안으로 들어왔

다. 아주머니의 딸과 같은 나이라면 이제 초등학교 5학년. 고등학생만 되어도 집 안으로 들이기 부담스러웠겠지만, 초등학교 5학년 아이를 밖에 계속 세워두는 것도 좀 그래서 안으로 들어오라고 한 거였다.

남자아이는 무척이나 특이했다. 거실 소파에 앉더니 갑자기 뉴스 채널을 틀고 보는 게 아닌가. 초등학교 5학년이 뉴스 채널을 본다는 게 율희는 무척이나 신기했다. 그리고 잠시 후 딸이 왔는데 같은 반 친구가 맞다고 이야기했다.

둘은 아이 방으로 들어갔는데 잠시 후, 남자아이가 나오더니 집에 가겠다고 이야기했다.

율희는 이렇게 잠깐 보고 가는 게 좀 이상하다고 생각했지만, 그냥 그러려니 했다. 하지만 무척 특이한 아이라는 인상은 깊이 남았다.

Chapter 3
촉법소년

"아후~ 아후우우~"

위지원 변호사가 법원에 다녀오더니 한숨을 푹푹 내쉬고 있었다. 혁민은 사무실 이전과 관련해서 이야기하려다가 그런 모습을 보고 이유를 물었다.

"왜? 무슨 일 있었어?"

"아니, 아후우……. 재판하는데 상대 변호사가 짜증 나게 해서요."

"뭘 어쨌는데?"

위지원 변호사는 오늘 피고 측 변호사가 계속해서 황당한 주장을 해서 짜증이 난다고 했다. 소송과는 상관없는 걸 계속해서 끄집어내서는 자꾸만 이상한 쪽으로 몰고 가려고 한다는 거였다.

"난 또 뭐라고. 소송하다 보면 그런 거 흔해."

"정말요? 아니 저번에도 비슷한 경우가 있기는 했는데, 이 정도는 아니었거든요."

혁민은 혀를 찼다. 이제는 위지원 변호사도 제법 변호사티가 났지만, 그래도 아직은 경험이 부족했다. 이제 겨우 1년 조금 넘게 변호사를 한 거나 마찬가지니까.

"그래서 어떻게 했는데?"

위지원 변호사는 어떻게 대응했는지 이야기를 했다. 혁민이 들어보니 무난하게 처리를 한 듯싶었다. 공연히 발끈해서 잘못 대응했다가는 피곤해질 수 있는데 사건과는 무관한 주장이라고 하면서 적절하게 대응했다.

"잘했네. 꼭 그런 건 아니지만, 피고 측에서 그런 식으로 황당한 주장을 많이 하니까 조심해야 한다고. A만 가지고 이야기를 해야 하는데, B, C에다가 갑을병정 온갖 잡다한 걸 다 들고 나온다고. 일종의 논점 흐리기지."

"그런데 그러면 판사도 짜증 날 것 같아요. 뻔히 보일 거잖아요."

혁민은 맞는 이야기라면서 웃으면서 고개를 끄덕였다.

"그러니까 그것도 조심해서 해야지. 공연히 엉뚱한 소리 해서 재판 질질 끈다고 생각되면 판사가 가만히 있겠어? 오히려 판결에 악영향을 미칠 수도 있지."

"그런데 왜 그렇게 하는 거예요?"

"그래서 줄타기를 한다고. 재판에 악영향을 주지 않을 정도로만 말이야. 뭐라고 할 정도는 아닌 선까지만 내세우고, 또 한편으로는 그럴듯하게 들리는 논리를 가져다가 내세우는 거지. 그것도 변호사의 실무적인 스킬 중 하나야."

혁민의 이야기에 위지원 변호사는 고개를 내저었다. 자신과는 맞지 않는 방법이라면서.

"나야 그런 식으로 재판에 임하지 않으니까 잘 보지 못했겠지만, 굉장히 흔해. 그리고 거기에 잘못 대응하면 큰일 나니까 조심하라고."

거기에 낚여서 잘못 대응하게 되면 오히려 꼬투리를 잡혀서 패소의 빌미를 제공할 수도 있게 된다.

"상대는 제발 낚여라, 낚여라 하면서 하는 거라고. 그러니까 아예 오늘처럼 확실하게 콕 집어서 대응하면 돼. 그래도 오늘은 대응이 괜찮았어."

"정말요? 아우, 다행이네. 오늘처럼 이렇게 하라는 말이죠?"

위지원 변호사는 수첩을 꺼내서 혁민의 이야기를 받아 적었다. 그녀의 수첩은 이제 몇 장 남지 않은 상태였다. 제법 두툼한 수첩이었는데, 혁민의 말을 적을 때마다 빈 곳이 줄어들어서 그리된 거였다.

그 수첩을 보고 있으니 혁민은 여러 가지 생각이 떠올랐다. 정말 시간이 꽤 흘렀구나 하는 생각도 들었고, 위지원 변호사가 열심히 하더니 많이 늘었다는 생각도 들었다.

'그래도 흐뭇하기는 하네. 처음에는 실수 연발이었는데, 이

제는 알아서 대응도 잘하고.'

혁민이 보기에 위지원 변호사는 실력이 나쁜 건 아니었다. 문제는 요령이었다. 요령이 없어서 실력을 제대로 보여주지 못한 거였다.

"그건 그렇고 사무실 옮기려고 하는데……."

"사무실을요? 어디로요?"

"일단 좀 알아보려고. 너도 언제까지 여기 있을 수는 없는 거잖아. 니 방은 하나 있어야지."

"제 방이요?"

방이라는 말에 위지원 변호사의 표정이 확 변했다. 그녀는 초롱초롱한 눈으로 혁민을 바라보면서 언제 사무실을 옮기는 거냐고 물었다.

"조만간. 지금 하고 있는 일도 있으니까 시간 봐서 해야지. 그리고 적당한 장소도 찾으려면 시간이 좀 걸릴 테고."

"아, 그러면 아직 옮길 데가 정해진 건 아니죠?"

"그래. 아직은 알아보는 중이야."

"그러면 저도 같이 보러 다니면 안 돼요?"

"너도 같이?"

위지원 변호사는 고개를 세차게 끄덕였다. 사무실에 자기도 방도 생긴다고 하니 직접 보러 다니고 싶은 모양이었다.

"뭐, 그래. 일하는 거 방해되지만 않으면, 보람이도 같이 갈까?"

"저도요?"

보람은 화들짝 놀라서 되물었는데, 생각해 보니 요즘 들어서 보람이 좀 기운이 없는 것 같았다. 늘 같이 있던 성만도 없고, 그나마 이야기 상대가 되어주던 배 실장도 없었으니까. 그러고 보니 혁민도 배 실장이 없어서 조금 허전한 구석이 있었다.

그가 있을 때는 잘 몰랐다. 그런데 그가 운전도 하고 늘 옆을 지키고 있던 게 얼마나 든든했는지 최근에야 알 수 있었다. 자동차 뒷자리 문을 열어준 것도 여러 번이었다. 자신이 운전해야 하는데 말이다.

'든 자리는 몰라도 난 자리는 안다더니. 정말 옛날 말이 허투루 들을 게 아니라니까.'

보람은 대답을 못 하고 머뭇거리고 있었는데, 혁민이 웃으면서 말했다.

"그래. 언제 날 잡아서 같이 보러 다니면서 맛있는 것도 먹고 그러자고. 계속해서 사무실 안에만 있는 것도 좀 그렇잖아."

"그… 그럴까요?"

보람이 우물쭈물하면서 대답하자 위지원 변호사가 찬성이라면서 환호했다.

"그래요. 같이 다니면서 구경도 하고 그래요. 요즘 사무실이 너무 휑한 것 같아요. 그러니까 분위기 전환도 하고 좋잖아요."

"그… 그렇죠?"

보람은 조금 말을 조심하기는 했는데, 위지원 변호사가 말한 대로 생각하는 듯했다. 하기야 사람이 없으니 사무실이 비어 있는 느낌이 있기는 했다.

"그래 그렇게 하자고. 있어보자. 내일은 나나 위 변호사나 법원에 가야 하고. 음… 목요일 정도에 조금 일찍 끝내고 보러 다니면 괜찮을 것 같은데… 어때?"

"잠깐만요……. 저도 그날은 괜찮을 것 같아요. 일할 거야 그전이나 쉬는 날 보충하면 되죠, 뭐."

그렇게 사무실을 같이 보러 가는 날이 정해졌는데, 오랜만에 사무실에 활기가 도는 것 같은 느낌이었다. 혁민은 사람을 더 들여야 하나 고민했다. 지금도 보람이 하는 일이 꽤 되는데, 성만까지 오게 되면 일손이 더 필요할 것 같았기 때문이었다.

문제는 누구를 들이느냐는 거였다. 아무나 들이는 건 마음에 들지 않았고, 그래도 믿을 만한 사람을 쓰고 싶었다.

'아직 시간이 있으니 좀 더 알아봐야겠다. 일단 두 명 정도는 더 있어야 할 것 같은데…….'

바깥나들이하고는 조금 성격이 다르긴 했지만, 그래도 두 여자는 아주 신이 나 있었다. 서로 마주 보면서 수다를 떨었는데, 얼굴에 웃음과 기분 좋은 느낌이 가득했다. 환한 얼굴을 보고 있자니 혁민까지 기분이 상승하는 느낌이었다.

"자, 그러면 그렇게들 알고 일하자고."

혁민은 그렇게 분위기를 정리하고 자신의 방으로 들어왔다. 하지만 두 여자는 정말로 기분이 들떴는지 혁민이 들어오고 나서도 한동안 수다를 떨었다.

*　　　*　　　*

"오빠, 요즘 애들 진짜 신기해요."

율희는 혁민에게 정말 신기하다는 듯 말했다.

"뭐가?"

"글쎄 초등학생이 TV를 켜더니 뉴스 채널을 보는 거 있죠?"

"뉴스? 일단 만화로 먼저 가야 정상 아닌가?"

"그러니까요. 요즘 애들이 그런 건지, 걔가 특별한 건
지……."

혁민도 신기하다고 생각하면서 이야기를 나누었다. 초등학
생이라면 뉴스와는 전혀 상관없어 보였으니까. 그리고 아마도
그 아이가 좀 유별난 아이일 것이라고 생각했다.

"아무리 세상이 변했어도 요즘 애들이 대부분 그러지는 않
을 거야. 왜 아이 중에서 유독 특이한 애들이 있잖아."

"그렇죠? 저도 깜짝 놀랐다니까요. 그리고 얘기를 잠깐 해
봤는데요. 정말 똑똑해요."

율희는 전혀 초등학생 같지 않았다면서 이야기했다.

"요즘 회사 생활은 좀 어때?"

"이제는 일이 좀 익어서 괜찮아요. 그리고 우리는 일 그렇게
많지 않아요. 변호사들이 일에 치여서 살지."

혁민은 고개를 주억거렸다. 그런 상황은 태경과 같은 거대

로펌이나 혁민의 사무실이나 마찬가지였으니까. 일은 변호사가 대부분 할 수밖에 없었다. 일반적인 회사처럼 후임에게 일을 시키고 그런 시스템이 아니었다.

자신이 맡은 사건은 자신이 책임져야 했다. 그래서 사건을 많이 맡은 변호사일수록 업무량이 어마어마했다. 정말 사무실에 서류 봉투가 가득할 정도였다.

혁민은 다 만족했지만, 아쉬운 건 아직도 민주엽이 12시 이전에는 율희를 보내야 한다고 말한 거였다. 율희도 이제는 성인이라면서 애교를 부려보았지만, 민주엽은 결혼하기 전에는 어림도 없는 일이라면서 단호하게 말했다.

사실 시간이 뭐 그리 중요하겠는가. 12시가 통금이라고 하더라도 그 전에 알아서 할 거 다 하는데 말이다.

"내일은 일 언제 끝나요?"

"내일? 내일은 법원 갔다가 사람 만날 일도 있고 그런데. 왜?"

"아니, 내일은 외부에 일 나갔다가 바로 퇴근할 것 같아서."

"그래?"

율희는 윤태의 일을 도우려고 외부에 같이 나가게 되었는데, 일이 일찍 끝날 것 같다고 이야기했다.

"그래? 가만있어 보자. 내일 약속을 미룰까?"

"그러지 마요. 약속한 거 자꾸 미루는 거 좋지 않아요."

율희는 집에 가 있다가 저녁에 시간 맞춰 나가겠다고 했다. 하지만 혁민은 이런 좋은 기회를 놓치고 싶지 않아서 어떻게든 방법을 찾아보겠다고 이야기했다.

"괜찮아. 얘기만 잘하면 미뤄도 된다니까."

"자꾸 그러면 내일 만나주지 않을 거예요."

혁민은 흠칫했다. 율희는 유순하고 나긋나긋한 성격이었지만, 그렇다고 마냥 좋기만 한 건 아니었다. 확실하게 끊을 때는 단호하게 끊을 줄도 알았다. 그런 성격을 잘 알고 있기에 혁민은 한발 물러섰다.

"아쉬워서 그러지. 오랜만에 낮부터 데이트할 기회인데. 그것도 평일에."

평일에 낮부터 만나서 데이트를 한 건 한 번도 없는 것 같았다. 하기야 주말에도 일하는 날이 많은 혁민인데 평일에야 오죽하겠는가. 게다가 율희도 회사에 다니고 있으니 더욱 그럴 기회가 없었다.

정말 오래간만에 찾아온 기회라 어떻게든 시간을 내려고 했지만, 그랬다가는 율희의 화만 돋울 것 같았다. 혁민은 입맛을 다셨다.

"거의 매일 보잖아요. 뭐가 그렇게 아쉬워서 그래요. 오빠도 참 이럴 때 보면 애 같다니까."

율희는 방긋 웃으면서 혁민의 손을 잡았다. 혁민은 픽 하고 웃고는 서운함을 떨쳐 버렸다. 율희의 얼굴을 보면 그런 감정이 들었다가도 바로 달아나 버렸다.

"그래. 내가 내일은 무슨 일이 있어도 약속에 늦지 않을게."

"그래요. 대신 내가 내일은 술 살게요. 맨날 오빠한테 얻어

먹기만 했는데, 내일은 내가 가자고 하는 데로 가요."

"그래? 나야 좋지."

혁민은 어딜 가도 좋다고 생각했다. 장소도 중요하긴 하지만 누구와 함께 있느냐가 더 중요한 거 아니겠는가. 혁민은 허름한 포장마차에 간다고 해도 대환영이었다. 혁민은 율희의 손을 잡고 자리에서 일어섰다.

이제 봄이 완연해서 곳곳에 생기가 도는 걸 느낄 수 있었다. 파릇파릇한 풀들이 여기저기 올라오고 있었고, 벌써 꽃망울을 내민 것도 보였다. 그리고 저녁이 되었지만, 아직도 따스한 기운이 남아 있었다.

둘은 그런 봄의 정취를 느끼면서 함께 걸었다. 활짝 피어나기 시작하는 봄의 기운을 흠뻑 받으면서 환하게 웃었다.

*　　　*　　　*

"오빠, 저 먼저 들어갈게요."

"그래, 가봐."

율희는 윤태에게 인사하면서 손을 흔들었다. 시간이 모호해서 바로 퇴근해도 좋다는 언질을 받았으니 이제 집으로 가면 되었기 때문이었다. 지금 회사로 가면 도착하자마자 퇴근해야 할 판이다. 그러니 그냥 현장에서 바로 퇴근하라고 위에서 허락한 거였다.

물론 윤태가 슬쩍 그러는 게 어떻겠느냐는 말을 꺼내서 그렇기도 했고. 그래서 율희는 해야 할 일을 미리미리 해놓고 외부에 나왔다.

"미안해요. 저만 먼저 가서."

"괜찮아. 나야 항상 야근인데 뭐."

율희는 그렇게 윤태와 헤어지고 나서 집으로 향했다. 평일 오후에 집 근처에 오는 건 정말 오랜만이라 무척이나 낯설게 느껴졌다.

율희는 지나가다가 놀이터를 슬쩍 보게 되었는데, 아는 얼굴이 보였다.

지민이. 시장에서 장사하는 아주머니의 딸이었다. 율희가 종종 봐주기도 했던 바로 그 아이.

그런데 분위기가 좀 이상했다. 아이들이 지민이를 놀리고 있는 것 같았다. 그리고 지민이는 울상을 하고 있었고. 그리고 지민이의 옆에는 집에 놀러 왔던 남자아이가 있었다.

"지민아."

율희가 다가가서 지민이를 부르자 아이들이 눈치를 보더니 우르르 흩어졌다.

"무슨 일 있니?"

"아니야. 그냥 애들하고 얘기한 거야."

율희는 무언가 이상하다는 걸 느끼고는 옆에 있는 남자아이를 데리고 조금 떨어진 곳으로 가서는 물었다.

"너 상연이라고 했지? 무슨 일 있었니?"

"지민이가 왕따를 당하고 있어서 제가 지켜주고 있었어요."

"왕따?"

율희는 화들짝 놀랐다. 지민이는 공부도 잘하고 친구 관계도 좋다고 알고 있었기 때문이었다. 하지만 자신이 잘 알아봐야 얼마나 잘 알겠는가.

"정말이니? 지민이가 왕따라는 게?"

"네. 그래서 제가 항상 지켜주고 있어요."

율희는 심각한 표정이 되어서 아주머니에게 꼭 이야기해야겠다고 생각했다. 고개를 돌려 지민이를 보니 평소와는 조금 달라 보였다. 그리고 무척이나 당황스러워하고 불편해하는 그런 느낌이 들었다.

'어디선가 비슷한 느낌을 받았었던 것 같은데……'

율희는 분명히 지민이가 저러는 걸 전에도 본 적이 있는 것 같았다. 하지만 언제인지는 쉽게 떠오르지 않았다.

"일단 아주머니한테 얘기해야겠다. 지민아, 이리로 와. 언니가 집에 데려다줄게."

율희는 지민이를 데리고 아파트를 향해 걸어갔다. 일단 집에 데려가서 이야기를 좀 해봐야겠다고 생각하면서.

지민이를 집에 데리고 온 율희는 정말 왕따를 당하는 거냐고 물었다. 하지만 지민이는 고개를 저었다. 그런 게 아니라는 거였다.

"왕따 아니라니까."

"그러면 애들이 왜 그런 건데?"

"그냥 얘기한 거야. 아무것도 아니라니까."

율희는 지민이가 무언가를 숨기고 있다는 걸 느꼈다. 친하게 지냈던 자신에게도 이야기하지 않는 게 조금 섭섭하기는 했지만, 지금은 그런 게 중요한 게 아니었다. 율희는 잠시 시간을 두었다가 차분하게 다시 물었다.

"학교에서 무슨 일 있는 거야?"

지민이는 잠시 망설이다가 겨우 이야기를 꺼냈다. 아이들이 자기를 놀린다는 거였다. 하지만 왕따는 아니라고 했다.

"왜 놀리는데? 무슨 일 있었어?"

"몰라!!"

지민이는 화를 내고는 자기 방으로 들어가 버렸다. 왜 그런지는 이야기하기 싫은 모양이었다. 율희는 어떤 건지는 확실치 않지만, 무언가 문제가 있다는 건 확실하다고 판단했다. 그래서 곧바로 아주머니에게 전화를 걸었다.

아주머니가 일을 하고 있었던 터라 율희는 간단하게 지민이가 아이들과 무슨 문제가 좀 있는 것 같다고만 이야기했다. 그랬더니 걱정이 되었는지 아주머니는 평소보다 일찍 장사를 파하고 집으로 왔다.

"무슨 일인데?"

애써 침착함을 유지하려고 했지만, 아주머니는 잔뜩 긴장하고 있었다. 율희는 자신이 본 걸 그대로 이야기했다. 놀이터에서 아이들이 지민이를 놀리고 있었다고.

"왜 그런지는 모르겠는데, 제가 보니까 분명히 애들이 전부 지민이를 놀려대고 있었어요. 지민이는 그러지 말라고 했는데 애들은 들은 척도 하지 않았고요."

아주머니는 손을 꼭 쥐고는 숨을 몰아쉬었다. 딸이 걱정되어서 그런지 손도 살짝 떨리는 것 같았다.

"얘기를 들어보니까 애들이 그런 식으로 놀리고 그러는 게 좀 되었다고 하더라고요."

"아니 우리 지민이가 왜?"

아주머니는 공부도 잘하고 착한 애인데 왜 그런 일이 생겼느냐고 떨리는 목소리로 말했다. 애가 그런 얘기를 한 적도 없었다면서.

"혹시 잘못 본 거 아니야? 왜 그냥 애들끼리는 투닥투닥할 수도 있는 거잖아."

"저도 확실하지는 않은데 일단 걱정이 돼서 말씀드리는 거예요. 그리고 지민이도 뭔가 얘기를 하지 않는 게 있는 것 같고요."

율희는 지민이와 나눈 대화도 모두 이야기했다. 왕따는 아니라고 부득불 강조한 거, 애들이 놀린다고 말한 것. 그러면서 아주 심각한 것처럼 보이지는 않았는데, 분명히 무언가 문제가 있는 것 같다고 이야기했다.

"왕따라는 건 상연이라는 애가 그랬어요. 지민이가 왕따당하는 걸 자기가 지켜주는 거라고 하던데요?"

"상연이?"

아주머니는 그 이름을 모르는 것 같았다. 율희는 고개를 갸웃거렸다. 집에까지 놀러 오는 친구인데 아주머니가 이름을 모른다는 게 이상했던 것이다.

"상연이라고 모르세요? 남자아이인데 굉장히 똑똑해 보이던데."

"글쎄? 들은 적이 없는 것 같은데……."

율희는 이상했지만, 자신이 전할 말은 모두 전했다. 아주머니는 이야기하기 위해서 지민이를 불러냈는데, 율희는 인사를 하고는 아파트에서 나왔다.

약속 시각도 다가오고 있었고, 친하다고는 하지만 그런 얘기를 옆에서 듣는 걸 누가 좋아하겠는가. 그래서 자리를 비켜 주었는데, 지민이 생각이 계속해서 율희의 머리에서 떠나지 않았다.

혁민과 데이트를 할 때도, 그리고 회사에서 업무를 할 때도. 그래서 먼저 아주머니에게 연락해서 물어볼까 고민하고 있었는데, 바로 다음 날 전화가 왔다.

─저기, 물어볼 게 좀 있어서 그런데…….

"예, 아주머니. 말씀하세요."

─일 끝나고 좀 볼 수 있을까? 오늘 괜찮겠어?

"오늘이요? 예, 제가 집으로 갈까요?"

─그래, 그래줬으면 좋겠어. 부탁 좀 할게.

"에이, 부탁은요. 지민이는 조카나 마찬가진데요. 이따가 도착하기 전에 연락드릴게요."

율희는 아주머니의 목소리에 힘이 없다는 것에 마음이 걸렸다.

'설마 정말 왕따? 아니야, 그런 것같이 보이지는 않았는데…….'

가만히 생각해 보면 아이들이 지민이를 괴롭히고 따돌리는 것 같은 느낌은 아니었다. 그냥 놀리면서 장난치는 느낌? 놀이터에서 느꼈던 건 그렇게까지 심각한 그런 건 아니라고 생각되었다.

'가서 이야기를 들어보면 알겠지.'

율희는 업무가 끝나자마자 바로 지민이의 집으로 달려갔다. 아주머니는 아예 문을 열고 율희를 기다리고 있었다.

"저기, 상연이라는 애 말이야."

"예."

아주머니는 율희가 신발을 벗고 들어오자마자 그 질문부터 했다. 율희는 앉지도 못한 채 서서 대답해야 했다.

"그… 저기… 그 애, 좀 이상하거나 그런 거 없었어?"

"예? 상연이라는 애 말씀하시는 거죠?"

"그래, 그 남자아이 뭐 이상한 거 없었냐고."

율희는 잠깐 생각을 더듬었다. 상연이라는 아이를 본 건 딱 두 번. 집에 놀러 왔을 때하고, 놀이터에서 본 게 전부였다.

"조금 특이한 아이 같기는 했어요. 집에 왔는데 뉴스 채널을 보더라고요. 그리고 굉장히 똑똑한 아이처럼 보였는데……."

율희는 이야기를 해보았는데 아는 것도 많고 무척이나 싹싹한 아이처럼 보였다고 말했다. 그런데 아주머니는 뜻밖의 이야기를 했다.

"내가 담임선생님하고 얘기를 좀 해봤는데, 그 애가 좀 이상한 애라는 거야."

"이상하다뇨? 뭐가 문젠데요?"

율희는 상연이라는 남자아이가 이상한 애로 보이지는 않아서 조금 의아해했다. 하지만 아주머니의 이야기는 조금 충격적이었다.

"담임선생님 말로는 그 애가 엄청난 문제아래. 정말 거짓말을 밥 먹듯이 하고 굉장히 영악하게 군대. 폭력적인 면도 있고. 그래서 애들이 전부 그 아이를 멀리한다더라고."

작년 그 아이가 4학년 때 그것 때문에 학교에서도 문제가 된 적이 있다고 했다. 한 아이는 상연이에게 맞았다고 하는데, 상연이는 전혀 그런 적이 없다고 했단다.

"그때까지만 해도 그냥 그러려니 했대. 증인도 없고 상연이라는 애도 정말 억울하다고 하니까 뭐 어쩌겠어. 둘 중 하나는 거짓말을 하는 건데 누가 거짓말을 하는지 알 수 없으니까 말이야. 그런데 말이지……."

그런 식의 피해자가 한 명 두 명 늘어났다고 한다. 아이들은 모두 상연이가 때렸다고 말했다. 자신의 말을 듣지 않는다면서. 그러니 누구라도 이상하게 생각하지 않겠는가.

"그것 말고도 문제가 많았나 봐. 그런데 애가 얼마나 되바라진지 딱 잡아뗀다는 거야. 그리고 뭐라고 하기만 하면 방송에 알리겠다는 둥 어디다가 제보를 하겠다는 둥 그런다는 거야. 그래서 선생들도 다 포기했대."

이야기를 들을수록 율희는 섬뜩한 기분을 느꼈다. 어린아이가 할 만한 행동이 아니라는 생각이 들어서였다. 아주머니는 이야기하는 도중에 한숨을 푹 내쉬었다.

"그래서 5학년 올라와서도 애들이 아무도 상대를 안 해준 모양이야. 소문이 나서 다들 피한 거지. 그런데 알겠지만, 우리 지민이가 착하잖아. 그래서 말도 걸어주고 그랬대요."

그래서인지 상연이란 아이가 지민이에게 굉장히 집착하고 있다고 했다.

"나는 몰랐는데, 내가 없으면 집으로 찾아온대요. 문을 열어주지 않으면 문을 열 때까지 초인종을 누른대. 그것도 정확하게 30분 간격으로."

율희는 그 이야기를 듣고는 소름이 쫙 돋았다. 문을 열어달라고 초인종을 누르는 거야 있을 수 있는 일이다. 하지만 애들이라면 마구 눌러댈 것이다. 떼를 쓰듯이 말이다. 그런데 정확하게 30분 간격으로 누른다? 무어라고 설명할 수 없지만 섬뜩했다.

"지민이가 그래요? 걔가 그랬다고요?"

"그래. 지민이도 이제 자기한테 자꾸 그러지 않았으면 좋겠다고 그러더라고."

처음에는 엄마인 아주머니에게도 이야기하지 않으려고 했

다는 거였다.

"얼마나 그 애한테 겁을 먹었으면 그랬겠어."

아주머니는 걱정스럽다는 표정으로 이야기했는데, 율희는 그제야 깨달았다. 전에 지민이가 무척이나 당황스러워하고 불편해한다는 느낌을 받은 적이 있었다. 그리고 그런 느낌을 다른 때도 느낀 적이 있다는 생각이 들었었다.

하지만 언제 그랬는지 기억이 나지 않았는데, 이제야 기억이 났다. 바로 자신이 상연이를 처음 본 날이었다.

'그래. 그날 지민이가 집에 와서 상연이를 보고는 살짝 그런 기색을 내비쳤어.'

그때는 이런 상황인지를 몰랐기 때문에 신경을 쓰지 않아서 잘 몰랐던 것이다. 하지만 지금 생각해 보니 친구 사이라고는 하지만 무언가 좀 이상하기는 했다.

"큰일 낼 아이네요. 아주 따끔하게 이야기를 해야겠어요."

율희는 그런 아이인 줄 몰랐는데, 만약 그런 게 모두 사실이라면 지민이와 계속 어울리게 두면 안 되겠다고 생각했다.

"그런데 그게……."

"왜요? 또 무슨 일이 있었어요?"

"그게 말이야… 내가 그 아이하고 얘기를 했어."

아주머니는 상연이라는 아이를 만나서 직접 이야기를 했다고 했다. 지민이하고 만나지 말라고 말이다. 그런데 상연이라는 아이의 반응이 놀라웠다.

"같은 반인데 어떻게 만나지 않을 수 있냐고 아주 뻔뻔하게 말하더라니까? 그래서 그냥 말도 걸지 말고 아는 척도 하지 말라고 했지. 그랬더니 뭐라고 하는 줄 알아?"

"뭐라고 했는데요?"

"그럴 수 없다는 거야. 그래서 내가 선생님하고 경찰한테 이야기해서 혼내주겠다고 했지. 그랬더니 마음대로 하래. 그래 봤자 소용없다면서."

율희는 입이 떡 벌어졌다. 그런 상황에서 그래 봤자 소용없다고 말할 수 있는 아이가 몇 명이나 되겠는가. 이건 아이가 아니라 무슨 괴물같이 느껴졌다.

"아이 부모는 있을 거잖아요. 부모한테 이야기해야죠."

"부모가 없대. 부모가 이혼했는데, 아버지가 애를 데려온 모양이야. 여자가 바람을 피웠다나? 그런데 아버지가 사고로 죽어서 할아버지가 키운다더라고."

"그래요? 그러면 할아버지한테 이야기해야겠네요?"

아주머니는 손을 내저었다.

"아이구, 말도 말라고. 4학년 때 담임도 할아버지에게 이야기를 했대요. 그런데 그 양반이 정신이 이상한 건지 원래 그런 건지 모르겠는데, 애들끼리는 원래 그런 거라면서 들은 척도 하지 않더래요. 그리고 다음에 찾아갔을 때는 그렇게 욕을 하면서 때리려고 했다나 봐."

그래서 아주머니도 알아봤는데 괴팍한 늙은이로 동네에 소문이 자자한 영감이라는 거였다. 그러니 찾아가서 이야기를 하기도 난감하다는 거였다.

"이런 거 어떻게 법적으로는 해결할 방법이 없는 건가? 그래도 변호사 회사에 다니니까 그런 거 좀 알 거 아니야."

아주머니는 어떻게 하기는 해야겠는데 도무지 방법을 모르겠다면서 한숨을 푹푹 내쉬었다. 하지만 율희도 아는 게 없어서 뭐라고 대답을 할 수는 없었다.

"제가 한번 알아는 볼게요. 법적으로 어떻게 해결할 수 있는 방법이 있는지요."

"그래? 아이구, 고마워. 그래도 율희밖에 없다니까."

아주머니는 율희의 손을 잡으면서 부탁한다고 거듭 이야기했다. 율희는 혁민에게 전화해서 대처 방법을 알아봐야겠다고 생각했다.

"제가 내일 연락드릴게요."

"그래. 꼭 좀 부탁해."

율희는 그렇게 이야기하고 지민이의 집에서 나왔다. 그리고 엘리베이터를 타려는데 엘리베이터 문이 열리더니 거기에서 상연이가 쑥 내리는 게 아닌가. 율희는 순간적으로 놀랐지만, 마음을 가다듬고 아이를 불렀다.

"얘, 상연아."

"네?"

아이는 자신을 왜 부르냐는 천연덕스러운 표정으로 율희를 쳐다보았다. 이럴 때는 영락없는 순진한 아이처럼 보였다. 율희는 잠깐 이야기를 하자고 하고는 엘리베이터 근처에서 대화를 나누었다.

"지민이가 좋니?"

상연이는 고개를 끄덕였다. 율희는 좋아하는 사람일수록 그 사람을 배려해야 하는 거라고 이야기했다.

"그 사람이 불편해하면 안 되는 거 아닐까? 내가 정말 그 사람을 좋아한다면 그 사람을 편하게 해주어야지. 그렇게 생각하지 않니?"

상연이는 율희의 말을 듣고는 생각을 하는 듯했다. 그러더니 율희를 쳐다보고 웃으면서 대답했다.

"그런 것 같아요. 제가 그런 생각을 못 했네요."

"그렇지? 그러니까 앞으로는 지민이를 편안하게 해주렴."

"예, 그럴게요."

율희는 심각한 문제라고 들은 게 있어서 걱정하고 있었는데, 다행스럽게도 이야기가 잘 통해서 다행이라고 여겼다. 그러면서 말을 아예 못 알아듣는 건 아니었구나 하고 생각했다.

'그동안 어른들이 너무 강압적으로 이야기하려고 해서 그런 건가? 하긴 그렇게 이야기하면 반발을 할 수도 있겠다. 게다가 애가 워낙 많은 일을 겪어서 좀 예민한 성격일 수도 있고.'

율희는 아직 아이니까 차분하게 잘 이야기하면 되는 거라고 생각했다. 그리고 이제는 한시름 덜었다고 느꼈고.

율희는 바로 지민이네 집에 가서 이야기할까 하다가 상연이가 있는 자리에서 그런 이야기를 하기가 좀 그래서 나중에 전화하기로 했다.

"그러면 같이 내려갈까? 내가 집까지 데려다줄게."

"아뇨, 먼저 가세요. 저는 잠깐 뭐 할 게 있어서요."

"그래? 알았다. 그러면 먼저 내려갈게."

율희는 상연이의 머리를 쓰다듬고는 엘리베이터에 탔다. 그리고 즐거운 마음으로 아파트 현관문을 열었다.

파아아악!!

율희는 깜짝 놀라서 뒤로 물러섰다.

"어머!!"

갑자기 하늘에서 무언가가 떨어지더니 산산이 부서졌다. 언뜻 보니 작은 벽돌 같았다. 율희는 어디서 떨어진 것인지 찾으려 위를 쳐다보았는데, 순간적으로 아주 작은 머리가 쏙 들어가는 게 보였다.

율희는 헛웃음이 나왔다. 자신이 지금 본 것을 믿을 수 없었기 때문이었다.

율희는 한동안 떨리는 가슴이 진정되지 않았다. 분명히 아이의 머리였다. 얼굴까지 정확하게 보지는 못했지만, 누구인지는 짐작이 되는 일. 율희는 상연이라는 아이가 자신을 완전히 가지고 놀았다는 걸 알 수 있었다.

하지만 화가 난다는 생각보다는 무섭다는 생각이 먼저 들었다. 도대체 어떤 생각을 하는 아이길래 이런 행동을 할 수 있는 것인지 이해가 되지 않았다. 이제 겨우 초등학교 5학년이 아닌가.

시끄러운 소리가 나자 경비원 아저씨가 무슨 일인가 싶어서 나왔는데, 무언가가 깨져 있는 걸 보고는 화들짝 놀란 표정을 지었다.

"어이구. 어디 다친 데는 없어요? 아니, 뭐가 떨어진 거야?"

경비원은 율희에게 다가와 괜찮으냐고 거듭 물었다. 다친 데가 없다는 걸 확인한 경비원은 무엇이 떨어졌나 살폈는데, 율희는 바로 자리를 떴다. 한시라도 빨리 자리에서 벗어나고 싶은 생각만이 가득했기 때문이었다.

그리고 다음 날, 율희는 혁민과 만나서 여러 가지를 물어보았다.

"초등학교 5학년? 그러면 만으로 열 살? 열한 살?"

"그럴걸요?"

"그럼 촉법소년이네."

"촉법소년이요?"

혁민은 촉법소년이 무엇인지 간략하게 설명했다.

"법적으로 만 14세 미만인 사람은 죄를 저지르더라도 벌을 주지 않고 보호처분만 하게 되어 있거든."

10세 이상 14세 미만인 소년을 형사 미성년자, 다른 말로 촉법소년이라고 한다. 소년법 제4조에 촉법소년은 형사사건으로 입건하는 대신 가정법원 소년부로 바로 송치하도록 되어 있다.

"그래요? 그러면 그 나이의 사람이 죄를 저지르면 어떻게 되는데요?"

"일단 범죄 사실을 인지하게 되면 수사를 하겠지? 검찰로 송치가 되겠고. 그런데 촉법소년이면 가정법원 소년부로 이송하게 되지."

그렇게 되면 소년분류심사원으로 보내지게 된다.

"그리고 소년법에 따른 보호처분을 받게 되지."

혁민은 보호처분에는 어떤 것들이 있는지도 이야기를 해주었다. 율희는 그 이야기에 귀를 쫑긋 세우고 관심 있게 들었다. 그 모습에 혁민은 이상하다고 생각하고 넌지시 물어보았다.

"왜? 무슨 일이라도 있는 거야?"

"그게요……."

율희는 어떻게 할지 망설이다가 이야기를 털어놓았다. 상연이라는 아이에 관해서. 전부 이야기하는 건 좀 그래서 문제가 많은 아이라는 정도만 간략하게 이야기했다. 이야기를 들은 혁민은 눈살을 찌푸렸다.

"저번에 뉴스 채널 본다고 했던 그 아이란 말이지? 어쩐지 좀 이상하다고 생각하기는 했다."

"그런데 생각한 것 이상이에요. 아주 무서운 아이라니까요."

"일단 초등학교 5학년짜리 아이가 뉴스 채널을 본다는 자체가 비정상적인 거지. 자기 과시? 뭐 그런 심리가 있는 것 같은데?"

혁민은 조금 더 이야기해 보라고 했다.

"다른 이야기 해요. 만나서 굳이 그런 이야기 할 것 없잖아요."

"아니야. 이 얘기를 조금 더 하는 게 좋을 것 같아. 율희가 그렇게 심각한 표정을 할 때는 무언가 더 심각한 일이 있는 거니까."

"에이, 오빠가 그런 걸 어떻게 알아요? 지금까지 그런 이야기 한 적이 없는데."

"응? 어… 그게… 그냥 그럴 것 같았어."

율희는 웃으면서 대충 넘어가려고 했지만, 혁민은 그냥 두지 않았다. 율희가 어떤 사람인지 혁민이 모를 리가 없다. 율희가 이렇게 나올 때는 굉장히 심각한 일이 있다는 걸 경험을 통해 잘 알고 있었다.

"그냥 이야기해 봐. 혹시 알아? 내가 결정적인 도움을 줄지?"

"음… 그러면 어디 가서 절대로 이야기하지 말아야 해요. 알았죠?"

"어허. 오빠가 변호사야, 변호사. 비밀 유지는 생활이나 마찬가지라고. 자, 그러니까 얘기해 봐."

율희는 믿지 못하겠다면서 눈을 곱게 흘겼지만, 혁민이 하도 졸라대는 통에 이야기하게 되었다. 그리고 이야기를 들을수록 혁민은 상당히 심각한 표정이 되었다.

"집착이 무척이나 강한데? 그건 그만큼 상대가 소중하다는 거지."

"다른 아이들은 상대를 아예 해주지 않았다고 하니까요. 그래도 애인데 오죽했겠어요."

율희는 거의 왕따를 당하다 보니 자신에게 말을 걸어주는 존재가 정말로 고마웠을 것이라고 이야기했다. 학교에 와도 아무도 알은척도 안 하면 정말 기분이 처참할 것이라면서.

"그런 상황에서 말도 걸어주고 했으니까 더 집착하는 것 같아요."

"그럴 수도 있겠지."

혁민은 조금 다른 생각이 들었지만, 확실하지 않아서 말하지는 않았다.

"사실 그 또래 범죄도 점점 늘어나고 있고, 강력범 비율도 늘어나는 추세기는 해. 문제는 문제지."

혁민은 죄를 저질러도 처벌받지 않는다는 걸 알고는 계속해서 범죄를 저지르게 된다고 했다. 그리고 그런 걸 자랑처럼 여기는 아이도 있었고.

"그래서 맛을 들인 아이들은 점점 범죄가 흉악하게 발전하기도 하지. 그래서 무언가 대책이 있기는 해야 해. 그런 걸 알고서 악용하는 거니까 말이야."

"정말 애들이 그런단 말이에요?"

"그렇다니까. 무언가 보완책이 있기는 해야 하는데……."

완벽한 법률이란 없겠지만, 그래도 이렇게 문제가 되는 건 무언가 보완할 수 있는 대책이 있어야 한다.

"물론 대부분이 연령 상한선인 14세 아이들이 범죄를 많이 저지르기는 하는데, 그것도 점점 낮아지고 있는 추세라서 걱정이야."

"그래요? 그럼 큰일이네……."

상연이라는 아이의 행실로 보아 그런 사실을 알고 있다는 생각이 들었다. 그러니까 그렇게 막무가내로 행동할 수 있을 것이다. 게다가 뻔뻔하고 영악하기까지 했다. 도무지 종잡을 수 없는 아이.

"그러면 법적으로는 어쩔 수 없다는 거죠?"

"그렇지. 법으로는 그래. 기껏해야 소년원에 가는 정도지."

혁민은 어지간한 건 경찰서장이 훈방 조치하게 되고, 가정법원 소년부로 넘어가게 되면 소년분류심사원의 조사 보고서를 참작해서 판결을 내린다고 했다.

혁민은 율희의 표정이나 말하는 걸 계속해서 살폈는데, 그녀가 어떤 생각을 하고 있는지 대충 짐작할 수가 있었다. 그래서 조용히 만류했다.

"그냥 지민이가 진학을 가든지, 그 아이를 전학 보내든지 하는 게 좋을 것 같아. 그리고 혹시라도 나설 생각 하지 마. 알았지?"

"네? 그게……."

"위험해. 오히려 성인 범죄자보다도 더 위험할 수도 있다고. 성인이야 범죄를 저지르면 어떻게 된다는 걸 알고 있지만, 그 애들은 뭘 해도 괜찮다는 생각을 하고 있어."

혁민은 절대로 끼어들지 말라고 했다. 하지만 율희는 쉽게 대답하지 못했다. 지민이를 생각해서라도 가만히 있을 수는 없다는 생각을 하고 있었기 때문이었다.

"그냥 좀 도와주기만 하면 안 돼요? 좋은 일 하는 거잖아요. 그리고 조심하면 되잖아요."

"도와주는 거야 좋은 일이지. 그걸 누가 모르나. 위험해서 그렇지."

혁민은 내키지 않는다고 말했다. 하지만 율희는 고집을 꺾을 생각이 없는 듯했다.

"오빠가 하지 말라고 하면 안 할게요. 하지만 정말 도움이 필요한 아이인데 이해해 주면 안 돼요?"

율희는 애절한 표정으로 혁민을 쳐다보았다. 늘 이런 식이었다. 아마도 끝까지 혁민이 반대하면 하지 않을 것이다. 하지만 그런 게 계속 율희의 가슴에 남아 있어서 괴로워할 게 뻔했다. 혁민은 고개를 절레절레 저었다.

"조심해야 해. 그 애 만날 때는 혼자서는 만나지 말고 꼭 다른 사람하고 같이 만나고. 가능하면 그 애는 상대하지 말고 지민이란 아이나 그 어머니한테 조언하는 정도만 하고."

"네, 그럴게요. 역시 오빠는 좋은 사람이에요."

율희는 그렇게 말하면서 생글생글 웃었다. 혁민은 천성이란 건 어쩔 수 없는 모양이라고 생각했다. 그러면서 자신도 이 사건 관련해서 좀 알아봐야겠다고 마음먹었다. 율희와 관련된 일인 이상 자신의 일이나 마찬가지였으니까.

"그건 그렇고 오늘은 뭐 살 건데?"

"제가 아는 포장마차 있거든요? 그런데 거기 메뉴가 자주 바뀌어요. 아줌마가 제철에 나는 거 가져다가 안주를 만들거든요."

혁민은 그 이야기에 구미가 당겼다. 일반적으로 물건을 받아서 하는 포장마차가 아니라 정말 재료를 사다가 음식을 만드는 곳이라는 말이었으니까.

"그런 데가 있어?"

"그럼요. 아버지가 자주 가시는 곳인데요, 항상 자리가 꽉 차요."

"그런 데라면야 사람들이 가만히 두질 않겠지. 이거 기대되는데?"

"빨리 가요. 늦으면 자리 없을지도 모르니까."

율희는 혁민의 손을 낚아채고는 걸음을 재촉했다.

*   *   *

율희는 상연이라는 아이에 대해서 알아보았다. 아이도 지금까지 살아온 게 무척이나 기구해 보였다. 어린 나이에 부모가 이혼하고 아버지 손에 컸는데, 아버지마저 몇 년 전에 죽었으니까.

그래서 지금은 할아버지가 아이를 키우고 있었다. 그리고 그 집에는 친척들도 몇 명 살고 있었다.

"엄마한테 가면 안 되나? 그래도 엄마하고 같이 사는 게 더 좋을 것 같은데."

율희는 아마도 상연이가 엄마와 같이 있었다면 이렇게는 안 되지 않았을까 하고 생각했다. 하지만 그것도 조금 복잡했다. 율희는 양육권 관련해서 어떻게 되는 거냐고 물었고, 혁민은 곧바로 대답했다.

"친권이나 양육권에 관해서 알아야 하는데 친권이 양육권보다는 더 포괄적인 개념이라고 할 수 있지."

양육권이란 미성년자인 자녀를 자신의 보호하에 두고 키우면서 가르치는 자녀 양육에 필요한 기본적 사항을 결정할 수 있는 부모의 권리를 의미한다.

친권과 양육권의 차이점을 보자면 양육권은 실질적으로 양육하고 교양할 권리를 말하는 것이며, 친권은 자녀의 신분과 재산에 관한 사항을 결정하는 권리를 의미한다. 그래서 친권이 양육권보다 더 포괄적인 개념이라고 볼 수 있는 것이다.

혁민은 요즘은 율희와 만나면 계속해서 상연이 이야기만 한다고 투덜거렸지만, 그럼에도 꼬박꼬박 조언을 해주었다.

"그런데 이혼할 때 보통 애들은 어머니하고 같이 가지 않아요?"

"아니, 꼭 그런 건 아니야. 법원에서 판단해서 아이에게 어느 쪽이 더 좋을지를 결정하거든. 그리고 요즘은 아이의 의사도 많이 반영하고."

친권자 및 양육권자를 법원에서 지정하는 기준으로는 자녀와의 친밀도 상태나 부모의 경제적 능력, 자녀의 연령과 성별,

부모의 도덕적, 인격적 결격사유, 자녀의 현재 양육을 누가 하고 있는지 등이 있다.

이전 혁민이 맡았던 소송에서도 그런 예가 있지 않았던가. 재산은 아버지가 더 많았지만, 끝까지 갔으면 양육권은 어머니에게 돌아갔을 것이다. 어차피 아버지라는 사람은 아이를 키울 마음이 없긴 했지만.

"친권자, 양육권자를 정한 후에도 자녀의 복리를 위해서 필요한 경우에는 친권자 및 양육권자 변경이 가능하거든."

친권자의 경우에는 가정법원에 지정 변경을 청구해서 변경할 수 있으며, 양육권자 변경은 이혼 이후 부부간의 합의 또는 가정법원에 지정변경청구를 통해서 변경할 수 있다. 여기까지 설명한 혁민은 투덜거렸다.

"요즘은 무슨 법률 자판기가 된 기분이라니까."

혁민은 꾹 찌르기만 하면 답변을 토해내고 있으니 자판기나 다름없는 거 아니냐고 말했다.

율희는 생글생글 웃으면서 말했다.

"그래서 내가 오빠 좋아하는 거잖아요. 이렇게 투덜거리지만, 사실은 오빠도 신경 쓰이는 거죠?"

율희는 혁민이 따뜻한 마음을 가지고 있어서 좋다고 말했다. 그 말에 혁민은 머리를 긁적일 수밖에 없었다. 이런 식으로 이야기하는데 어쩌겠는가.

'하기야 예전부터 율희한테는 꼼짝도 못했지. 사실은 내가 하고 싶은 대로 하는 것 같았지만, 사실은 율희가 원하는 대로

하는 거나 마찬가지였어.'

그래도 불만은 전혀 없었다. 항상 율희는 자신의 기분을 좋게 해주었으니까.

"그런데 원래 이렇게 부모 중 한 명이 죽고 나면 자동으로 살아 있는 쪽에 친권이 넘어가는 거 아니었어요?"

"아, 그거 원래는 그랬는데 바뀌었어."

혁민은 그렇게 이야기하고는 기억을 더듬었다. 기억이 가물가물하기는 하지만, 예전에는 지금보다 조금 더 뒤에 법이 시행되었던 것 같았다. 그런데 지금은 훨씬 이전에 법이 시행되었다.

'이게 거의 비슷하기는 한데 가끔 바뀐 게 있어서 헷갈린단 말이야.'

처음에는 조금 헷갈리기도 했다. 자신이 기억하는 법과는 다른 부분이 제법 있었으니까. 하지만 이제는 상관없었다. 시간이 흐르면 흐를수록 어차피 자신이 아는 법과 같아지게 되니까.

"지금은 친권자 지정 후 친권자가 사망한 경우 다른 일방에게 친권이 부활하지 않고, 새로이 친권자를 지정하게 되어 있어."

그래서 할아버지가 친권자가 된 거라고 했다. 어머니의 경우 어디에 있는지 알 수도 없었으니까.

"조금 안타까워요. 상연이도 엄마하고 같이 있었으면 이 정도는 아니었을 것 같은데⋯⋯."

율희는 정말 안타깝다는 투로 이야기했다. 그 말에도 일리가 있기는 했지만, 그런 걸 고려하더라도 조금 이상한 구석이 있다고 혁민은 생각했다.

'애가 너무 이상하단 말이야.'

원인이 없는 결과는 없는 법이다. 애가 그렇게 이상한 행동을 할 때는 그만한 이유가 있는 법. 혁민은 생각보다 사건이 복잡할 수 있겠다는 생각을 했다.

"그런데 내일 직접 만나기로 했다고?"

"예. 아무래도 직접 만나서 얘기하는 편이 나을 것 같아서요. 걱정하지 마요. 아는 사람하고 같이 가기로 했어요."

혁민은 잘할 거라고 격려를 해주었다. 어차피 결정된 일이다. 공연히 초를 치느니 격려를 해주는 편이 더 좋다고 생각했다. 그리고 율희라면 이야기를 잘 풀 것이라고 생각하기도 했고.

"율희라면 잘할 거야. 암, 그렇고말고."

"오빠. 그런 말투 다른 데 가서는 쓰지 마요. 어르신 같아요."

혁민은 뜨끔했다. 안 그래도 나이 차가 있는데, 조심해야겠다는 생각이 퍼뜩 든 것이다. 하지만 율희는 생글생글 웃고 있었다. 다른 사람이야 무슨 상관이 있겠는가. 오직 한 사람만 자신을 좋아해 주면 그걸로 된 거라고 혁민은 생각했다.

"알았어. 앞으로는 좀 조심해야겠다."

혁민은 빙긋 웃었다. 그리고 율희의 손을 잡았다. 작고 보드

라운 손. 혁민은 이 손이 예전처럼 거칠어지지 않게 하겠다고
다짐, 또 다짐했다.

＊　　　＊　　　＊

　"정말 좋은 것 같아요, 보람 씨. 그쵸?"

　"네. 지금까지 본 곳 중에서 여기가 제일 나은 것 같은데
요?"

　혁민도 같은 생각을 했다. 사무실 자리를 보러 여러 곳을 돌
아다녔었는데, 생각처럼 마음에 드는 장소가 눈에 띄지 않았
었다. 어떤 데는 괜찮기는 한데 너무 넓거나 좁았고, 어떤 데는
바깥 풍경이 마음에 들지 않았다.

　"저번에 거기하고 비슷한데 여기는 밖이 탁 트여서 좋네."

　"맞아요. 거기는 바로 건물이 딱 붙어 있어서 좀 답답하더라
고요."

　위지원 변호사가 맞장구쳤다. 얼마 전에도 비슷한 사무실을
본 적이 있었는데 거기도 지금 장소와 거의 흡사했다. 그런데
다른 건 다 마음에 드는데 앞 건물이 너무 붙어 있어서 시야가
답답했다.

　사실 그런 게 그렇게까지 큰 문제는 아닐 수도 있지만, 그냥
느낌이 좋지 않았다. 무언가가 꽉 막힌 것 같은 그런 기분이
들어서 결국 고개를 내저었다. 어차피 언제까지 이사해야 한
다고 시간이 정해져 있는 것도 아니라 여유가 있었으니까.

그런데 오늘 딱 맞는 자리를 발견한 것이다. 그것도 운이 좋은 것이 공인중개사의 말에 따르면 장소는 정말 괜찮았는데 이상하게 나가지 않았다고 했다.

"사무실로 쓸 방이 세 개니까 딱이네. 볕도 잘 들고 분위기도 아늑하고."

손을 좀 봐야겠지만, 다들 느낌이 오는 듯했다. 특히나 위지원 변호사가 좋아했다. 자기 방이 생긴다고 생각하니 가슴이 콩닥콩닥 뛰는 모양이었다.

"여기로 할까?"

"네, 저는 좋아요."

"저도요."

다들 좋다고 했는데, 공인중개사까지 거들고 나섰다.

"잘 생각하셨습니다. 여기가 자리도 좋습니다. 여기 있던 회사가 잘돼서 다른 데로 이사를 나갔거든요. 규모가 커져서요. 그리고 그 전에 있던 회사도 그랬고요."

그런 거야 미신이기는 했지만, 터가 좋다는데 기분 나쁠 건 없지 않은가. 기왕이면 좋은 게 좋은 거다. 혁민은 여기로 새로운 사무실 자리를 정하기로 마음먹었다.

"그럼 여기로 하죠. 그런데 입주하려면 시간이 좀 걸릴 텐데 괜찮겠죠?"

"얼마나 걸릴 것 같으신데요?"

"글쎄요? 일단 지금 하고 있는 일들도 있고, 사무실 정리도 해야 하고 하니까 한 한 달 정도? 아니면 조금 더 걸리려나?"

"한 달 정도면 상관없을 것 같습니다."

공인중개사는 요즘 생각보다 사무실이 잘 나가지 않는다고 이야기했다. 경기가 바닥이라서 그런 모양이라고 나지막하게 말했다.

"식당 가보면 알 수 있다니까요. 예전에는 줄 서서 먹던 식당들이 지금은 전부 한가해요. 정말 경기가 안 좋기는 안 좋아요. 그래서 그런지 요즘은 공실도 많아요."

공인중개사는 자신도 먹고살기 어렵다고 하소연을 했다. 거래가 활발해야 자신도 먹고살 텐데 최근에는 일을 관둬야 하는 게 아닌가 하는 고민도 했다는 거였다.

"다들 어려운 때니까요."

"그래도 변호사님이 저를 살려주시네요. 이거 아니었으면 이번 달도 정말 힘들었을 건데……."

공인중개사는 덕분에 살았다면서 넉살 좋게 웃었다.

혁민은 계속해서 일이 잘 풀리는 것 같아서 기분이 좋았다. 잠깐 이상한 일이 자꾸 일어나서 걱정했었는데 기우에 불과했다는 생각이 들었다.

모든 게 순조로웠다. 일도 사랑도. 그리고 이렇게 딱 안성맞춤인 사무실까지 금방 구할 수 있었고. 이렇게까지 마음에 드는 장소를 구한다는 건 쉽지 않은 일이다. 모든 게 그렇지 않은가. 사람이나 사무실이나.

혁민은 바로 계약금을 걸고 이사를 할 날짜를 잡았다. 덕분에 조금 바빠지기는 하겠지만, 이렇게 좋은 데로 옮기는 거라면 조금 바빠져도 충분히 감수할 수 있었다.

'율희한테도 보여주면 좋아하겠어. 언제 한번 이사하기 전에 같이 와야지. 음… 인테리어 맡길 때 같이 오면 되겠다. 어떻게 꾸밀지 상의도 하고.'

상의라기보다는 상의를 핑계로 한 데이트이기는 했지만, 그런 게 뭐 중요할까. 만나서 항상 비슷한 것만 하는 것보다야 가끔은 이렇게 특이한 걸 해보는 것도 좋을 것이다.

'율희도 좋아하겠지? 그런데 그 아이하고는 잘돼가는 건지 모르겠네. 애가 영 이상하던데…….'

조금 걱정이 되기는 했지만, 성품이 원래 그런지라 말릴 수는 없었다. 하지만 아는 사람하고 같이 만난다고 하니 별다른 일은 없을 것이라고 생각했다.

'그것보다 장인어른이 요즘 무슨 고민이 있는 것 같다고 하던데…….'

혁민은 율희가 걱정하던 게 생각났다. 최근 들어서 부쩍 술이 늘었다면서. 무언가 고민거리가 있는 게 분명한데, 물어봐도 이야기해 주지 않는다고 했다.

혁민은 조만간 장인어른과 술이라도 한잔해야겠다고 생각했다.

그런데 다른 곳에서도 민주엽을 생각하는 사람이 또 있었다.

"장중범하고 연락했다 이거지?"

─그렇습니다. 확실하게 확인했습니다. 다른 사람을 시키고 대포폰을 이용하기는 했지만, 다 체크하고 있었으니까요.

남자는 역시나 민주엽과 장중범이 한패였다고 쾌재를 불렀다.

'그렇다면 장중범이 빼낸 자료는 민주엽이 가지고 있을 확률이 높아. 다른 곳은 전부 확인했으니까.'

장중범은 분명히 자료를 빼냈고, 중국에 가기 전에 어딘가에 감추었다. 선생님이라고 불리는 남자는 그것까지는 확실했는데, 어디에 감추었는지를 몰라서 지금껏 고생했다.

그 자료는 반드시 회수해야 했다. 그 자료가 공개되면 어마어마한 파문을 몰고 올 것이다. 수많은 사람이 다치게 되는 건 물론이고, 자신도 몰락하게 될 것이다.

"그러면 그쪽으로도 손을 쓰게. 관련이 있다는 게 확실해진 이상 머뭇거릴 이유가 없지"

─알겠습니다. 그렇게 하죠.

그동안은 여러 변수가 있어서 감시만 하고 있었다. 자료를 회수하는 게 가장 중요했으니 자료의 위치가 어디인지를 확인하는 게 우선이었다. 그런데 증거도 확실치 않은데 직접 손을 쓰기에는 부담스러웠다.

만약 민주엽이 자료와 무관한데 잘못 건드렸다가는 심각한 문제가 될 수도 있었으니까. 자신이 움직일 수 있는 사람들이 조직을 완전하게 장악하고 있는 건 아니어서, 무슨 꼬투리라도 잡히면 자신의 수족들이 모두 잘릴지도 몰랐다.

그런 위험을 감수하면서까지 민주엽을 건드릴 수는 없었다. 그동안 장중범과 어떤 접점도 없었으니까 더욱 그랬다. 하지만 이제는 사정이 달랐다. 분명히 연락했다는 걸 확인했다. 그러면 움직일 만한 충분한 이유가 되는 것이다.

"조만간 자료가 내 손에 들어오겠군."

통화를 마친 남자는 그렇게 중얼거렸다. 그것만 자신의 손에 들어온다면 걱정할 거리가 없었다. 그리고 자신의 앞날은 보장된 거나 마찬가지였다. 남자는 그런 상상을 하면서 음산하게 웃었다.

*   *   *

율희는 상연이라는 아이에 대해서 점점 더 놀라고 있었다.

'무슨 애가 이럴 수가 있는 거지?'

정말 눈 하나 깜박이지 않고 거짓말을 했다. 자신은 때린 적이 없고 오히려 피해자라고 이야기했는데, 누가 보면 정말 그런 줄 알 것 같았다.

"제가 왕따를 당한 거 아시잖아요. 그런데 왜 저한테 그러시는 건지 모르겠어요."

무척이나 억울해하는 표정으로 이야기했는데, 말이 전혀 통하지 않아서 상담하는 선생님도 무척이나 난감해했다.

"자꾸 이러시면 저도 이 사실을 알리고 도움을 요청할 수밖에 없네요. 왕따당한 학생을 보호하기는커녕 오히려 가해자로 몰고 있다고 말이에요."

율희는 아이가 말하는 것을 들으면서 그저 입이 떡 벌어질 수밖에 없었다. 정말 이렇게 되바라진 아이가 있을 수도 있다는 게 놀라울 뿐이었다.

애가 어떻게 어른을 무서워하지를 않았다. 그리고 오히려 자기 페이스대로 끌고 가려고 했다. 결국에는 별다른 성과 없이 이야기를 마쳐야 했다.

율희는 오늘은 무언가를 해보겠다고 생각했지만, 결국에는 실패하고 말았다. 그건 옆에 있는 선생님도 마찬가지였다. 그녀 역시 고개를 설레설레 내젓고 있었다. 이런 아이는 평생 처음 본다면서.

그렇게 아이를 먼저 내보내고 율희도 그만 돌아가려는데, 선생님 한 분이 율희에게 다가왔다. 4학년 때 상연이의 담임선생님이었다는 여자였다.

"저기, 잠깐 얘기 좀 할 수 있을까요?"

"예, 그러세요."

율희와 상연이의 4학년 담임선생님은 빈 교실로 향했다. 그리고 선생님은 계속해서 주저하다가 입을 열었다.

"그 아이는 악마예요."

그녀는 그렇게 입을 열고는 몸을 부르르 떨었다. 율희는 무슨 이야기를 하려고 그러는지 기다렸지만, 그녀는 쉽게 다음 이야기를 하지 못했다.

'두려움, 공포. 겁에 질려 있어. 그리고 불안해하고 고민하

고 있고.'

선생님은 계속해서 손톱을 물어뜯었다. 그러다가 간신히 마음을 추슬렀는지 입을 열었다.

"작년에 있었던 일이었어요."

그녀는 상연이가 자꾸만 아이들과 마찰을 일으키자 따로 불러서 타일렀다고 했다. 그러자 언제나 그렇듯이 무척 억울해했다고 한다.

"계속해서 자신은 잘못이 없다고 하는 거예요. 오히려 나쁜 건 다른 아이들이라면서요."

처음에는 그렇게 넘어갔지만, 당한 아이들이 많아지고 해서 따끔하게 말했다고 했다. 그랬더니 아이가 돌변했다는 거였다.

"내가 초등학생한테 겁에 질릴 거라고는 생각하지도 못했어요. 제가 자꾸 뭐라고 하니까 자꾸 이런 식으로 나오면 자기도 가만히 있지 않겠다는 거예요, 글쎄."

선생님은 처음에는 어처구니가 없어서 자꾸 그러면 정말로 혼내주겠다고 말했다고 했다.

"뭐라고 하는 줄 아세요? 턱을 탁 치켜들면서 비웃는 표정으로 '어떻게요?' 이러는 거예요. 기가 탁 막혔죠."

그러면서 자신은 나이가 어려서 법적으로 처벌받지 않는다고 말했다고 했다. 선생님은 그런 이야기를 하면서 아이가 스윽 노려보는데 갑자기 소름이 쫙 돋았다고 했다.

"그래도 여기서 밀리면 안 되겠다고 생각하고 꿀밤을 때렸

죠. 까불지 말라고 하면서요. 그랬더니 경찰에 신고하겠다고
난리를 치는 거예요. 그래서 약간 몸싸움이 있었는데…….

선생님은 다시 말을 멈추었다. 그리고 입술을 질겅질겅 깨
물다가 한숨을 내쉬고를 반복했다. 그리고 한참 후에나 다시
말을 이었다.

"애가 핸드폰으로 신고를 하겠다고 해서 말리다가 몸싸움
을 하게 되었거든요. 그런데 갑자기 애가 제 몸을 더듬는 거예
요."

너무 놀라서 따귀를 때렸다고 했다.

"그러면서 너 지금 뭐 하는 거냐고 소리를 질렀죠. 그런데
애가 표정이 하나도 안 변했어요. 그냥 빙글빙글 웃으면서 '제
가 뭘 했는데요?' 이러는 거예요."

선생님은 그때 깨달았다고 했다. 이 아이는 보통 아이가 아
니라는 사실을.

"제가 지금 한 거 모두 경찰에 알리겠다고 했더니 오히려 선
생님이 자기를 만졌다고 말했어요. 그때 알겠더라고요. 내가
무슨 말을 해도 나만 이상한 사람이 되겠다는 걸요."

그녀는 다른 사람에게 이야기하면 어떤 말이 나올 것 같으
냐고 율희에게 물었다. 사실 선생님의 이야기를 쉽게 받아들
이기는 어려울 것 같았다. 초등학교 4학년 남자아이가 그런 행
동을 한다는 게 선뜻 믿어지지 않았으니까.

"그래서 이야기하지 않았어요. 그리고 그다음부터는 아예
그 아이는 상종을 하지 않게 되더라고요."

보기만 해도 소름이 돋고 시도 때도 없이 심장이 벌렁거리는 증상이 생겼다고 했다. 그런 증상은 아이가 5학년으로 올라가고 나서야 고쳐졌고.

"그러니까 조심해요. 그 아이는 우리가 상식적으로 생각하는 그런 아이가 아니에요."

율희는 정말 이 정도일 줄은 몰랐다. 그래서 겁이 났는데, 한편으로는 어떻게든 지민이와 떨어뜨려 놓아야겠다는 생각도 들었다.

'지민이 곁에 상연이를 계속 두었다가는 무슨 짓을 할지 모르겠어. 그러니까 떨어뜨려 놓아야 해.'

그런데 문득 그런 생각도 들었다. 만약 전학을 보낸다고 해도 지민이를 찾아오지는 않을까. 아니면 전학을 가면 거기서 비슷한 피해자가 생기는 건 아닐까. 그런 생각을 하니 율희는 머리가 복잡해졌다.

잠시 고민하다가 율희는 일단 아주머니와 지민이하고 이야기해야겠다고 생각하고는 아파트로 향했다. 시간이 모호해서 그런지 주변에는 사람들이 거의 보이지 않았다. 퇴근하기에는 이른 시간이고 저녁에 약속이 있는 사람이 외출하기에는 아직 이른 시간이었으니까.

율희는 엘리베이터에 올라타고는 지민이의 집이 있는 층 버튼을 눌렀다. 그런데 엘리베이터 문이 닫히다가 다시 열렸는데, 바로 앞에 남자아이가 웃으면서 서 있었다. 바로 상연이였다.

"선생님하고 무슨 얘기를 그렇게 하셨어요?"

상연이는 그렇게 말을 하더니 엘리베이터 안으로 들어왔다. 그리고 씨익 웃으면서 율희를 쳐다보았다. 그걸 보니, 율희는 정말 섬뜩해서 소름이 쫙 돋고, 몸이 떨리는 걸 느꼈다.

"예? 무슨 얘기를 그렇게 나누셨냐니까요?"

상연이는 율희에게 한 걸음 다가오면서 물었다. 그런데 갑자기 율희는 픽 하고 웃었다. 아무리 폼을 잡는다고 해도 아직 어린아이 아닌가.

"꼬마야. 어울리지도 않는 폼은 왜 그렇게 잡는 거니?"

율희의 대꾸에 아이가 조금 놀란 표정을 지어 보였다. 지금까지 자신에게 이런 식으로 나온 사람은 처음이었기 때문이었다.

아이가 아무에게나 막 나가는 건 아니었다. 특히 남자 어른은 조심했다. 그들이 얼마나 무서운지 잘 알고 있었으니까. 하지만 여자들은 어떤 식으로 해야 겁을 먹는지 잘 알고 있었다. 그래서 지금까지는 자신이 의도한 대로 상황을 만들 수 있었다.

그런데 갑자기 눈앞에 있는 여자가 그런 틀에서 벗어났다. 분명히 겁을 먹고 있었는데, 어느 순간 평정심을 되찾더니 오히려 자신을 어린아이 취급하고 있었다.

"왜 말이 없니? 대답하기 곤란해?"

율희는 피식 웃었다. 무서운 것으로만 따지면 아버지가 훨씬 더했다. 민주엽의 기운이 어디 보통이던가. 그런 걸 어렸을 때부터 보고 자란 율희다. 워낙 뜻밖의 일이라 당황하기는 했지만, 정신을 차리고 보니 별거 아니었다.

보통 여자들이야 겁에 질릴 수도 있겠지만, 율희는 아니었다. 아버지 생각을 하니 눈앞에 있는 아이가 완전 꼬맹이로 보였다.

"상연아, 우리 얘기 좀 할래?"

율희가 한 걸음 앞으로 다가서면서 말했고, 이번에는 상연이 움찔하면서 뒤로 물러섰다.

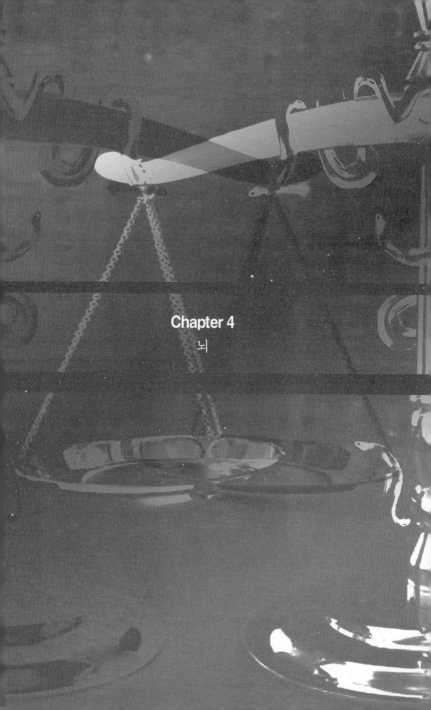

Chapter 4
뇌

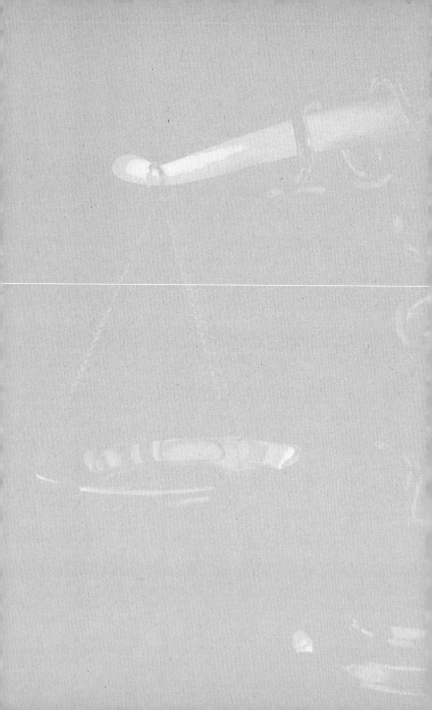

율희는 상연을 잡고 이야기를 나누려고 했는데, 상연은 한 사코 가겠다고 했다. 그리고 어떤 걸 물어봐도 대답하지 않았다.

 '강한 사람에게는 약하고 약한 사람에게는 강하고.'

 율희는 대충 상연이가 어떤 스타일인지 알 수 있었다. 그리고 기본적으로 머리가 좋아서 상황 판단력도 좋았다. 그리고 자신의 원하는 대로 상황을 만들려고 했다. 가능한 한 모든 상황을 자신의 통제하에 두려고 하는 거였다.

 하지만 아직은 어린아이. 모든 걸 자신이 원하는 대로 할 수는 없었다. 그래서 내지를 때와 물러날 때를 잘 판단했다. 어떻게 보면 무척이나 냉철하게 행동하고 있는 거였다.

율희는 아이를 붙잡고 어떻게든 이야기를 해보려고 했지만, 입을 열지 않으니 어떻게 할 수가 없었다. 그래서 이런저런 말을 물으면서 계속해서 상연을 살폈다.

"엄마 보고 싶지 않니?"

"이러는 거 할아버지는 알고 계셔? 니가 가장 좋아하는 건 뭐야? 로봇? 만화?"

"가장 가고 싶은 데는 어디야? 외국은 나가보고 싶어? 가장 좋아하는 연예인은?"

많은 질문을 던졌다. 아예 반응이 없는 질문도 있었고, 살짝 반응이 있는 경우도 있었다. 하지만 가장 반응이 강했던 질문은 엄마와 집이었다. 아이는 아무렇지도 않은 척하려고 했지만, 반응이 나타나는 걸 숨기지는 못했다.

"엄마가 보고 싶구나. 지금 집에서는 누가 가장 잘해주니? 할아버지? 삼촌?"

"지민이 말고 친한 친구는 또 누가 있어?"

계속해서 질문을 던졌는데, 아이는 입을 꽉 다물고 있었다. 율희는 질문을 더 해서 입을 열게 하고 싶었지만, 그럴 수는 없었다. 엘리베이터로 누군가가 다가오자 상연이 눈알을 이리저리 굴렸던 것이다. 무언가 꾸미고 있다는 증거.

'소리라도 지르면서 난리를 칠지도…….'

율희는 재빨리 상연에게 손을 흔들었다.

"오늘은 이만 헤어지는 게 좋겠다. 다음에 또 봐."

상연은 갑작스러운 율희의 행동에 멍하니 쳐다보기만 했다.

사람이 다가오는 것을 보고는 자신에게 못된 짓을 한다고 소리를 지르려고 했는데, 율희가 먼저 선수를 쳐 버리니 그저 멍하니 바라보는 것밖에는 할 수 있는 게 없어서였다.

율희는 상큼하게 웃으면서 아파트 밖으로 걸어 나왔다. 상연이는 떨어져 있을 때 오히려 무서울 수 있지만, 같이 있을 때는 겁날 게 없었다. 아직은 어리고 힘도 약하다. 섬뜩한 모습을 보이기는 하지만, 놀라고 당황하지만 않으면 대처하는 건 어렵지 않았다.

율희는 다음 날 혁민과 만난 자리에서 어제 있었던 이야기를 해주었다.

"그래? 진짜 심각하구나. 애랑 단둘이 있으면 좀 무서울 수도 있겠어."

"그렇지도 않아요, 오빠. 전혀 보지 못했던 스타일이라서 사람들이 당황하는 거지 침착하기만 하면 오히려 애가 아무것도 못 하더라고요."

율희는 또 이야기를 해봐야겠다고 말했는데, 혁민은 반대했다.

"그런 거 다른 사람에게 이야기해 주고 너는 빠지면 안 돼?"

"알았어요. 선생님께 제가 알고 있는 거 다 알려 드릴게요. 그래도 그러려면 시간이 걸리니까 그전까지 한두 번 더 만나는 건 괜찮죠?"

"뭐… 그런 정도라면야……."

그것까지 하지 말라고 할 수는 없었다. 율희도 자신의 이야기를 받아들이는데, 자기주장만 내세울 수는 없는 일 아닌가.

"그런데 엄마가 보고 싶기는 한가 봐요. 엄마 이야기를 하니까 애가 조금 동요하더라고요. 불쌍해라."

"강한 척해도 애는 애지. 어릴 적에 엄마는 절대적인 존재잖아. 그 빈자리가 얼마나 허전하겠어."

"그래서 애가 더 삐뚤어진 거라니까요. 어떻게든 엄마하고 연락되면 좋을 텐데……."

그런데 혁민은 이야기를 듣다가 조금 의아하게 생각되는 부분이 있었다. 전부터 약간 걸리는 부분이었다.

"그런데 집 이야기를 할 때도 흔들렸다고 했지?"

"네, 오빠. 별로 좋아하지 않는 것 같은 느낌이었어요. 지금 집에는 정붙일 데가 없나 봐요."

"내가 보기에는 할아버지를 무서워하는 것 같은데……."

혁민은 애가 자꾸 밖으로 도는 데는 그런 이유도 있는 것 같다고 했다. 주변에서 이야기하는 것도 그 노인은 괴팍하고 성질 고약한 사람이라고 하는 걸 보니 애한테도 그렇게 잘해주는 것 같지 않다면서.

"거기 삼촌 두 명도 같이 산다던데. 삼촌이라도 잘해주면 애가 좀 나을 것 같은데……."

"삼촌 둘이라……."

뭘 하는지는 모르겠지만, 그 집의 사람들은 상연이라는 아이에게 관심이 거의 없는 것처럼 보였다. 애가 이렇게 하고 돌아다닌다는 걸 알면서도 거의 방치하는 것처럼 보였으니까.

"애가 사고를 많이 치고 다닌다고 했지?"

"맞아요. 정말 사고뭉치예요. 그리고 자기는 그런 적 없다고 딱 잡아떼는 거 있죠?"

"그러면 할아버지를 상대로 손해배상청구를 할 수도 있을 것 같은데……."

"손해배상이요?"

"그래. 애가 사고를 쳤다는 걸 입증할 수만 있으면 가능하지. 지금 보호, 감독자는 할아버지로 되어 있으니까."

혁민은 돈이 중요한 게 아니라 그렇게 해서라도 관심을 두도록 해서 아이가 자꾸 삐뚤어지는 걸 막는 게 좋지 않겠느냐고 말했다.

"그러면 오히려 혼나고 맞고 그럴 것 같은데요? 그러면 애가 더 엇나가지 않을까요?"

"음… 그럴 수도 있겠네. 법적으로 그렇게 할 수는 있지만, 그게 아이에게 좋은 건지는……."

그런데 그런 생각을 하다가 보니 아이가 왜 이렇게까지 심각한 상태가 되었는지가 의문스러워졌다. 집에 문제가 있다고 하더라도 아이가 이 정도까지 문제아가 되는 건 그렇게 쉽게 생각할 문제는 아니었다.

"어? 그렇죠? 아무래도 애가 갑자기 이렇게까지 삐뚤어지는 건 뭔가 이상하죠?"

율희는 뭔가 생각난 듯 이야기했다. 하지만 혁민이 물어도 뭔지 대답해 주지는 않았다. 자신이 직접 확인해 보고 나중에 알려주겠다면서.

"애가 완전히 사이코패스 같아. 하는 걸 보면 그런 느낌이 든다니까."

"오빠. 애한테 너무하는 거 아니에요? 애가 좀 문제가 있다고 해도 사이코패스라니요."

율희는 화를 냈는데, 사이코패스와 연쇄살인범을 거의 같은 말로 생각하는 듯했다. 그래서 혁민은 둘은 다른 것이라고 이야기해 주었다.

"사이코패스라고 모두 살인자가 되는 건 아니야."

혁민도 그 분야에 전문가는 아니라 자세하게 설명할 수는 없었지만, 자신이 아는 범위 내에서 최대한 자세하게 설명했다. 오해가 풀린 율희는 자신이 착각했다고 말하면서 용서해 달라고 애교를 부렸다.

"나도 그렇게 생각한 적이 있었는데 뭐."

혁민은 피식 웃으면서 말하고는 화제를 돌렸다.

"그건 그렇고, 사무실 자리 알아봤는데 언제 같이 가자. 가서 구경도 하고 인테리어 같은 거 어떻게 할지도 같이 상의도 하고."

"사무실 옮기려고요? 더 좋은 데로 가는 거예요?"

"위 변호사도 따로 방이 있어야 할 것 같고, 성만이 형도 이제 곧 합류할 테니까 이 기회에 아예 옮기는 게 좋을 것 같아서."

"아, 맞다. 좋아요. 어떤 곳인지 보러 가요."

율희는 어떤 곳인지 궁금하다면서 언제 보러 갈 거냐고 물었다. 그러다가 갑자기 무언가 생각이 난 듯 물었다.

"어? 그러면 일할 사람도 더 필요한 거 아니에요?"

"그렇지. 더 필요하지. 그래서 알아보는 중이야. 그런데 마음에 쏙 드는 사람이 별로 없네."

그 말에 율희는 장난기가 가득한 표정으로 말했다.

"내가 오빠 사무실에 갈까요?"

"음? 니가 사무실에? 음… 나야 좋기는 한데……."

혁민은 만약 그렇게 되면 좋은 것인지 좋지 않은 것인지 헷갈렸다. 애초에 사무실에 데려와서 가까워지려고 마음먹기는 했지만, 이미 가까워진 상태다.

'너무 가까이 있으면 오히려 불편한 것도 있고 그럴 텐데… 그래도 같이 있으면 챙겨주기도 좋고 좀 더 알콩달콩한 것도 있고 그럴 것 같기도 하고…….'

혁민은 어떤 게 더 좋을지 가늠하느라 미간을 찌푸렸다. 그러자 율희가 웃으면서 혁민의 어깨를 툭 건드렸다.

"에이, 그냥 해본 소리예요, 오빠. 원래 가까운 사이일수록 일 같이 하는 거 아니랬어요."

"그렇긴 하지… 그래도 같이 있으면 더 좋을 것 같기도 한데……."

"그냥 이렇게 보면 되잖아요. 그리고 오빠만 일찍 끝나면 더 빨리 볼 수도 있는데……."

율희는 살짝 눈을 흘겼다. 이렇게 늦게 보고 빨리 헤어지는 게 누구 때문인데 그런 소리를 하느냐는 애교 섞인 책망. 혁민은 그 표정을 보자 심장이 세차게 펄떡거리는 걸 느꼈다.

"이런. 내가 죄인이었구나. 미안, 내가 일 빨리 마무리하고 시간 더 낼게."

혁민은 손을 모아서 싹싹 비는 척했다. 둘은 같이 웃었다. 어떻게 보면 너무나 유치하게 보이는 모습. 하지만 둘은 즐겁기만 했다. 서로의 마음을 느낄 수 있었기 때문이었다.

다른 사람들이 유치하다고 생각하면 어떤가. 둘이 행복하고 즐거우면 그만이지. 원래 사랑을 하면 유치해진다고 한다. 무언가를 멋지게 꾸미기보다 마음에 있는 걸 그대로 보여주려고 해서 그럴 것이다.

혁민은 율희와 있으면서는 얼마든지 유치해질 수 있다고 생각했다. 그렇게 해서라도 자신의 마음을 제대로 전달할 수만 있다면. 그리고 율희가 그걸 보고 행복해할 수만 있다면 얼마든지 유치해질 수 있었다.

*　　　　*　　　　*

율희를 보자 상연은 슬쩍 걷던 방향을 바꾸었다. 바로 옆 골목으로 걸음을 튼 거였다.

"거기 스톱!"

율희의 말을 들었지만, 상연은 오히려 걸음을 빨리했다. 하지만 율희는 재빨리 뛰어서 상연의 목덜미를 낚아챘다.

"우리 얘기 좀 더 해야지."

"놔! 놓지 않으면 소리 지를 거야."

"질러. 그러면 내가 그 사람한테 어떻게 된 일인지 자초지종을 설명하고 보낼 테니까."

율희의 확고한 말투에 상연은 자신의 말을 행동으로 옮기지 못했다. 위협이 먹히지 않을 상대라는 걸 알아서 그런 거였다. 그리고 설사 그렇게 한다고 하더라도 자신에게 전혀 도움이 되지 않을 거라는 생각이 들었으니까.

토요일 오후라 주변에 사람들이 제법 있었지만, 아무도 율희와 상연에게 신경 쓰지 않았다. 옆에 있던 사람이 갑자기 쓰러져도 모르는 척하는 게 현실 아니던가.

"우리 잠깐 뭐라도 먹을까?"

"아뇨. 집에 가야 해서요."

"집에는 왜? 지금 집에서 나오는 거 아냐?"

집에서 나오는 걸 확인하고 쫓아온 율희는 빙긋 웃으면서 물었다. 하지만 상연은 얼굴색 하나 변하지 않고 대답했다.

"뭘 두고 와서요. 그래서 가서 가지고 나올 거예요."

"뭘 두고 왔는데?"

"그건 알 거 없구요. 누나가 그걸 알아야 할 이유도 없잖아요?"

율희는 하여간 말 하나는 기가 막히게 잘하는 녀석이라는 생각을 했다.

'하기야 머리는 좋은 녀석이니까.'

율희는 그러면 집까지 같이 가자고 이야기했다. 그 앞에서 기다리겠다면서.

"좋아요."

상연은 그렇게 말하고는 집 방향으로 걸어가기 시작했다. 율희는 혀를 내둘렀다. 어지간한 아이였으면 주눅이 들었을 텐데, 전혀 그런 게 없었다. 거짓말을 하는 건 정말 아무렇지도 않은 듯했다.

표정이 너무 태연해서 정말 그런 게 아닌가 하는 생각이 들 정도. 율희는 앞서가는 상연을 따라갔다.

"같이 가자."

율희는 상연의 팔을 붙잡았다. 같이 가자는 의도에서 잡은 것도 있었고, 다른 걸 확인하려고 한 것도 있었다. 율희는 잡은 팔에 조금 힘을 주었고, 소매가 위로 쑥 걷혀 올라갔다.

"뭐야?"

상연은 신경질적으로 반응하면서 팔을 홱 뿌리쳤다. 그리고 재빨리 소매를 내렸다. 하지만 율희는 똑똑히 볼 수 있었다. 팔뚝에 멍이 들어 있는 것을.

"너, 이거 뭐니?"

"뭐가? 아무것도 아니야."

아이는 거칠게 반항하면서 소리를 높였다. 하지만 율희를 감당하기에는 역부족이었다. 율희가 착하고 약해 보여도 힘이 없는 게 아니었다.

아버지인 민주엽이 어렸을 때부터 운동을 시켜서 보기보다
힘도 좋았고, 무술도 어느 정도 할 줄 알았다. 그러니 이제 초
등학교 5학년인 아이가 감당하기에는 벅찬 상대였다.

 율희는 기어코 아이의 팔을 걷어서 멍이 든 것을 확인했고,
다른 곳에 멍이 있는지도 확인하려고 했다.

 "에이, 씨."

 하지만 옷을 걷으려고 하자 상연은 율희의 손을 뿌리치더니
후다닥 뛰어갔다. 어찌나 빠르게 뛰는지 율희가 곧바로 뒤쫓
았지만, 결국에는 놓치고 말았다.

 숨이 턱에까지 차올라서 헐떡였지만, 동네 골목을 잘 모르
는지라 아이가 어디로 사라졌는지는 알 수 없었다. 그래서 율
희는 상연의 집을 찾아갔다.

 하지만 상연은 집으로 오지 않았다. 당연한 일일 수도 있었
다. 집은 아이에게 절대로 휴식이나 편안함 같은 의미가 아니
었을 테니까.

 '어디로 간 거지?'

 율희는 일단 상연의 집 근처에서 아이를 기다렸다. 언젠가
는 집으로 돌아올 것이라고 생각해서였다. 하지만 밤이 늦었
는데도 아이의 모습은 보이지 않았다.

 "어떻게 해야 하지? 신고를 할까?"

 하지만 율희가 뭐라고 신고를 하겠는가. 상연과는 아무런
사이도 아닌데. 율희는 고민하다 지민이네 전화를 걸어서 혹

시 상연이가 자주 가는 장소가 있는지 물어보았다.

─자주 가는 장소요?

"그래. 그런 데 알아?"

─음… 한 군데 있어요.

"그래? 거기가 어딘데?"

지민이는 집 뒤쪽에 보면 야트막한 언덕이 있는데 거기에 자주 가는 것 같다고 이야기했다. 율희는 그 장소가 어디인지 확인하고는 아이를 찾으러 걸음을 옮겼다.

그리고 확실하지는 않지만, 저 멀리 언덕 위쪽에 작은 형체가 하나 보이는 것 같았다. 그 형체는 무척이나 가냘프고 연약해 보였다. 율희는 언덕 위를 향해 어둠을 헤치면서 걸음을 재촉했다.

*　　　*　　　*

"오빠, 이런 경우에는 어떻게 해야 좋아요?"

율희는 만나자마자 대뜸 질문을 던졌는데, 혁민은 조금 놀랐다. 평소와는 달리 율희가 살짝 흥분한 목소리로 말했기 때문이었다. 워낙 차분하고 조용한 성격이라 예전에도 목소리를 높이는 걸 거의 보지 못했었기 때문에 혁민의 놀라움은 더욱 컸다.

하지만 이야기를 듣고 나니 왜 율희가 이렇게까지 흥분했는지 이해가 되었다. 자신도 이야기를 듣다 보니 흥분하지 않을 수 없었다.

"학대? 그거 상당히 민감한 문제인데… 그런데 확실한 거야?"

"제가 멍든 걸 봤다니까요."

율희의 말에 혁민은 고개를 끄덕이면서도 이런 문제는 신중하게 접근해야 한다고 말했다.

"팔에 멍이 있는 정도만 가지고서는 쉽게 단정할 수 없지. 애들이 놀다가 그런 걸 수도 있으니까."

혁민은 율희의 말을 전적으로 믿기는 하지만 그래도 제대로 확인하고 나서 움직이자고 이야기했다.

"이런 건 정말 금방 얘기가 퍼지거든. 잘 알잖아. 사람들은 자극적인 것만 좋아한다는 거."

그래서 생각지도 못한 피해를 보는 사람들도 있다. 사람들은 대부분 진실이 무엇인지에 관해서는 크게 관심이 없다. 그래서 한번 낙인이 찍히면 그걸 바꾸는 건 거의 불가능에 가까웠다.

이번 경우도 그렇다. 할아버지가 학대했다고 소문이 일단 나면 그걸로 끝이다. 나중에 그것이 사실이 아니라고 밝혀진다고 하더라도 사람들은 손자를 두들겨 패는 할아버지라고 계속 수군거릴 테니까.

"저도 알아요, 오빠. 하지만 이거 굉장히 심각해요. 애가 계속 밖으로만 도는 이유가 있더라니까요."

율희는 아이의 몸을 보았는데 몸에 멍투성이라는 거였다.

어디 넘어지고 그래서 날 수가 없는 거라고 했다. 그리고 할아버지뿐만 아니라 삼촌들까지 때린다는 거였다.

"그래서 주변에 좀 알아봤는데, 그 집이 그렇게 어렵지 않았었요. 그런데 애 아버지가 죽고 나서 갑자기 기울기 시작했다네요?"

그런데 할아버지나 삼촌이 그걸 전부 아이 탓으로 돌리면서 때린다는 거였다. 애가 팔자가 사나워서 아버지도 잡아먹고 집안도 말아먹고 있다고. 그 말을 들은 혁민은 화를 내면서 말했다.

"아니 뭔가가 잘 안 되는 건 전부 자기 탓이지. 그게 왜 애 탓이야? 사람들은 왜 자꾸 이유를 다른 데서 찾는지 모르겠다니까."

"맞아요. 그런데 이런 거는 아무나 신고해도 되는 거예요?"

"신고는 누구나 가능해. 보통은 신고 의무자에 의해서 신고되는 경우가 많기는 하지만."

아동 학대 신고 의무자가 있다. 직무상 아동 학대를 쉽게 발견할 수 있는 직업을 가진 사람들인데, 교사나 의료 관련 직군, 아동 관련 시설 종사자 같은 사람들이다.

그런데 상연이라는 아이의 경우는 워낙 문제아라서 교사도 그런 걸 신경 쓰지 않았던 모양이었다. 하기야 옷을 벗겨보지 않은 다음에야 어떻게 멍이 있다는 걸 알겠는가. 그리고 팔 같은 데 멍이 있다고 해도 싸우다가 그랬을 거라고 생각하기 쉬울 것 같았다.

"그래요? 그러면 바로 신고해야겠다."

율희는 바로 핸드폰으로 신고하려고 했는데, 혁민은 손을 들어 제지했다. 아이가 워낙 영악하고 이상해서 혹시나 하는 마음에서였다.

"애는 뭐라고 하는데?"

"거기에 대해서는 말을 잘 안 해요. 그런데 잘 타이르면서 얘기하다 보니까 말을 꺼내더라고요."

율희는 애가 거짓말을 잘하기는 하지만, 맞은 이야기는 정말인 것 같다고 했다.

"그러면 신고하면 바로 처리가 되는 거예요?"

"기본적으로는 신고를 접수한 사법경찰 관리나 아동보호전문기관의 직원이 바로 현장에 출동하게 되지."

현장에 출동한 사법경찰 관리나 아동보호전문기관의 직원은 피해 아동 보호를 위하여 학대 행위자로부터 피해 아동을 격리하게 된다. 그리고 아동을 보호 시설로 인도하고 치료가 필요하면 의료 기관으로 보내기도 하고.

"그런데 좀 걱정되는 게 있어요."

"뭔데?"

"애가 문제를 좀 많이 일으켰잖아요. 그래서 학교에서 그걸 문제 삼을 모양이에요."

워낙 사고를 많이 쳐서 학교에서도 벼르고 있었던 모양이었다. 그래서 증거와 증인을 확보해서 대응하려고 한다는 거였다.

"내가 보기에도 좀 심각하기는 해. 폭력에다가 성적인 문제도 있었으니까. 게다가 그런 게 한두 번이 아니라는 게 더 문제지."

"그러면 상연이는 소년원에 가야 하는 거예요?"

"글쎄? 사안을 자세히 봐야 알 수 있겠지만, 그 정도는 아닌 것 같은데? 아주 심각한 사고는 없었던 것 같으니까."

혁민은 오히려 학대를 한 할아버지나 삼촌과의 문제가 더 심각할 수 있다고 이야기했다.

"이게 좀 그런 게, 상담이나 치료를 받는 조건으로 기소유예가 되는 경우가 있거든."

전부 그러는 건 아니고 사건의 성질이나 결과, 학대 행위자의 개선 가능성이나 피해 아동의 의사 같은 여러 가지를 고려해서 결정하게 된다.

사실 아동을 학대한 사람이 잘못했다고 하면서 교육이나 치료를 받고 앞으로는 잘 돌보겠다고 하면 어쩌겠는가. 애를 가족과 떨어뜨리는 것도 쉽게 결정할 수 있는 문제는 아니다.

"아니, 애가 그 지경이 되었는데… 오빠도 애가 어떻게 되었는지 보면 그런 얘기 못 할 거예요. 정말 애 몸에 성한 데가 없더라니까요."

"그래? 그 정도야?"

혁민은 그러면 법원에서 보호처분을 내릴 가능성이 높다고 이야기했다.

"어머니를 찾을 수 있으면 가장 좋은데 말이에요. 하여간 지금 바로 신고할게요. 애가 맞기 싫어서 밤늦게 들어간대요. 다 자고 나서요."

"그래. 그 정도면 빨리 신고하는 게 좋겠다."

율희는 바로 신고했고, 경찰이 출동했다.

*　　*　　*

"딸도 같이?"

―그러는 편이 작업하기 더 쉽지 않겠습니까.

남자는 고개를 끄덕였다. 민주엽은 쉽게 입을 열 사람이 아니었다. 하지만 딸을 끔찍하게 아낀다고 했다. 그러니 그의 입을 열게 하려면 딸을 이용하는 게 가장 좋은 방법일 것이다.

"그런데 조심해야 할 거야. 한 번에 성공하지 못하면 오히려 경각심만 심어주는 셈이 될 테니까."

―당연한 일 아닙니까. 걱정하지 않으셔도 될 겁니다. 이미 작전을 세워두었으니까요.

남자는 핸드폰 너머에서 들리는 소리를 들었다. 집 근처에서 아주 정중하게 데리고 올 것이며, 인력도 충분히 동원할 것이라고 했다.

―딸을 먼저 잡으면 어쩔 수 없을 겁니다.

"그렇군. 좋아. 그렇게 하게. 그리고 가능한 한 잡음이 들리지 않게 처리해. 이런 일은 말이 나오기 시작하면 아주 피곤해지니까."

—알겠습니다. 잠시 후에 처리하고 바로 연락드리죠.

교도소에서 사이코패스를 만났던 양복을 입은 남자. 그는 전화를 끊고서 골목을 쓱 쳐다보았다. 준비는 완벽했다. 딸이 퇴근하면 먼저 잡아놓고 그다음에 민주엽을 정중하게 모시면 된다.

그리고 서로 허심탄회한 대화를 나누게 될 것이다. 딸이 잡혀 있으니 당연히 그렇게 될 것이다.

"그런데 뭘 그렇게 찾는 거야? 이런 식으로 움직이는 걸 보면 보통 물건은 아닐 것 같은데."

선생님이라는 자는 결정적인 건 직접 알아낼 테니 그전에 준비만 하라고 했다. 아마도 물건의 행방을 다른 사람에게 알리지 않으려고 그러는 것 같았다. 하지만 남자는 곧 관심을 꺼버렸다.

"뭐, 내가 알 바 아니지. 그리고 너무 많이 알면 오히려 피곤해지는 법이지."

이런 쪽에서 일하는 사람은 적당히 아는 게 신상에 좋다. 너무 많이 알게 되면 가만히 두려고 하지 않는다. 그러니 지금 정도가 좋았다. 남자는 시계를 슬쩍 보았다. 이제 곧 딸이 퇴근할 시간이었다.

"오늘은 따님이 약속이 없으셔서 바로 집으로 온다고 했으니까."

남자는 주변에 있는 인원을 다시 한 번 체크했다. 그리고 설사 날고 기는 재주가 있다고 하더라도 빠져나갈 수는 없을 것이라고 자신했다.

"이제 슬슬 올 시간이 되었는데."

남자가 율희가 집에 오기를 기다리고 있을 때, 율희는 민주엽과 함께 집으로 오고 있었다. 민주엽의 일이 일찍 끝나서 율희를 데리러 회사로 왔기 때문이었다. 민주엽은 운전을 했고, 율희는 조수석에서 이야기하고 있었다.

율희는 상연이 이야기를 했는데, 민주엽도 애가 맞았다는 부분에서 크게 화를 냈다.

"남자들이 애를 패? 그런 놈들은 정신이 확 들게 교육을 시켜야 하는 건데……."

"그러니까요. 애가 불쌍해요. 그런데 그나마 다행이에요. 엄마를 찾았다고 하더라고요."

"그래? 그래도 엄마하고 있으면 좀 괜찮겠구나."

민주엽은 가끔 이렇게 같이 퇴근하는 것도 괜찮을 것 같다고 생각했다. 집에 있을 때는 얘기를 거의 하지 않았다. 얘기라고 해봐야 식사를 할 때 잠깐 정도? 그런데 같이 차를 타고 움직이니 평소보다 훨씬 많은 이야기를 하게 되었다.

'종종 이런 시간을 가져야겠어. 어차피 시집가고 나면 이럴 시간도 없으니까.'

마음 같아서야 평생 데리고 살았으면 좋겠지만, 어디 그게 마음처럼 되는 일인가. 언젠가는 결혼을 할 것이고 자신의 품을 벗어나게 될 것이다.

'결혼을 한다면 그 녀석하고 결혼하게 되겠지. 뭐, 그 녀석 정도면……'

민주엽은 혁민이라면 딸을 행복하게 해줄 수 있을 것이라고 생각했다. 딸을 끔찍하게 생각한다는 걸 알 수 있었으니까. 그리고 직업이나 성품이나 모든 면에서 자신이 보기에 괜찮은 녀석이었다.

딸이 자신보다 그 녀석에게 더 신경을 쓰는 게 좀 섭섭하기는 했지만, 그런 거야 어쩔 수 없는 일 아닌가.

'그래도 아직은 율희가 너무 어려. 앞으로 한 오 년? 그 정도는 더 있어야지.'

그렇게 생각하는 동안 율희는 계속해서 상연이의 이야기를 하고 있었다.

"오빠가 그러는데요, 검사가 친권 상실하고 후견인 변경을 청구할 거라고 했어요."

민주엽은 혁민의 이야기를 할 때마다 딸의 표정이 밝아지고 눈빛이 반짝이는 게 신경에 거슬렸다. 그러지 않아야 한다는 걸 알면서도 기분이 그렇게 되는 건 어쩔 수 없었다.

그래서 겉으로는 아무렇지도 않은 듯 있었지만, 신경이 아주 날카로워졌다. 그래서일까? 집에 거의 도착했는데 무언가 신경을 거슬리는 게 있었다.

"잠깐만."

집 앞에 차를 세우자 율희가 내리려고 했는데, 민주엽이 손을 들어 제지했다. 그리고 재빨리 주변을 살폈다. 골목을 꺾어질 때도 그랬고 지금도 무언가 위화감 같은 게 느껴졌다.

"아빠, 왜요? 무슨 일 있어요?"

"조용. 잠깐만 가만히 있어봐."

민주엽은 재빨리 주변을 살폈다. 그리고 차의 앞뒤로 남자 몇 명이 접근하는 걸 알아챘다. 사실 그냥 지나는 사람일 수도 있었다. 하지만 느낌이 좋지 않았다. 민주엽은 다시 차에 시동을 걸었다.

'조심해서 나쁠 것 없지.'

자신의 목숨을 여러 번 구해준 그런 감각이었다. 이런 걸 신기라고 해야 할지 육감이라고 해야 할지는 모르겠지만, 어렸을 적에는 이런 능력이 있다는 게 무척이나 싫었다.

주변에서는 박수무당이었던 할아버지의 피를 이었다고 말했다. 민주엽은 절대로 그런 게 아니라고 생각했다. 무당 같은 건 되지 않겠다고 다짐하면서. 하지만 무언가가 있다는 건 확실했다.

그런 감각 때문에 자신과 동료의 목숨을 구한 적이 몇 번 있었다. 그래서 지금은 그냥 인정하고 살아가고 있었다. 자신이 부정한다고 그런 감각이 없어지지도 않는 것이니까. 그리고 지금 그 감각이 위험을 알리고 있었다.

—어떻게 할까요? 다시 움직이려는 모양인데요?

양복을 입은 남자는 무전을 받고는 입맛을 다셨다. 어찌 된 영문인지는 모르겠지만, 민주엽이 눈치를 챈 것 같아서였다. 어떻게 해야 할지 빠르게 판단을 내려야 했다.

원래 계획은 딸이 먼저 도착하면 데리고 있다가 나중에 도착한 민주엽과 함께 움직이는 거였다. 어려울 것 없는 일이었다. 하지만 민주엽과 그의 딸이 함께 차를 타고 왔다. 거기서부터 일이 어긋나기 시작했다.

그래도 별다를 것 없다고 생각했다. 딸만 어떻게든 잡으면 게임은 끝이라고 생각했으니까. 그래서 다섯 명을 차를 향해 움직이게 했다. 그냥 지나가는 사람인 것처럼 하고서. 하지만 민주엽이 어떻게 알았는지는 모르겠지만, 차에 시동을 걸고 자리를 뜨려 하고 있었다.

'지금은 철수하고 내일 다시 시도할까? 아니야. 지금 눈치를 챈 것 같으니 분명히 대비를 할 거야.'

상대는 한때 요원이었던 자였다. 그러니 지금 어떻게든 처리를 하는 게 좋다고 판단했다. 남자는 바로 무전을 보냈다.

"차가 빠져나가지 못하게 막아."

ㅡ알겠습니다.

남자는 차량으로 골목을 막으라고 지시했다. 그런데 남자가 미처 생각하지 못한 게 있었다.

끼이이익~

민주엽이 탄 차가 급발진을 했다. 빨리 이곳에서 벗어나려는 듯했다. 남자는 황급하게 무전을 보냈다.

"빨리. 빠져나가게 두면 안 돼."

무전을 받고는 차량 한 대가 골목으로 돌진했다. 하지만 민주엽의 차량이 워낙 빠르게 움직여서 어떻게 될지 모르는 상황이었다.

"야! 뭐해? 밟아!!"

두 차량은 무서운 속도로 움직였다. 한 대는 빠져나가기 위해서, 한 대는 그걸 막기 위해서. 하지만 벽에 가려서 두 차량은 다른 차가 맹렬한 속도로 움직이고 있다는 걸 알지 못했다. 남자는 계속해서 속도를 높이라고 외쳤다.

민주엽의 차량이 조금 먼저 도착했다. 골목에서 그의 차가 고개를 내밀고 빠져나가려고 했는데, 그걸 막으려는 차량도 거의 동시에 도착했다. 그리고 두 차량의 운전자가 그 사실을 알게 되었을 때는 도저히 피할 수 없는 그런 지점이었다.

차에 탄 사람들의 표정은 경악으로 물들었고 모두 외마디 비명을 질렀다.

"아빠!!!"

콰아아아앙!!!

*   *   *

혁민은 소식을 듣자마자 병원으로 달려갔다. 사무실에 있다가 연락을 받았는데 정말 제정신이 아니었다. 혁민은 미친 사람처럼 보였는데, 그런 모습은 병원에 도착할 때까지도 계속되었다.

병원에 도착하자마자 율희와 장인어른이 어디에 있는지 확인하고는 병실을 찾아갔다. 워낙 기세가 흉흉해서 병원 사람들이 쳐다볼 정도였다. 이렇게 다급한 마음으로 찾아오는 사람이 흔한 곳임에도 그럴 정도였으니 혁민이 얼마나 미친 사람처럼 보였는지는 알 만한 일이었다.

"율희야!!"

"어, 오빠!"

율희가 웃으면서 손을 들었는데, 그 모습을 보자 혁민은 다리에 힘이 팍 풀리는 걸 느꼈다. 혹시나 무슨 일이라도 생긴 게 아닐까 걱정을 했는데, 멀쩡한 모습을 보니 안도가 된 것이다.

혁민은 깊은 한숨을 내쉬면서 단숨에 율희의 곁으로 달려갔다. 그리고 다친 데는 없느냐고 물으면서 몸 여기저기를 살폈다. 다행스럽게도 겉으로 보기에 큰 상처는 없었다.

"어디 이상한 데는 없고?"

"특별히 다친 데는 없어요."

놀라서 그런 것인지 얼굴이 좀 핼쑥해 보이기는 했지만, 겉으로 보기에는 멀쩡한 것 같았다. 하지만 교통사고는 모르는 일이다. 그 당시에는 멀쩡한 것 같아도 나중에 문제가 되는 경우도 많이 있으니까.

"정말 괜찮아? 조금이라도 이상한 데 있으면 바로 얘기해. 검사는? 검사는 하고 있는 거지? 어떤 검사 했는데? 의사는 뭐라고 하고?"

혁민은 질문을 폭포수처럼 쏟아냈다.

율희는 혁민의 이런 모습을 처음 보아서 그런지 당황해했다.

그런데 갑자기 뒤에서 헛기침 소리가 들렸다.

"크흠… 크흠……."

그제야 혁민은 병실에 율희만 있는 게 아니라는 걸 깨달았다. 그제야 주변을 살펴보니 병실은 2인실이었고, 민주엽도 병석에 있었다.

혁민은 실수를 깨닫고는 뒤로 돌아서 꾸벅 인사를 하고는 상태가 어떤지 물었다.

"죄송합니다. 제가 경황이 없어서… 몸은 좀 어떠신지……."

민주엽의 표정은 아주 묘했다. 황당하다는 표정도 있었고, 조금 섭섭하다는 느낌도 드러내고 있었다. 그리고 혁민이 딸을 애지중지하는 걸 흐뭇해하는 그런 감정도 알 수 있었고.

"크게 다친 데는 없는 것 같군. 적어도 부러지거나 한 곳은 없으니까."

잠시 어색한 침묵이 흘렀다.

혁민은 잠시 생각을 하다가 다친 이유에 관해서 물었다.

"그런데 어떻게 된 겁니까? 교통사고라니요."

"뭐, 그렇게 되었어. 집 근처에서 사고가 났네."

혁민은 고개를 갸웃거렸다. 도로도 아니고 집 근처에서 교통사고라니. 쉽게 이해가 되지 않았던 것이다. 그런 곳에서는 교통사고가 나더라도 가벼운 충돌 정도라서 이렇게 병원에 실려 오고 할 정도가 아니었으니까.

"집 근처에서요? 아니, 집 근처에서 어떤 사고가 났길래."

혁민은 도대체 무슨 일이 일어난 것인지 물었다. 하지만 민주엽은 그냥 말 그대로 교통사고였다고 이야기했다.

"어떤 미친놈이 골목에서 속도를 좀 내다가 그런 거지. 골목에서 난 사고니까 이 정도인 거 아니겠나."

민주엽은 태연한 표정으로 이야기했는데, 혁민은 그 말을 믿을 뻔했다. 그리고 큰 사고는 아니었지만, 자세히 검사하기 위해서 병원에 왔다고 생각했다.

하지만 그렇지 않다는 걸 곧 깨달았다. 그런가 보다 하고 고개를 돌렸는데, 율희의 표정이 조금 이상했던 것이다. 민주엽이야 그런 속내를 숨기는 데 익숙한 사람이었지만, 율희는 그렇지 못했다.

'뭔가 이야기하지 않은 게 있구나. 뭘 그렇게 말하기 꺼리는 거지.'

혁민은 무언가 석연치 않은 부분이 있다는 걸 알 수 있었다. 하지만 더는 묻지 않았다. 더 묻는다고 제대로 대답해 줄 민주엽이 아니었기 때문이었다. 그리고 율희도 마찬가지일 것이고.

'내가 따로 알아봐야겠어. 아무튼, 그냥 교통사고는 아니라 이거지?'

혁민은 어떤 놈인지 걸리기만 하면 절대로 가만히 놔두지 않을 것이라고 이를 악물고 다짐했다. 자세한 사정이야 알 수 없었지만, 민주엽이 저렇게 나올 때는 분명히 누군가에게 당한 거였다.

예전에도 그랬다. 간혹 사고가 난 적이 있었는데, 어떻게 된 일인지 이야기를 하지 않았었다. 민주엽도 그랬고, 율희도 이야기를 하지 않았다. 그런 경험을 이미 해본 터라 따로 알아봐야겠다고 결심한 것이다.

그리고 누군지는 모르겠지만, 자신이 할 수 있는 모든 방법을 동원해서 응징하겠다는 생각도 했고.

혁민은 일단 검사 결과로 화제를 돌렸다.

"검사는 한 것도 있고, 아직 받아야 하는 것도 있으니 기다려 봐야지. 하지만 아직까지는 큰 이상은 없네."

"어떻게 제가 알아보고 더 좋은 병원으로 옮기는 게……."

혁민은 이 기회에 아예 최고의 의료진이 있는 곳에서 정밀 검진까지 받게 하면 어떨까 생각해서 말을 꺼냈는데, 민주엽이 잘라 버렸다.

"마음은 고맙지만, 그럴 필요 없네."

민주엽은 이곳이 좋다고 이야기했다.

그래도 혁민은 조금이라도 더 좋은 곳에서 진료를 받게 하고 싶었다. 사람 마음이라는 게 그렇지 않은가.

하지만 율희까지 괜찮다고 했다.

"정말 괜찮아요. 크게 다친 것도 아닌데……."

"그래. 율희 말이 맞네. 정 필요한 일이 있으면 그때 부탁하지."

부녀가 그렇게 나오니 혁민도 어쩔 수 없었다.

"그렇게 말씀하신다면야… 알겠습니다. 대신 여기 비용은 제가 처리하죠."

"괜찮다니까 그러네. 어차피 보험으로 나오는 것도 있고……."

혁민은 웃으면서 이야기했다.

"이 정도는 제가 할 수 있게 해주셔야죠. 그리고 이 기회에 몸에 이상은 없는지 한번 검사받아 보시는 것도 좋을 것 같습니다. 이런 기회가 아니면 언제 또 하겠습니까."

혁민은 둘 다 정밀 검진을 받아보라고 이야기했다. 둘 다 뭐 그런 것까지 받느냐고 말했지만, 혁민은 그건 양보하지 않았다.

"어차피 검사받는 거 몇 개 더 받으면 되는 거 아닙니까. 그냥 그렇게 제가 이야기해 놓겠습니다."

"그럴 것까지는 없다니까 그러네… 크흠……."

민주엽은 말은 그렇게 했지만, 싫지는 않은 눈치였다. 그렇게 마음을 써준다는데 싫을 게 뭐가 있겠는가. 그리고 율희도 자신뿐만 아니라 아버지까지 챙기려고 하는 걸 보고는 무척 기뻐했다.

혁민은 담당자를 만나 이야기했다. 정밀 검진 이야기를 하니 담당자의 태도가 달라졌다. 정밀 검진에는 비싼 검사들이 포함되었으니까. 거기다가 혁민이 변호사 명함을 내미니 담당자는 더욱 극진한 태도를 보였다.

혁민은 지금까지 어떤 검사를 했으며 이상은 없는지를 자세하게 물었다.

"검사 결과가 아직 나오지 않아서 뭐라고 말씀드리기가 어렵습니다. 내일 오전이면 어느 정도는 아실 수 있을 겁니다."

담당자는 원래는 조금 시간이 더 걸리는데 특별 고객이니 신경을 써주겠다고 이야기했다. 비싼 검사를 받을 고객이니 잘 보이겠다는 심산으로 보였다.

"신경을 써주신다니 감사합니다. 잘 좀 부탁드립니다."

"여부가 있겠습니까. 제가 각별하게 신경을 쓰겠습니다."

혁민은 이야기를 마치고 다시 병실에 들렀다. 사고가 났다기에 가슴이 철렁했었는데, 무사한 모습을 보니 정말 다행이라는 생각이 들었다.

'예전에도 교통사고 때문에……'

혁민은 파리한 모습으로 누워 있던 율희의 모습이 떠올랐다. 그리고 거칠고 마른 손의 감촉도.

하지만 그건 예전 일이었고, 앞으로는 일어나지 않을 일이었다. 아니, 일어나지 않게 할 것이라고 혁민은 다짐했다.

"어? 오빠, 일하러 가지 않아도 돼요?"

"어… 괜찮아. 내일 하면 되지 뭐."

율희는 고개를 저었다. 자신은 괜찮으니 가서 일하라는 거였다.

"오빠 일하는 거 방해하는 사람 되는 거 싫은데."

율희가 애교 섞인 말투로 이야기했다. 혁민은 더 있고 싶었지만, 저렇게 귀엽게 이야기하는 데 계속 있을 수가 있겠는가.

"알았어. 지금 가면 오늘은 좀 어려울 것 같으니까 내일 오전에 들를게."

혁민은 민주엽에게도 인사를 하고는 사무실로 향했다.

병실 밖으로 나오자 혁민의 표정이 냉랭하게 굳어졌다. 사고를 낸 사람이 누구인지, 무슨 일이 있기에 민주엽이 저러는 것인지도 확실하게 알아보리라 생각하니 표정이 딱딱하게 굳은 거였다.

"일단은 경찰 쪽에 좀 알아보는 게 좋겠지?"

혁민은 김준복 형사에게 연락해서 사건에 관해서 알아봐 달라고 부탁했다. 그리고 다른 루트를 통해서도 좀 알아봐야겠다고 생각했다. 아무래도 심상치 않은 일이라는 생각이 계속해서 머릿속에 떠올랐기 때문이었다.

예전에도 사고를 가끔 당했던 민주엽이었다. 율희도 이야기는 하지 않았지만, 같이 사고를 당한 적이 있었을 것이다. 하지만 이제는 그렇게 놔둘 수 없었다. 그들의 일은 자신의 일이나 마찬가지였으니까.

혁민은 차갑고 섬뜩한 표정을 한 채 걸어갔다.

＊　　　＊　　　＊

"예? 지금 뭐라고 하셨어요?"

다음 날 병원에 왔다가 혁민은 충격적인 말을 들었다. 율희의 머리에 문제가 있다는 말이었다.

혁민은 자세히 이야기해 달라고 담당 의사를 채근했다.

"에뉴리즘, 그러니까 뇌동맥류가 있습니다. 그런데 그 위치가……."

뇌동맥류는 뇌혈관 일부가 부풀어 오르는 것을 말하는데, 머릿속의 시한폭탄이라고도 불린다. 뇌동맥류가 터지면 치명적일 수도 있는데, 율희의 경우 상당히 위험하다고 이야기했다.

"그럼 빨리 수술을 해야 하는 거 아닙니까?"

"수술이 여의치가 않습니다."

의사는 뇌동맥류의 위치가 굉장히 위험한 곳이라서 현재로서는 수술이 어렵다고 이야기했다. 뇌동맥류가 연수와 바로 붙어 있어서 어떻게 할 수가 없다는 거였다.

"연수를 잘못 건드리기라도 하면 큰일이라서 그렇다는 건가요?"

"그렇습니다. 연수와 붙어 있어서 지금 상태로는 수술이 어렵다고 말씀드릴 수밖에 없군요."

담당 의사는 일단 뇌동맥류의 크기를 좀 줄이고 나서 수술 여부를 판단해야 할 것 같다고 이야기했다.

혁민은 정신이 아득해지는 걸 느꼈다. 무사해서 다행이라고 생각한 게 바로 어제였는데, 이게 무슨 일인가 싶었다.

"혹시 잘못되거나 그러는 건 아니겠죠?"

"아직까지는 뭐라고 이야기할 단계가 아닌 것 같습니다. 일단 상황을 지켜봐야 할 것 같습니다. 게다가 뇌동맥류 중에서도 조금 특이한 케이스라서요."

의사는 무어라고 이야기했는데, 혁민은 알아듣기 어려웠다. 의사의 말도 변호사의 말처럼 외계어인 건 마찬가지 아닌가. 그쪽으로 전문 지식이 없는 사람은 자세히 알아듣기 어려웠다.

"일단은 지켜봐야 한다는 거죠?"

담당 의사는 뭐라고 더 이야기했지만, 결국 치료를 하면서 지켜봐야 한다는 거였다.

혁민은 밖으로 나와서는 바로 강윤주에게 전화를 걸었다.

"어, 나야. 뭐 좀 부탁하자."

—무슨 일이야? 대뜸 부탁 이야기부터 하고?

강윤주는 평소와는 다른 말투에 조금 놀랐다. 혁민과 교류가 빈번했던 건 아니지만 그래도 오랫동안 알고 지낸 사이다. 혁민이 어떤 성격이고 어떤 스타일의 사람이라는 건 알고 있었으니까.

그는 이런 식으로 강압적으로 말하는 사람이 아니었다. 정중하고 매너 있는 그런 건 아니었지만, 항상 위트 있고 유쾌하게 이야기하는 게 혁민이었다. 하지만 지금은 웃음기 같은 건 전혀 느껴지지 않았다.

"아는 사람이 뇌동맥류라는데 그쪽 관련해서 최고 전문가가 누구인지 좀 알아보고 연락 좀 줘. 그리고 치료를 받을 수 있도록 해주고. 급하니까 가능한 한 빨리 좀 해줘."

—그래, 알았어. 그런데 상당히 심각한가 봐? 굉장히 말투가 무서운데?

"어, 미안. 내가 지금 급해서 그런가 봐. 이해 좀 해줘."

강윤주는 둘 중 하나라고 생각했다. 가족이거나 아니면 율
희거나. 어떤 상황이라도 여유를 잃지 않는 혁민이었다. 그런
데 이렇게까지 심각해지는 걸 보니 둘 중 하나가 틀림없다고
생각했다.

—알았어. 바로 연락 줄게.

원래라면 이런저런 농담도 건네고 뭐 해줄 건지 물어보고
그랬겠지만, 강윤주는 그러지 않았다. 아니, 못 했다. 혁민의
심각한 분위기에 압도당한 것도 있었고, 어쩐지 그런 말을 꺼
내면 안 될 것 같다는 느낌이 들어서이기도 했다.

그리고 바로 연락해서 뇌동맥류 관련해서 최고의 전문가가
누구인지 알아냈다. 그리고 직접 전화를 걸어서 진료나 수술
을 할 수 있는지도 확인했고. 혁민과 통화를 한 지 불과 한 시
간이 지나기 전이었다.

어지간하면 그 시간 내에 그렇게까지 일이 진행되기란 어려
웠을 것인데, 운이 좋았다. 전문가가 마침 전화를 받을 수 있는
상황이었으니까. 그리고 강윤주가 명현그룹의 자제라는 점도
상당히 크게 작용했고.

덕분에 한 시간 정도 지났을 때 연락을 할 수 있었는데, 혁
민은 벨이 울리자마자 바로 받았다. 아마도 계속해서 핸드폰
만 쳐다보고 있었던 모양이었다.

—내가 이야기해 놨어.

"어, 그래. 고맙다."

딱딱하고 건조한 대화. 혁민과 많은 이야기를 나눈 건 아니었지만, 윤주는 무척 낯설다고 느꼈다. 그리고 이런 식으로 말하니 혁민이 무척 무섭다고 느껴졌다. 하지만 그만큼 호기심도 일었다.

그렇게 여유만만하고 자신감 넘치는 남자를 이렇게까지 변하게 할 수 있는 게 누굴까 확인하고 싶었다.

ㅡ혹시 그 여자야? 저번에 같이 만났던…….

강윤주는 조심스럽게 물었다. 전에 혁민과 율희가 따로 왔다가 윤주 일행과 만났을 때 이야기를 하면서. 혁민은 바로 대답했다.

"맞아."

여전히 삭막한 대답. 하지만 윤주는 그만큼 혁민이 힘들어하고 있다는 걸 알 수 있었다. 여유도 없고 다른 사람에 대한 배려 같은 것도 머릿속에는 없는 것이다. 오로지 그 사람에 대한 걱정만 하고 있어서 이런 모습을 보이는 거였다.

ㅡ쾌차하길 바랄게.

"그래. 고맙다. 내가 나중에 연락할게."

혁민은 그렇게 이야기하고는 통화를 끝냈다. 그리고 병실로 향했다. 율희와 민주엽이 있는 병실로.

혁민은 하늘을 쳐다보고는 크게 한숨을 내쉬었다. 마음속에 있는 천근보다 무거운 근심을 조금이라도 내뱉으려는 듯이.

*　　　*　　　*

병실에 들어가니 율희와 민주엽이 심각한 표정으로 이야기를 나누고 있었다. 왜 그렇지 않겠는가. 상황이 어떻다는 건 그들도 이미 들었는데. 하지만 혁민이 들어오는 걸 보자 율희는 애써 밝은 표정을 지어 보였다.

혁민은 민주엽에게 가볍게 인사를 하고는 율희에게 다가갔다. 그리고 무언가 이야기를 하려고 했다. 괜찮을 거라고. 내가 어떻게든 방법을 찾아볼 거라고. 하지만 미소를 지으면서 자신을 쳐다보고 있는 율희를 보니 갑자기 목이 턱 메었다.

어떤 말을 하더라도 목에서 걸릴 것 같았다.

혁민은 잠깐 멈칫거리다가 의자를 가지고 와서는 율희 옆에 앉았다. 그러고는 웃으면서 율희의 손을 잡았다. 다른 한 손으로는 맞잡은 손을 포근하게 감쌌고.

둘은 아무런 말도 하지 않았다. 그냥 서로를 쳐다보고 있었는데, 갑자기 웃음이 났다. 왜 그런지는 알 수 없었다. 그냥 웃음이 나왔다.

"괜찮아?"

한동안 손을 잡고 있다가 혁민이 처음으로 내뱉은 말이었다. 그 말을 들은 율희는 더욱 환하게 웃었다. 그러고는 눈을 살짝 흘기면서 말했다.

"오빠는 말 안 하는 편이 더 멋있어요."

율희는 법정이나 다른 사람 앞에서는 그렇게 말을 잘하는 사람이 자기 앞에서는 왜 그러느냐고 투정을 부렸다. 혁민은 머리를 긁적이며 멋쩍게 웃었다.

"그런가?"

혁민은 쑥스러워하면서 자리에서 일어나서는 민주엽에게 걸어갔다. 그냥 율희 옆에 앉아 있기도 좀 민망했고, 민주엽과 얘기를 나눌 것도 있어서였다. 혁민이 오자 민주엽도 그런 눈치를 챘는지 잠깐 밖으로 나가자고 이야기했다.

"차라리 내가 아픈 게 맞는 일인데……."

민주엽은 자책이라도 하듯 그렇게 중얼거렸다. 민주엽은 뇌진탕 기운이 살짝 있기는 했지만, 문제가 될 만한 건 아니었다. 그 외에는 가벼운 타박상 정도여서 퇴원을 해도 될 정도였다. 혁민은 슬쩍 이야기를 꺼냈다.

"병원을 옮기는 편이 좋겠습니다. 제가 그쪽 분야 전문가가 누군지 알아놨으니까, 그쪽으로 옮기시죠."

이번에는 민주엽도 반대하지 않았다. 그는 착잡한 표정을 한 채 병실 쪽을 바라보았다. 혁민은 자신이 알아본 걸 이야기했다.

"특별하게 들은 이야기가 있나?"

"케이스가 좀 특이하다고 하더군요. 당장 위험한 건 아닌데, 아무래도 전문가가 나을 겁니다. 이야기는 해놓았으니 지금이라도 옮길 수 있습니다."

"그래? 그렇게 하지."

민주엽은 한숨을 내쉬었다. 그리고 혁민에게 무언가를 이야기하려는 듯하다가 멈칫거렸다. 혁민은 가만히 기다렸지만,

그날은 이야기를 들을 수 없었다.

"바로 옮기지. 조금이라도 빨리 옮기는 게 나을 것 같으니까."

"예. 제가 이야기하고 지금 바로 수속을 밟도록 하겠습니다."

민주엽은 힘없이 고개를 끄덕였다. 그리고 바로 그날 율희는 병원을 옮기게 되었다.

*　　*　　*

"선배님!!"

"어??"

혁민은 좀처럼 일에 집중하지 못했다. 오죽하면 위지원 변호사가 정신 차리라는 말까지 했을까. 일하는 동안에도 항상 정신이 나간 사람 같았다.

혁민은 새로 들어오는 의뢰는 전혀 받지 못하게 했고, 있는 사건만 처리하고 있었다. 그래서 보람은 의뢰를 거절하느라 바쁜 시간을 보내고 있었고. 그런데 현재 진행 중인 사건에도 집중하지 못하고 있었다.

"잠깐만. 나 좀 나갔다가 올게."

혁민은 옷을 챙겨 입고는 밖으로 나갔다. 율희가 있는 병원으로 가기 위해서였다. 위지원 변호사는 못마땅한 표정을 지었지만, 혁민을 말리지는 못했다. 말려봐야 소용없다는 걸 잘 알았으니까.

혁민은 차를 몰고는 병원으로 향했고, 도착하자마자 율희의 병실로 향했다. 가는 동안 혁민은 율희의 담당 의사로부터 들은 이야기를 떠올렸다.

"뇌는 아직 미지의 영역입니다. 제가 의사이고 전문가 소리를 듣기는 하지만, 저로서도 왜 그런지 알 수 없는 일들이 수도 없이 벌어집니다."

국내에서는 최고라고 손꼽히는 전문가였다. 그런 의사가 그런 식으로 이야기했다는 건 문제가 될까 봐 일부러 그러는 것일 수도 있겠지만, 그만큼 병세가 좋지만은 않다는 증거이기도 했다.

아무래도 강윤주가 말을 넣어서 더 신경을 쓰는 것 같았는데, 그래서 더 걱정되었다. 그러니 일이 손에 잡히겠는가. 서류를 보아도 글자가 눈에 들어오지 않았다.

혁민은 문을 열고 병실 안으로 들어갔다.

"어? 오빠. 이 시간에 어쩐 일이에요?"

혁민이 들어오자 율희가 반가워하면서도 의아하다는 표정을 지었다.

"그냥. 어떤가 싶어서……."

혁민은 쭈뼛거리면서 대답했다. 율희는 웃으면서 살짝 눈을 흘겼다. 혁민은 율희가 자신을 바보 같다고 책망하는 것같이 느껴졌다.

"오빠. 일 있는데 온 거죠?"

혁민은 대답하지 못했다. 율희의 말이 사실이었으니까.

율희는 웃으면서 옆에 와서 앉으라고 손짓했다. 그리고 혁민이 앉자 웃으면서 이야기했다.

"오빠는 내가 언제부터 그렇게 좋았어요?"

"응? 언제부터?"

혁민은 무어라 이야기해야 좋을지 몰라 망설였다. 좋은 생각이 떠오르지 않았다. 사실대로 말할 수야 없는 일이었다. 사실은 자신은 미래에 당신과 결혼했던 사람인데, 과거로 돌아왔다. 그래서 처음부터 당신을 사랑하고 있었다고 말할 수도 없는 일 아닌가.

'처음 만났을 때부터?'

가능하면 듣기 좋은 이야기를 해주고 싶었지만, 머리가 돌아가지 않았다.

'미치겠네. 다른 때는 머리가 팽팽 돌아가는데 왜 율희 앞에만 서면 바보가 되는 거지?'

혁민이 망설이자 율희는 빙긋 웃었다. 그러면서 자신이 먼저 말문을 열었다.

"나는 아직도 기억해요. 내가 마실 걸 가지고 회의실에 들어갔을 때였거든요."

율희가 말하는 그때는 현백정밀 사건 때였다. 혁민도 기억이 났다. 소송까지 가지는 않았지만, 무척이나 재미있는 사건이었다. 만약 소송까지 갔다면 어떻게 되었을까 하는 생각을 한 적도 있었다.

법인격 부인이라는 건 무척이나 예외적으로만 인정되는 법리였으니 제대로 한번 다루어보고 싶은 욕심도 있었다. 하지만 그거야 혁민의 생각이었고, 직원들이 바로 돈을 받게 되었으니 된 거였다.

"그래. 기억나네. 나한테도 무척이나 의미가 있는 사건이었지. 사건 자체도 아주 재미있었고, 사실은 내가 그 사건 해결하고 나서 자금 사정이 확 풀렸거든."

"의미가 있었던 건 나도 마찬가지예요. 그때부터 오빠한테 호감이 생겼으니까."

율희는 혁민의 손을 잡으면서 이야기했다.

"오빠는요, 일할 때 가장 빛이 나요. 법정에 섰을 때, 그리고 변론을 할 때 가장 멋져요."

혁민은 쑥스러워하면서 웃었다. 다른 사람이 이런 이야기를 하면 뭐라고 받아치기라도 할 텐데, 이상하게도 율희가 어떤 이야기를 하면 어떻게 대꾸해야 할지 몰라 허둥지둥하게 되었다.

"저 지금 아파 보여요?"

"아니. 어… 그러니까 괜찮다는 건 아닌데……."

아파 보인다고 해야 할지, 멀쩡해 보인다고 해야 할지 또 헷갈려서 혁민은 말을 더듬었다. 율희는 그 모습이 재미있었는지 손으로 입을 가리고 웃었다.

"……."

혁민은 멍하니 율희의 얼굴을 바라보았다. 초승달처럼 흰 율희의 눈이 너무나도 사랑스럽다고 느꼈기 때문이었다.

"오빠. 나 괜찮아요. 그러니까 오빠 일 해요."

"그래도……."

율희는 고개를 저었다.

"정 걱정되면 일 끝나고 들러서 일하면서 재미있었던 일 얘기해 줘요. 그러면 되잖아요."

혁민은 잠시 생각하다가 고개를 끄덕였다. 자신이 여기에 있어봤자 특별히 도움이 되는 건 아니었으니까.

그런데 율희는 문득 생각이 났다는 듯 질문했다.

"참, 상연이는 어떻게 되었어요?"

"아, 그 아이?"

상연이의 할아버지와 삼촌들은 모두 구속되었고, 재판을 받고 있었다. 그리고 특별한 일이 없는 한 실형을 선고받을 것이다.

"죄질이 안 좋은 것 같더라고. 애를 어떻게 그렇게 팰 수가 있어?"

"그럼 상연이는요?"

다행스럽게도 상연이의 엄마와 연락이 닿아서 상연이는 엄마의 품으로 돌아갈 수 있었다.

"상연이보고 사이코패스라고 하는 사람도 있었는데……."

"아, 그거는 검사도 받았어."

사이코패스인지 아닌지를 확인하는 검사를 PCL−R 검사라고 하는데, 상연이는 그 검사를 받았다. 굳이 받을 필요는 없었지만, 주변의 말도 있고 해서 검사를 한 거였다.

"어머니하고 상연이도 받겠다고 했거든. 그런데 검사가 간단한 게 아니더라고."

사이코패스 연쇄 살인범을 상대할 때 도움을 받은 범죄심리학자에게 이야기를 들었는데, 인터넷에 나온 질문지 같은 그런 걸로 검사하는 게 아니라고 했다.

"나도 인터넷에서 찾아보고 그랬거든. 그런데 실제로 검사하는 건 그렇게 하는 게 아니래. 그리고 한 번만 하는 것도 아니고."

"그럼요?"

"나도 직접 보지는 못하고 이야기만 들었는데, 세 번 정도 한다나 봐. 그리고 자기가 동그라미 치는 방식이 아니래."

혁민이 인터넷에서 알아본 걸 가지고 이야기하자 범죄심리학자는 박장대소를 했다. 그런 간단한 질문 몇 개로 사이코패스를 어떻게 구분할 수 있겠느냐면서.

"하긴 그럴 것 같긴 하더라고. 사이코패스들은 머리도 전부 비상한데 동그라미 몇 개 치는 거는 마음만 먹으면 다 빠져나 갈 것 같았거든."

"그건 그래요. 그렇게 간단한 검사로 가려낼 수 있다는 게 좀 이상하긴 했어요."

혁민은 여러 단계를 거쳐서 검사하는데 상연이는 사이코패스는 아니라는 결과가 나왔다고 했다.

"그래요? 다행이네요."

"그 교수님이 그러는데 아마도 학대를 받은 것 때문에 정서적으로 문제가 좀 있었던 것 같다더라고."

"왜 안 그러겠어요. 얘기를 들으면 들을수록 정상일 수가 없을 것 같더라고요."

사실은 혁민이 이야기하지 않은 내용도 있었다. 상연이는 사이코패스라고 할 수는 없지만, 그래도 일반인보다는 점수가 좀 높았다는 거였다. 교수의 말로는 아마도 그런 상태가 계속되었으면, 사이코패스가 되었을 수도 있었을 거라고 했다.

선천적으로 타고나는 것도 있지만, 주변 여건이나 성장 과정도 영향을 미칠 수 있으니 그렇다는 거였다. 하지만 몸도 성치 않은 율희에게 군이 그런 이야기까지 할 필요는 없었다. 상연이는 엄마와 같이 지금까지와는 다른 삶을 살 테니까.

"그러면 가볼게."

"그래요. 가서 사건 해결하고 있었던 일 저한테 얘기해 주는 거죠?"

"그럼. 당연하지. 내가 매일 와서 전부 이야기해 줄게."

혁민은 곧 나을 거라고 이야기했다.

"빨리 나아서 새로 사무실 오픈하는 데 인테리어 같은 것도 같이 고르고 그래야지."

"그럼요. 그래야죠."

그렇게 이야기하면서 혁민은 자리에서 일어났다. 병실에 더 있고 싶었지만, 떨어지지 않는 발걸음을 옮겨 다시 사무실로 돌아왔다.

사무실에는 못 보던 손님이 와 있었다.

"저기, 변호사님. 이분이 할 이야기가 있다고 해서……."

보람이 아주 난처한 표정으로 이야기했다.

이십 대 초반으로 보이는 여자였는데, 조금 수척해 보였다.

혁민은 아무래도 의뢰를 하러 온 것 같다는 생각에 보람에게 눈치를 주었다. 지금은 의뢰를 새로 받지 않는다고 이야기하라고.

하지만 보람은 난처한 표정을 지었다. 그리고 그 여자는 자리에서 일어나더니 혁민에게 다가와서는 간절한 표정으로 이야기했다.

"변호사님, 도와주세요."

혁민은 난처했다. 지금은 새로운 사건을 맡을 수 있는 상황이 아니었기 때문에.

"저기, 죄송한데 제가 지금은 사정이 좀 있어서 사건을 받지 않고 있거든요."

"알아요. 저분한테 얘기 들었어요."

여자는 보람을 가리키면서 그렇게 말했다. 혁민이 보람을 보니 고개를 살짝 끄덕이고 있었다. 이야기했는데도 포기하지 않고 기다리고 있는 거라는 표정을 한 채로.

"얘기라도 들어주세요. 제발요."

"이거 참… 일단 들어오시죠."

혁민은 여자를 사무실 안으로 들어오라고 했다. 표정으로

보니 사건을 받지 않는다고 해도 계속 사무실에서 버틸 것 같
아서 이야기라도 들어봐야겠다고 생각했다.

"그래. 무슨 일이죠?"

"저기… 제 오빠 일인데요."

혁민은 방에 들어와서 이야기를 나누었는데, 여자는 아까와
는 달리 조금 망설이면서 이야기했다.

"어떤 문제가 있는 거죠?"

"그게……."

혁민은 고개를 갸웃거렸다. 아까는 아주 적극적으로 나서더
니 정작 혁민 앞에서는 이야기를 못 하고 더듬거렸기 때문이
었다. 여자는 한참을 망설이다 입을 열었다.

"오빠가 마약을 판매한 걸로 지금……."

마약이라는 말에 혁민이 손을 들었다. 자신이 관여하지 않
는 사건 중 하나가 바로 마약과 관련된 사건이었기 때문이었
다. 게다가 마약을 판매한 것이라니.

"그 분야는 제가 잘 다루지 않는 분야라서요."

"아니요, 저도 들었어요. 변호사님 소문 다 들었어요."

여자는 황급하게 말을 했다. 어떤 사건을 거절하는지도 전
부 들었다고 했다. 하지만 자신의 오빠는 정말로 마약을 팔지
않았다고 이야기했다.

"정말이에요. 오빠는 하지 않았어요."

"그런가요? 오빠라는 분 직업은 어떻게 되시는데요?"

혁민의 질문에 여자가 또 머뭇거렸다. 그러더니 간신히 입

을 열었다.

"저기… 조직에 있기는 한데……."

조폭이라는 얘기였다. 혁민은 고개를 저었다. 아무리 봐도 자신이 맡을 사건이 아니라고 생각해서였다.

"죄송합니다. 저하고는 맞지 않는 사건인 것 같네요."

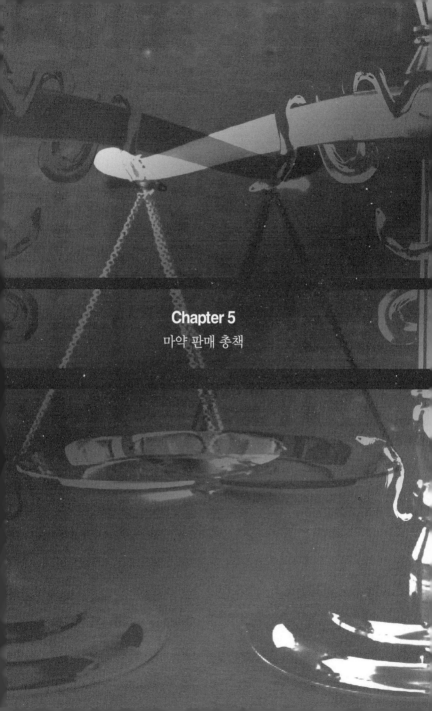

Chapter 5
마약 판매 총책

"마약 사건이요?"

위지원 변호사는 깜짝 놀라면서 물었다. 혁민이 잘 다루지 않는 사건 중 하나였기 때문이었다. 게다가 지금 구속된 사람은 조폭이었다.

"조폭 사건은 잘 맡지 않으시잖아요. 마약도 그렇고. 그런데 마약에 조폭인데 맡으셨다고요?"

"아니, 아직 맡은 건 아니고."

하도 억울하게 누명을 쓴 거라고 해서 일단 알아는 보겠다고 했다. 실제로 그런 거라면야 맡을 수도 있는 일이니까.

혁민은 몇 가지 사건은 아예 의뢰를 받지 않았는데, 뺑소니와 파렴치한 범죄, 조폭이나 마약 같은 사건이 거기에 속했다.

혁민은 누명이 아닐 수도 있다고 생각했다. 가족, 특히 여자들은 자기 가족은 죄가 없다고 생각하는 성향이 있다. 예전에도 죄가 없다고 애원해서 맡았는데, 알고 보니 죄가 있었던 경우가 꽤 있었다.

"뭐, 모든 여자가 그러는 건 아닌데, 내가 보니까 남자들보다는 여자들이 그렇게 생각하는 경우가 많더라고."

"만약 정말로 누명을 쓴 거라면 어떻게 하실 건데요?"

"누명을 쓴 거라면야 생각해 봐야지. 누명을 쓴 게 명확해 보이면 내가 하거나 다른 사람을 소개해 줘야지."

정말로 누명이라면 얘기가 조금 다르다. 하지만 누가 변호하더라도 누명인 것을 벗길 수 있는 거라면 다른 변호사를 소개해 줄 작정이었다. 그런 사건을 군이 자신이 진행할 필요는 없으니까.

혁민은 자신의 사무실로 들어가려다가 갑자기 떠오르는 게 있어서 위지원 변호사를 보면서 이야기했다.

"참, 위 변호사도 알아두라고. 내가 저번에도 얘기한 적이 있기는 하지만, 마약 사건이나 조폭 사건은 어지간해서는 다루지 마."

혁민은 다른 변호사도 가능하면 그런 사건은 맡으려 하지 않는다고 이야기했다.

"끝이 아주 지저분하고 돈을 받기도 힘들다고. 조폭이나 마약상은 이기든 지든 재판만 끝나면 돈을 잘 안 주거든. 자기 볼일은 끝났다 이거지."

"아! 맞다. 저도 그런 얘기 들었어요. 그런데 수임하는 변호사도 있긴 하잖아요."

"있기야 하지. 잘 모르는 초짜거나 아니면 아예 땡겨서 받고 하거나."

위지원 변호사는 땡겨서 받는 게 무슨 말이냐면서 물었다.

혁민은 고개를 절레절레 저으면서 대답했다. 전에 당했던 일이 떠올라서 그런 거였다.

"돈을 받지 못하는 경우가 워낙 많아서 아예 성공 보수를 착수금 받을 때 같이 받는 경우가 많아. 그러는 게 거의 관례처럼 되어 있지."

실제로 그런 경험이 있었다. 하지만 돈을 달라고 해도 들은 척도 하지 않는다. 조폭이 그런 거에 신경이나 쓰겠는가. 오히려 변호사를 위협하는 경우도 있다.

변호사는 법의 테두리 안에서 움직이는 사람이고, 조폭은 법과는 거리가 있는 사람들이다. 조폭이 변호사를 괴롭히려면 방법은 얼마든지 있다. 그러니 더러워서라도 그냥 넘어가는 것이다.

예전에 혁민은 시비가 붙었다가 조폭들이 변호사 사무실에 와서 죽치고 앉아 있어서 오히려 착수금으로 받은 돈을 다시 내준 경우도 있었다. 그렇게 워낙 돈을 안 주는 경우가 많아서 한꺼번에 전부 받고 변호를 하는 거였다.

"그런데 한꺼번에 받았다고 안심할 수도 없어. 나중에 다시 달라는 경우도 있다니까."

"정말요? 그렇게 달라고 하면 그러면 줘요?"

"안 그러면? 해코지라도 할 기세인데 안 주고 배기나? 사무실 난장판 된다니까."

사실 대형 로펌이야 건드리지 못하겠지만, 작은 사무실 같은 경우는 조폭들이 우습게 본다. 그래도 본인이 오는 건 좀 그러는지 보통은 밑에 있는 애들을 보내서 뜯어내곤 한다. 이야기를 들은 위지원 변호사는 혀를 내둘렀다.

"정말 상종 못할 인간들이네요. 그리고 돈도 돈이지만 기분도 좀……."

"그런 것도 좀 있고."

변호사는 무죄를 만들어주는 사람이 아니다. 죄를 지은 만큼만 벌을 받게 하는 게 변호사다. 그래서 범죄자라고 하더라도 변호사는 아무런 거리낌 없이 변호할 수 있다. 그 사람이 지은 죄만큼만 벌받게 해달라고 얘기하는 거니까.

하지만 변호사도 사람이다 보니 가능하면 보람 있는 일을 하고 싶어 하는 경향이 있다. 그런데 조폭이나 질이 좋지 않은 범죄자의 경우는 변호하고 나도 무슨 보람이 있겠는가.

"그래서 돈 때문이 아니더라도 잘 하지 않으려고 하지."

혁민은 일단 사건도 알아보고 마약 판매 총책이라고 구속된 그 여자의 오빠도 만나봐야겠다고 생각했다.

사건을 알아보니 검찰에서 상당히 공을 들인 사건이었다. 마약의 경우 철저하게 점조직으로 운영된다. 그래서 수사하는 게 상당히 까다롭다.

"이거 증거가 명확한 것 같은데……."

혁민이 보기에는 자신이라도 그 남자가 마약 판매의 총책이라고 판단할 것 같았다. 모든 증거가 그를 가리키고 있었으니까.

"성철진. 나이는 33세. 동생하고는 나이 차이가 좀 있네……."

어제 찾아온 여자는 이십 대 초반으로 보였으니 적어도 열 살 이상 차이.

하지만 혁민은 이내 피식 웃었다.

"내가 나이 차이 이야기할 입장은 아니지."

율희와 자신과의 나이도 열 살 차이가 아니던가. 혁민은 그렇게 중얼거리면서 사건 관련해서 살펴보다가 입맛을 다셨다. 아무리 봐도 성철진이라는 사람이 총책이라는 생각이 들어서였다.

"이거 동생만 아니라고 생각하는 거 아닌가?"

혁민은 의뢰를 거절해야겠다고 생각했다. 그런데 성철진을 만나러 같이 가서 약간 생각이 바뀌었다. 일반적인 사건은 아닌 것 같다는 생각이 들어서였다.

"오빠, 말 좀 해보라니까. 오빠가 그런 거 아니잖아."

"……."

성철진은 굳게 입을 다물고 아무런 말도 하지 않았다. 그의 동생인 성민주가 아무리 달래고 얼러도 입을 열지 않았다. 민주는 애가 타는 듯 계속해서 말을 걸었지만 헛수고였다.

"오빠, 정말 실력 있는 변호사분이셔. 그러니까 사실대로 얘기해."

혁민은 철진의 얼굴을 가만히 보았다.

철진은 아예 눈을 감고 있었는데, 상당히 고집이 세 보였다. 그리고 정말 험상궂게 생겼다고 느꼈다. 딱 조폭 같은 스타일이라고나 할까.

결국, 아무런 이야기도 듣지 못한 채 밖으로 나와야 했다. 하지만 혁민은 오히려 많은 이야기를 한 것보다 더 큰 걸 느꼈다고 생각했다.

확실히 이상했다. 철진이라는 남자는 아예 모든 걸 포기한 사람처럼 보였다. 자신이 마약 판매 총책으로 들어가는 걸 기정사실로 생각하고 있는 듯했다.

혁민은 사무실로 돌아와서는 가만히 생각해 보았다.

"이상하단 말이야."

"뭐가요?"

위지원 변호사가 혁민의 말을 듣고는 물었다.

"이상하잖아. 보통 죄가 있든 없든 부정하거든. 처음부터 죄가 있다고 하는 사람은 거의 없어. 그런데 그 사람은 처음부터 지금까지 아무런 이야기도 하지 않았거든."

"죄가 확실해서 그런 거 아니에요?"

"글쎄? 조사를 받다가 자백을 한 거면 모르겠는데, 처음부터 지금까지 계속 이야기를 안 하고 있거든."

철진은 경찰에 잡혀 온 이후로 지금까지 조사를 받으면서 아무런 이야기도 하지 않았다. 그 점이 이상했다.

"그럼 사건을 맡으시게요?"

"그건 잘 모르겠어. 누가 봐도 그 사람이 총책으로 보이거든. 동생은 누명이라고 계속 이야기하는데 본인이 입을 열지 않으니……"

혁민은 분명히 무언가 있기는 한데 무죄인지 아닌지는 판단이 서질 않았다. 그래서 사건을 맡을지 말지도 좀 고민되었다.

"이걸 어떻게 한다?"

혁민은 깊은 고민에 빠졌다.

*　　　*　　　*

마약 사건에서 가장 중요한 건 두 가지 정도라고 볼 수 있다. 자금이 오고 간 대포 통장의 실제 명의인이 누구인가 하는 점. 그리고 마약 밀매 과정에서 마약의 실제 매수인과 매도인이 누구인가 하는 점이다.

그런데 일반적으로는 그런 증거를 확보한다는 건 무척이나 까다롭고 어려운 일이다. 그래서 경찰이나 검찰이 마약 조직을 소탕하려고 할 때는 정보원을 만든다.

"그런 걸 빨대 꽂는다고 하지."

"그래요? 표현이 재미있어요."

율희는 혁민의 이야기에 흥미를 보였다.

"그렇게 정보원을 통해서 조직의 동향이나 정보를 수집하고 그걸 바탕으로 소탕하게 되는데, 대신 그 정보원의 죄를 털어주거나 감경해 주곤 하지."

"정말이요? 그런 건 처음 들어요."

혁민은 이건 어디까지나 비공식적인 거라고 했다.

"미국에는 플리바게닝이라고 해서 사전에 형량을 거래하는 게 제도적으로 가능하게 되어 있거든."

플리바게닝은 사전형량조정제도라고 하는데, 유죄를 인정하거나 다른 사람에 대해 증언을 하는 조건으로 형을 낮추는 제도다. 한국에는 그에 대한 법적 근거는 없다.

"하지만 우리나라는 검사의 재량을 상당히 넓게 인정해 주거든. 그래서 그것과 비슷한 거래가 암묵적으로 이루어지고 있지."

"그게 좋은 건지 아닌지 잘 모르겠어요. 필요한 것 같기도 하고. 그래도 죄를 지었는데, 그런 식으로 줄여준다는 게 좀 아닌 것 같기도 하고……."

혁민도 고개를 끄덕이며 동의했다. 사실 플리바게닝에 대해서는 말이 많았다. 필요하다는 건 혁민도 인정했지만, 무언가 보완할 수 있는 장치는 있어야 할 것 같다고 생각했다.

"그래도 필요하기는 해. 이게 진술 말고는 어떻게 할 수 없는 그런 경우가 있거든. 예를 들면 뇌물 같은 거."

혁민은 뇌물의 경우 증언이 없으면 정말 잡기 어렵다고 했다. 마약과 같이 점조직으로 이루어지는 범죄의 경우도 마찬가지였고.

"그러면 그 사건도 정보원이 있겠네요?"

"그럼, 당연하지. 검찰이 꽤 신경을 쓴 것 같더라고."

혁민은 상당 기간 조사를 해서 이번에 잡아들인 거라고 이야기했다.

"마약 사건 같은 경우에는 자금이 필요하거든. 마약을 거래해야 하는 경우도 있으니까. 보통은 돈 가방에 추적기를 붙여놓기는 하지만."

율희는 이야기를 듣다가 철진이라는 사람에 관해서 물었다.

"어떤 사람 같아요?"

"다른 건 모르겠는데, 동생은 무척 아끼는 것 같더라."

혁민은 아예 이야기를 해보지 못해서 다른 건 알 수 없지만, 적어도 동생을 아낀다는 건 알 수 있었다고 했다.

만약 그렇지 않았으면 동생을 만나러 오지도 않았을 테고, 그렇게 자꾸만 말하라고 이야기하면 짜증을 냈을 것이다. 하지만 철진은 묵묵히 듣고만 있었다. 그리고 동생인 민주가 어떤 말을 할 때는 표정이 살짝 변하기도 했다.

"그럼 맡을 거예요?"

"확실하진 않은데… 아직 좀 망설이는 중이야."

율희는 웃으면서 혁민에게 말했다.

"그럼 맡겠네요."

"왜?"

혁민은 왜 그렇게 생각하느냐고 물었다. 그러자 율희는 혁민을 쳐다보면서 이야기했다.

"이미 마음은 사건을 맡고 있잖아요. 다른 사람은 몰라도 나한테는 다 보여요."

율희는 혁민은 꼭 그런다고 말했다. 이미 마음은 완전히 거기에 있으면서도 겉으로는 무언가 명분이나 핑계를 찾는다는 거였다.

"그래? 내가 그랬나?"

"그런 게 한두 번인 줄 알아요? 뭐 먹으러 갈 때도 그렇고 영화 볼 때도 그랬고."

율희는 지금까지 혁민과 만나면서 그런 걸 수도 없이 봤다고 이야기했다. 그 이야기를 듣고 보니 자신이 그런 면이 있는 것 같았다.

신기했다. 자신도 모르는 면을 다른 사람이 알고 있다는 것이. 이건 예전의 율희도 이야기한 적이 없는 거였다.

"언제부터 그런 걸 알았는데?"

"만나고 얼마 있지 않아서 알았죠. 그렇게 매번 그러는데 어떻게 그걸 몰라요?"

율희는 당연한 거 아니냐고 말했는데, 솔직히 혁민은 이해가 되지 않았다. 자신은 율희를 오랜 시간 만나면서도 모르는 것투성이였으니까.

"남자하고 여자는 달라요."

율희는 그렇게 말했지만, 혁민은 그냥 그런가 보다 했다. 다르다는 건 알고 있었지만, 자신은 왜 그런지는 평생 가도 모를 것이라고 생각하면서. 그런 생각을 하다 보니 예전의 율희도 그런 걸 알고 있었을 거라는 생각이 들었다.

'가만. 당연히 내가 이렇다는 걸 알고 있었을 거잖아.'

혁민은 예전에 율희가 자신과 취향이나 모든 것이 상당히 비슷하다고 생각했는데, 지금 생각해 보니 그게 아니라 자신에게 맞추어준 거라는 생각이 들었다.

'어쩐지 예전이랑 식성이나 그런 게 좀 달라서 이상하다 생각했는데…….'

누구보다 율희에 대해서 잘 안다고 자부했었다. 하지만 만나다 보니 자신이 알고 있는 것과는 다른 게 가끔 있었다. 그래서 이상하다고 생각했는데, 그게 사실은 율희가 혁민한테 맞춰서 그런 거였다.

혁민은 율희를 지그시 쳐다보았다. 이렇게 착하면서 생각이 깊은 사람이 또 있을까 하는 생각을 하면서. 그런데 갑자기 율희가 인상을 찌푸렸다.

"왜? 어디 아파?"

"아니요. 갑자기 머리가 좀…….”

혁민이 간호사를 부르려고 했는데, 율희가 혁민의 손을 잡았다.

"아니에요. 괜찮아졌어요."

율희는 다시 웃는 얼굴로 이야기했다.

"그래도 그렇지. 무슨 이상이 있을 줄 알아? 얘기해야지."

"아니에요. 괜찮아요. 잠깐 그런 거 가지고 일일이 사람 부를 거 없잖아요."

혁민은 알았다고 했다. 공연히 사람을 불러봐야 오히려 불편해할 테니까. 하지만 나가면서 그런 일이 있었으니 신경을 좀 써달라고 이야기할 생각이었다.

"어디 아프면 바로 이야기해. 공연히 참다가 병 키우지 말고."

"알았어요. 이상하면 바로 얘기할게요."

혁민은 반드시 그렇게 하겠다는 다짐을 받고 병원에서 나왔다. 하지만 율희는 어지간해서는 간호사를 부르지 않을 것이다. 그래서 혁민은 간호사에게 신신당부했다. 잘 좀 살펴봐 달라고.

그리고 집으로 돌아오면서 생각해 보았다. 자신이 이 사건을 정말로 맡고 싶어 하는 건지.

*   *   *

혁민은 성민주와 함께 철진을 다시 만나러 갔다. 민주가 위임장을 가지고 있어서 변호사 선임을 대리할 수는 있었지만, 확실하게 하려면 철진 본인의 지장을 찍어야 하기 때문이었다. 도장을 대신해서 엄지손가락의 지문을 찍는데, 이를 무인증명이라고도 한다.

"됐다."

혁민이 처음 들은 철진의 목소리였다. 아마도 그날 그렇게 얘기하지 않고 있으면 동생 민주가 포기할 줄 알았던 모양이었다. 그런데 변호사를 데리고 또 오니 명확하게 거절의 뜻을 전한 것이다.

"오빠는 하지도 않았잖아. 그런데 왜 그러는 건데?"

하지만 철진은 변호사는 필요 없다는 얘기만 하고는 입을 다물었다. 민주는 답답하다는 듯 계속해서 뭐라고 이야기했지만, 철진은 묵묵부답.

하지만 결국 이긴 건 동생인 민주였다. 지장을 찍지 않으면 자기 볼 생각 하지 말라고 귀여운 협박까지 하자 못 이기는 척하면서 엄지손가락으로 지장을 찍었다. 어차피 헛수고일 테니 마음대로 하라면서.

혁민도 당사자가 이렇게 비협조적으로 나오는 경우는 처음이었다. 거짓말을 하는 경우야 흔하지만, 아예 변호를 받을 생각이 없는 경우는 정말 희귀한 케이스 아닌가.

하지만 혁민은 그런 모습에서 이 남자가 실제로 마약 판매 총책이 아니겠구나 하는 느낌을 받았다. 어떤 이유인지는 모르겠지만, 뭔가가 있었다.

"잘 부탁드려요, 변호사님."

면회를 마치고 나오면서 민주가 애절한 표정으로 부탁했는데, 혁민은 덤덤하게 이야기했다.

"솔직하게 말해서 사건을 맡은 게 잘한 건지 모르겠습니다. 당사자가 저렇게 나오면 저로서도 어쩔 수가 없거든요."

성민주는 고개를 조아리면서 죄송하다고 했다.

"오빠는 제가 어떻게든 해볼게요. 정말이에요. 오빠는 아니에요. 저한테는 숨기는 거 없거든요? 그런데 마약은 절대로 아니에요."

민주는 오빠는 절대로 마약 판매 총책일 리가 없다고 확신에 찬 목소리로 이야기했다. 하지만 법정에서 중요한 건 증거와 법리였다. 동생의 믿음 같은 건 아무도 신경 쓰지 않는 거였다. 당사자들 사이에서는 더없이 중요한 것이겠지만.

"그랬으면 저도 좋겠네요. 아무래도 무언가 있는 것 같아서 사건을 맡기로 한 거니까요. 제 생각이 틀리지 않았으면 좋겠습니다."

"절대로 후회하지 않으실 거예요. 아마 변호사님도 오빠가 어떤 사람인지 알면 저랑 똑같은 생각을 하실 거예요. 정말요."

민주는 호언장담했다.

혁민은 슬며시 웃었다. 솔직히 보기 좋았다. 누군가로부터 저렇게 절대적인 신뢰를 받을 수 있다는 건 쉽지 않은 일이었다. 그것이 설사 가족이라고 하더라도 말이다.

"시간이 지나면 알게 되겠죠. 저는 일단 준비하고 찾아볼 게 많아서 가봐야겠습니다."

어찌 되었건 일단 사건을 맡았으니 확실하게 해야 한다. 혁민은 헤어지고 나서 사건에 관해서 다시 살펴보기 시작했다.

이번 사건은 법리적으로 문제가 될 건 별로 없어 보였다. 문제는 도대체 어떤 사정이 있는 것이고, 어떤 일이 있었길래 철진이라는 남자가 저렇게 나오느냐는 거였다.

"골치가 아프겠어. 당사자가 입을 열어야 뭐라도 알 수가 있을 텐데……."

*　　　*　　　*

"마약 사건이라고?"

공판을 담당한 검사가 자료 뭉치를 받으면서 물었다.

"그래. 공 좀 들어간 건이니까 신경 좀 써줘. 뭐 니 실력이면 걱정하지 않아도 되겠지만."

수사 검사가 웃으면서 이야기했다. 이 사건 때문에 그동안 엄청나게 피곤했다고 엄살을 부리면서.

공판 검사는 호탕하게 웃으면서 대꾸했다.

"새끼, 엄살은. 야, 여기서 열 시 전에 퇴근하는 놈 있어?"

"말이 그렇다 이거지, 이 자식아. 오늘 끝나고 한잔?"

"좋지. 그거라도 안 마시면 무슨 낙으로 살겠냐."

공판 검사는 씨익 웃으면서 더 부를 사람 있으면 연락해 보라고 이야기했다. 수사 검사는 요즘은 같이 술 마실 사람도 예전처럼 많지 않다고 푸념했다.

"야, 결혼하고 나니까 다들 몸 사리더라. 변호사 된 놈들도 그렇고."

"나도 검사 때려치우고 변호사나 할까?"

수사 검사가 픽 하고 웃었다.

"니가 변호사? 야. 지나가는 개가 웃겠다. 넌 평생 검사 할 놈이야. 니가 픽이나 변호사를 하겠다."

"하기야… 나도 이 짓 하는 게 맘 편하긴 하다."

수사 검사는 이따가 보자고 하고는 자기 방으로 돌아갔고, 공판 검사는 서류를 쭉 넘겼다. 그래도 공이 많이 들어간 건이니 제대로 준비해야겠다고 생각하면서.

"어디 보자. 총책이 성철진이라."

공판 검사는 서류와 각종 자료를 살폈다. 검사는 엄지손가락에 고무로 된 골무를 끼고 있었는데, 고무 골무는 검사들의 필수품이나 마찬가지였다. 계속해서 서류를 넘겨야 하니까.

"빨대가 제대로 꽂혔구만. 아주 단물을 쪽쪽 빼먹었네……."

검사 생활이 벌써 몇 년이던가. 검사는 수사가 어떤 식으로 돌아가는지 누구보다도 잘 알고 있었다. 이번 사건은 정보원들의 역할이 아주 제대로였다.

어차피 마약 사건은 정보원 없이는 어렵다. 마약 조직을 소탕하느냐 마느냐는 정보원을 제대로 심을 수 있느냐, 없느냐에 따라서 결정된다. 그런데 이번에는 정보원을 아주 제대로 꽂았다.

"이건 뭐 완전히 다 털렸네."

장부도 있었고, 관련자들의 통화 내역도 확실하게 확보한 상태였다. 게다가 CCTV 자료도 있었고. 이 정도면 거의 완벽하게 엮였다고 봐도 무방했다.

"집에서 압수한 마약도 있고… 신경 쓸 게 거의 없는데?"

검사는 사건이 너무 싱겁게 끝날 것 같아서 오히려 걱정스러웠다. 그렇게 되면 편하긴 했지만, 검사 하는 맛이 나질 않았으니까.

"증인도 빵빵하고……."

사실 마약 사건의 경우 서로 죄를 미루는 경우가 많다. 서로 상대에게 죄를 떠넘기는 것이다. 그래서 골치가 아픈 경우가 대부분인데, 그런 것도 거의 보이지 않고 아주 깔끔하게 정리가 되어 있었다.

검사는 정말로 준비 많이 한 것 같다고 생각했다. 종이를 넘길 때마다 정말 감탄이 나올 정도였다.

"막판에 함정도 제대로 팠네……."

마약 거래 현장에서 검거되었으니 빼도 박도 못하는 거 아닌가. 검사는 서류를 옆으로 치워놓았다. 이건 자세히 볼 것도 없다고 생각하고.

같은 시각, 혁민은 위지원 변호사와 함께 검토하고 있었다.

"함정 수사네요?"

"마약이나 성매매 범죄 같은 경우에는 대부분 함정 수사를 하지."

상황이 너무나도 좋지 않았다. 뭐 하나 유리한 게 없었다. 모든 증거와 증인이 전부 철진을 범인이라고 가리키고 있었다. 아니라고 하는 사람은 오로지 철진의 여동생인 민주뿐.

"이야, 이렇게 막막한 것도 참 오랜만이다."

"선배님. 이건 막막한 게 아니라 그냥 이 사람이 범인 아니에요? 저는 이 사람이 아니라고 생각할 이유가 하나도 없는 것 같은데요?"

그 점이 문제였다. 분명히 무언가 있었다. 그게 뭔지를 알아내야 이 문제가 풀릴 것이다. 하지만 당사가 저렇게 입을 열지 않고 있으니 답답할 노릇이었다.

"증인에 기대를 걸어봐야지."

여동생이 이야기해 준 증인이 있었다. 오빠인 철진이 무죄라는 걸 확실하게 밝혀줄 증인이라는 거였다. 하지만 혁민은 그런 말은 그냥 참고로만 생각하고 있었다. 일반인은 법정에서 어떤 것이 유리하게 작용하고 불리하게 작용하는지 잘 모르기 때문이었다.

그래서 유리한 증인이라고 이야기했는데, 알아보면 절대로 부르면 안 될 증인인 경우도 있고, 반대로 불리하다고 생각하고 말을 안 했는데 결정적으로 무죄를 끌어낼 수 있는 증인인 경우도 있었다.

"일단 증인부터 만나보자고. 거기부터 풀어가야지."

당사자가 입을 열지 않으니 증인의 진술에 의존할 수밖에 없었다.

혁민은 어쩐지 이번 사건은 무척 어려울 것 같다는 느낌을 받았다.

'에휴, 뭐 어쩌겠어. 내 팔자가 그렇지.'

그렇게 생각하면서 준비를 하고 있는데, 갑자기 전화 소리가 울렸다. 핸드폰을 꺼내 보니 강윤주의 전화였다.

"어쩐 일이지?"

강윤주가 먼저 전화를 한 적이 있나 생각해 보았지만, 잘 생각이 나지 않았다. 한 번도 없었거나 있었어도 한두 번 정도였을 것 같았다. 기억이 나지 않는 걸 보면 말이다.

"어쩐 일이야?"

—괜찮은 소식을 하나 알려주려고.

"괜찮은 소식?"

혁민은 갑자기 눈을 반짝였다. 윤주와 통화를 한 건 대부분 의료 쪽과 관련되어서였다. 그리고 최근에 율희 문제 때문에 부탁을 한 적도 있지 않은가. 그러니 윤주가 자신에게 전화를 했을 때는 그것과 관련된 일일 가능성이 높았다.

"뭔데?"

혁민이 다급하게 물었는데, 강윤주는 살짝 뜸을 들였다.

"뜸 들이지 말고 얘기 좀 해라. 율희하고 관련 있는 거지?"

—맞아. 내가 알아보니까 말이야.

윤주는 자신이 여기저기 수소문을 했다는 걸 특별히 강조하면서 이야기했다.

—미국에서는 비슷한 케이스를 수술한 사례가 있다고 하더라고.

"그래?"

—어. 내가 알아봤는데, 현재 그 수술을 한 팀이 뇌동맥류 수술 관련해서는 세계 최고라고 하더라고.

혁민은 흥분했다. 율희 때문에 얼마나 조마조마했던가. 혹시나 어떻게 되는 게 아닌가 싶어서 정말 노심초사하고 있었다. 일도 집중하지 못하고 있었고. 그런데 그 이야기를 들으니 한 줄기 서광이 하늘에서 비친 것 같았다.

—자세한 건 담당 의사한테 물어봐. 가장 잘 알고 있을 테니까.

"그래? 알았어. 고마워."

혁민은 통화를 마치고는 바로 병원으로 달려갔다. 그리고 담당 의사를 찾아가서 다짜고짜 물었다. 미국에서는 수술한 케이스가 율희의 증세와 정말로 비슷한 거냐고. 의사는 그렇다고 대답했다.

"아, 정말 다행이네요."

율희의 머리에 있는 뇌동맥류는 좀처럼 크기가 줄어들지 않았다. 그래서 수술이 계속 미뤄지고 있었는데, 미국에서는 수술이 가능하다는 이야기를 들으니 마음이 놓인 것이다.

"그러면 당장 미국으로 가면 수술을 할 수 있나요?"

"그건……."

의사는 조금 곤혹스러운 표정으로 머뭇거렸다. 일단 자신이 손대지 못해서 환자를 외국으로 보낸다는 사실 자체가 자존심 상했기 때문이었다. 그리고 무조건 보내는 게 능사는 아니었다.

"문제가 조금 복잡할 수 있습니다. 이동하는 중에 문제가 생길 수도 있고……."

비행기를 타고 가는 중에는 여러 가지 문제가 생길 수 있다. 일단 고도가 높아지니까.

"게다가 수술이 가능한지, 가능하다고 하더라도 바로 수술을 할 수 있는지, 게다가 모든 게 가능하다고 해도 비용도 만만치 않을 겁니다."

"비용은 얼마가 되어도 상관없습니다. 확실하게 나을 수만 있으면……."

"글쎄요. 여기에서 생각하시는 것하고는 차원이 다를 겁니다. 정확하게 알아보지는 않았지만, 이런 케이스라면 최소한 10억 원은 생각해야 할 겁니다. 그것도 최소한을 생각했을 때 그 정도인 거죠."

평소에 돈에 크게 구애받지 않는 혁민이었지만, 순간적으로 조금 놀랐다. 그 정도까지 들 것이라고는 생각한 적이 한 번도 없었기 때문이었다.

그리고 당장은 그 정도 돈이 없었다. 싹싹 긁어모으면 그 정도가 될 수도 있었는데, 사무실을 큰 곳으로 옮기는 데 쓰려고 묶여 있기 때문이었다.

"에이, 사무실이야 나중에 옮기면 되지 뭐."

혁민은 위약금을 물더라도 일단은 율희를 고치는 게 우선이라고 생각했다. 그래서 미국으로 가서 수술하는 걸 알아보기로 결심했다.

"신중하게 생각하시죠. 조금 경과를 지켜보시는 편이 좋습니다. 비행기를 타고 가다가 응급 상황이 발생하면 이곳에 있는 것보다 훨씬 위험할 수가 있습니다."

의사는 만약 미국에 가서 수술을 받는다고 하더라도 알아보고 준비하고 하려면 상당한 시간이 걸릴 수 있다고 말했다. 그 말을 듣자 혁민은 자신이 너무 흥분해서 경솔하게 군다는 생각이 들었다.

'맞아. 만약에 가다가 문제가 생기면… 그리고 꼭 미국에 가야만 하는 건 아니잖아. 여기서 상태가 호전될 수도 있고…….'

혁민은 미국에 가서 수술하는 건 정말 최후의 방법. 여기서는 도저히 방법이 없을 때나 미국으로 가는 것에 별다른 문제가 없을 때 해야겠다고 생각했다.

"이거 죄송합니다. 제가 너무 흥분을 해서…….."

"아닙니다. 환자분을 생각하시면 당연한 거겠죠."

혁민은 일단은 알아는 봐야겠다고 생각했다. 절차나 비용이나 여러 가지를 알아봐야 만약의 경우에 빠르게 움직일 수 있으니까.

"아무래도 윤주에게 부탁하는 게 가장 빠르고 효과적이겠지?"

혁민은 바로 윤주에게 전화를 걸어서 알아봐 달라고 부탁했다.

"나중에 내가 정말 톡톡하게 사례할게."

─알았어. 그 말 꼭 지켜. 알았지?

"물론이지."

―그래, 시간은 조금 걸릴 수 있으니까 그렇게 알고. 내가 최대한 빨리 알아보고 연락 줄게.

혁민은 통화를 마치고는 한숨 돌렸다고 생각했다.

"그래, 여기서 좋아지면 여기서 해결하고, 미국에서 하는 게 더 좋을 것 같으면 그렇게 하면 되고."

사무실이야 나중에 넓히면 어떤가. 혁민은 마음이 편해졌다. 그리고 어쩐지 사건도 잘 풀릴 것 같다는 기분이 들었다.

그래서 연락을 기다리면서 사건 준비를 하고 있었는데, 뜻밖의 사람으로부터 연락을 받았다.

"아이고, 오랜만이네요. 어쩐 일이세요?"

―야, 너 뭐 하는 놈이야?

*   *   *

"아니, 오랜만에 전화해서 다짜고짜 무슨 소리예요?"

혁민은 황당하다는 투로 이야기했다. 하지만 전화를 건 차동출 검사도 마찬가지라는 투로 대답했다.

―짜식아. 나도 황당해서 그런다.

"뭐가요?"

―내가 너 이런 사건 맡지 않는다는 거 알고 있는데, 니 이름이 떡하니 있어서 그렇지.

"어? 마약 사건이요? 그런데 그거 어떻게 알았어요?"

차동출이 그렇게 말할 사건은 그 사건밖에 없었다. 다른 사건이야 원래 혁민이 어떤 스타일인지 아는 사람이라면 모두가 맡을 만한 사건을 맡았다고 이야기할 그런 것들이었으니까.

그런데 조금 의아하다는 생각이 들었다. 아직 재판에 들어가지도 않았는데 어떻게 차동출이 알았는지가 이상했던 것이다.

이 세상에 사건이 얼마나 많은가. 자기 사건 처리하기에도 시간이 모자란다. 그런데 혁민이 어떤 사건을 하는지 무슨 수로 알겠는가. 그런데 그 순간 혁민의 머리에 이상한 느낌이 스치고 지나갔다.

'설마? 차동출 검사가?'

혁민은 이어지는 차동출의 말을 듣고는 모든 걸 알 수 있었다.

차동출 검사는 껄껄 웃으면서 대답했다.

—어떻게 알긴. 내가 그거 공판 맡았으니까 알았지.

"역시……."

혁민은 고개를 주억거렸다. 자기 사건이니 당연히 알 수밖에. 혁민은 그동안 너무 연락을 못 했다고 자책했다. 수사 검사를 하다가 공판 검사로 바뀐 걸 전혀 몰랐으니 말이다.

"언제 공판으로 옮기셨어요?"

—올해 초에. 빨리도 물어본다, 짜식아.

"이거 왜 이러세요. 바쁜 거 잘 알면서. 그런데 괜찮겠네요. 검사님은 수사도 수사지만 공판이 더 체질일 것 같은데……."

—이거나 그거나 골치 아픈 건 마찬가지야. 그리고 늦게 퇴

근하는 것도 똑같고.

"그런가요? 끝나고 폭탄주 마시는 것도 똑같겠죠?"

그 말에 차동출은 웃음을 터뜨렸다. 대답은 하지 않았지만, 맞는 말이라는 걸 알려주는 소리였다. 혁민은 건강을 생각해서라도 좀 줄이라고 말하고 싶었지만, 그런 말을 들어먹을 차동출이 아니었다. 그래서 말을 하려다가 참았다.

―야, 그런데 무슨 일 있어? 너 그런 캐릭터 아니었잖아?

"사건이요? 아, 이거 뭔가 좀 사연이 있는 것 같아서요."

―그래? 내가 보기에는 문제가 될 거 전혀 없던데…….

혁민도 서류만 봤다면 그렇게 생각했을 것이다. 하지만 서류가 모든 걸 이야기해 주는 건 아니다. 서류는 단지 서류일 뿐이다. 사람을 종이에 적힌 몇 마디 말로 표현할 수 없는 것 아니겠는가.

―그렇다는 거지? 흐음… 니가 헛소리할 놈은 아니니까 뭔가가 있기는 한 모양인데…….

"저도 좀 이번 건은 확실하지 않아요. 그냥 그런 감만 있는 거니까요."

차동출은 혹시라도 뭔가 알고 있는 게 있으면 이야기하라고 말했다. 자기가 놓치고 있는 게 있으면 더 알아보겠다면서. 사실 변호사와 검사가 이런 식으로 이야기를 나누는 건 아주 예외적인 일이다.

차동출과 정혁민의 사고방식 자체가 일반적인 법조인과는 조금 달랐기 때문에 가능한 일이었다. 그렇지만 딱히 이야기해 줄 게 없었다. 혁민도 아는 게 거의 없었으니까.

"당사자는 입을 꼭 다물고 있어서 저도 얘기 들은 게 없어요. 여동생이 절대로 아니라고 하면서 그 사실을 알고 있다는 사람을 알려주기는 했는데……."

—그래? 가족 이야기라… 가족이야 대부분 죄가 없다고 생각하잖아. 그렇지 않은 사람도 있기는 하지만. 그것만 가지고 죄가 없다고 생각하는 건 좀 그런데?

맞는 말이었다. 그리고 여동생이 알려준 사람도 아직 만나보지 못했다. 어쩐 일인지는 모르겠지만, 연락을 받지 않아서 약속을 정하지 못했기 때문이었다.

게다가 당사자가 아무런 이야기를 하지 않은 게 이상하다고 할 수는 없었다. 대부분은 입을 열면 더 큰 문제가 생길 것 같아서 입을 다물고 있는 거라고 생각하니까.

—그러면 어쩔 수 없네. 재판에서 보자고.

"그래야겠네요. 그런데 괜찮으시겠어요? 제가 변호를 좀 하거든요."

—이 자식이. 내가 무슨 뻐꾸기인 줄 알아?

공판 검사를 처음 하게 되면 법정에서 약간 헤매는 경우도 있다. 처음 경험을 하게 되면 아무래도 그렇지 않겠는가. 그렇게 공판 검사를 처음 하는 검사를 범죄자들이 뻐꾸기라고 불렀다.

"아이고. 그래도 차동출 검사님인데 뻐꾸기라니요. 비둘기 정도는 되시겠지요."

─이 녀석 봐라? 엉덩이를 걷어차여 봐야 선배 무서운 줄 알겠구만. 나하고 한번 법정에 서고 나면 그런 소리 못 할 거다. 내가 선배의 뜨거운 맛을 보여주지.

차동출의 실력이야 잘 아는 바였다. 혁민도 차동출이 공판검사로 나선다고 하니 조금 긴장이 되는 걸 느꼈다. 그리고 그런 건 차동출 검사도 마찬가지였다. 둘 다 서로의 실력을 잘 알고 있었으니까.

"이거 갈수록 태산인데? 당사자는 조개처럼 입을 꽉 다물고 있는 데다가 검사가 차동출이라… 그런데 그 증인이라는 사람은 왜 연락을 안 받는 거야?"

혁민은 다시 여동생이 준 번호를 확인하고는 번호를 눌렀다. 하지만 역시나 이번에도 전화를 받지 않았다.

"이거 유일하게 유리한 증언을 해줄 사람인데… 큰일이네……."

무슨 얘기라도 들었다면 이렇게까지 몸이 달아서 안절부절못하지는 않을 것이다. 들은 내용을 바탕으로 다른 증거나 증인을 찾는 방법도 있으니까. 하지만 이야기 자체를 아직 듣지 못했으니 혁민에게는 지금 아무것도 없는 거나 마찬가지다.

지금까지 이렇게까지 막막한 사건은 처음이었다. 게다가 혁민을 더욱 짜증 나게 하는 일이 있었다. 율희가 미국에서 수술을 받을 수 있는지 알아본 윤주가 연락해 왔는데, 당분간은 스케줄이 꽉 차 있어서 어렵다는 거였다.

넉 달 정도 뒤에나 가능하다고 해서 일단 미국으로 가는 건

반쯤 포기한 상태였다. 넉 달이라면 얼마나 긴 시간인가. 그래서 뇌동맥류가 좀 줄어들어서 지금 있는 곳에서 수술할 수 있기를 바랄 뿐이었다.

*　　*　　*

"좀 괜찮니?"

"그냥 그래요. 윤태 오빠는 안 바빠요? 지금쯤이면 사건 검토하거나 법원에 있어야 하는 거 아니에요?"

윤태는 시간이 좀 남아서 잠깐 들른 거라고 이야기했다. 사실은 급한 일이 있음에도 미루고 찾아온 것이지만, 그런 이야기를 했다가는 당장 내쫓길 것이다. 율희는 워낙 거짓말을 잘 알아채니 조심해야 했다.

"미국에서는 수술에 성공한 케이스가 있다면서?"

"그렇다고 들었는데 괜찮아요. 여기서 치료받으면 되죠, 뭐."

"그래도 이런 위험한 케이스는 확실하게 하는 편이 좋아. 가능하면 미국으로 가는 게 어때?"

윤태는 자신이 다 알아봐 주겠다고 이야기했다. 하지만 율희는 가볍게 고개를 저었다.

"여기도 좋아요. 그리고 비행기 타고 가면서 무슨 문제가 생길 수도 있대요."

"그래도… 그것도 의료진이 동승해서 가면 괜찮을 거야."

윤태는 어떻게든 가서 빨리 수술을 받는 편이 좋지 않으냐고 계속해서 권했다. 윤태는 다른 사람이 듣지 못한 이야기를 알고 있었기 때문이었다.

'크기가 줄어들지 않고 있다고 했어. 그리고 뇌압도 갑자기 높아지는 경우가 있고.'

담당 의사가 모든 증세를 보호자에게 시시콜콜 이야기해 주지는 않는다. 갑자기 상태가 나빠졌다가 좋아지는 경우가 허다한 곳이 병원이다. 그럴 때마다 그런 걸 전부 보호자에게 말해줄 수는 없지 않겠는가.

물론 꼭 알아야 할 그런 시점이 온 것 같으면 이야기를 미리 해주어야 한다. 그렇지 않은 경우라면 굳이 의사가 먼저 이야기하지는 않는다. 보호자가 물어보아도 상태를 조금 더 지켜봐야 할 것 같다거나 하는 식으로 적당히 대답한다.

하지만 윤태의 경우는 다르다. 윤태는 담당 의사를 채근해서 아주 자세한 이야기를 들었다.

담당 의사는 에둘러 이야기하기는 했는데, 윤태는 그가 어떤 생각을 하고 있는지 느낄 수 있었다. 어렸을 때부터 다른 사람의 생각이나 감정을 느끼는 건 익숙했으니까.

말은 애써 중립적으로 하려고 했지만, 분명히 담당 의사는 부정적인 생각을 가지고 있었다. 율희의 병세는 악화되고 있고 회복보다는 좋지 않은 결과가 올 수도 있다는 판단을 내리고 있었다.

'문제는 원인을 알 수 없다는 거야. 가장 좋지 않은 경우.'

윤태는 그런 걸 알아챘다는 내색은 하지 않고 여러 가지를 물어보았다. 특히나 원인이 무엇인지에 관해서 자세히 물었는데, 담당 의사는 대충 뭉뚱그리면서 넘어갔다. 윤태는 그런 것을 바로 알아챘고.

그래서 율희가 빨리 미국에 가서 수술을 받았으면 좋겠다고 생각하는 거였다. 하지만 본인에게 그런 이야기를 직접 하기는 어려웠다. 자신이 담당 의사도 아니었고, 그저 친한 사람 중 한 명에 불과했으니까.

"신경 써줘서 고마워요. 아빠하고 혁민 오빠하고 상의해 볼게요."

율희도 윤태가 하도 권유하니 다른 사람 핑계를 댔다. 그렇게 나오자 윤태는 더 이상 말을 하기 어려웠다. 자신이 뭘 더어쩌겠는가. 더군다나 예의 바른 모범생으로 평생을 살아온 그였기에 실례되는 행동을 하기는 더 어려웠다.

"그래. 니가 그렇게 생각한다면야… 그래도 조금만 이상하면 바로 연락해야 한다. 알았지?"

"알았어요. 그런데 오빠도 혁민 오빠하고 같은 얘기를 하네?"

율희는 걱정해 줘서 고맙다고 이야기했다. 윤태는 그 말을 듣자 조금 기분이 이상하다고 느꼈다. 왜 그런지는 잘 모르겠지만, 아주 생소한 느낌이 들었다.

"알았어. 이제 가봐야겠다."

이미 도착하겠다고 이야기한 시간이 지났다. 평소 윤태라면 있을 수도 없는 일이었다. 하지만 개의치 않았다. 우선순위에서 율희가 훨씬 위쪽에 있었으니까. 윤태는 율희에게 손을 흔들고는 밖으로 나왔다.

'존스 홉킨스 병원에 스케줄이 꽉 찼다고 했지? 넉 달 정도 후에나 가능하다고 하기는 했는데……'

윤태는 어떻게든 방법을 찾아야겠다고 생각했다. 아무래도 불안한 생각이 자꾸 들어서였다.

같은 시각, 혁민은 위지원 변호사와 이야기를 나누고 있었다.

"집단지도체제라고 주장하는 건가요? 어처구니가 없네요."

마약 사건에서 증언을 듣다 보면 정말 가관이다. 자기 죄를 가볍게 하려고 온갖 거짓말을 해댄다. 그래서 증언만 종합하면 최고 책임자가 여러 명 생기기도 하고 아무도 마약을 손댄 사람이 없는 경우도 있다.

위지원 변호사는 이전 판례를 보면서 공부를 하고 있었는데, 그 판례의 경우 증인들이 서로 상대방이 보스라고 책임을 미루고 있었다. 그녀는 이런 식으로 증언하면 판단하기 정말 어렵겠다고 말했다.

"이런 조직에서는 있을 수 없는 일이지. 당연히 강력한 보스가 모든 권력과 돈줄을 쥐고 명령을 내리는 식이야."

혁민은 몇 번 하다 보면 익숙해질 거라고 이야기했다. 법정에서 진실만을 이야기하는 사람은 거의 없다.

"그냥 거짓말이 분수처럼 뿜어져 나온다고 보면 된다고. 그리고 경험이 좀 있는 판사면 다 알아. 원래 그놈들은 그런다는 거."

그리고 진실이라고 생각하고 이야기하는 것 중에도 진실과는 거리가 있는 증언들이 있다. 사람은 누구나 자신에게 유리하게 이야기를 하니까.

사실과는 조금 다르게 포장하거나 가감한다. 그렇게 되면 이미 사실과는 달라지는 것이다. 그래서 법정에서 사실관계를 판단한다는 건 쉽지 않은 일이다.

"그래서 CCTV 같은 자료가 중요한 거야. 그런데 그런 증거나 증언에서 지금 의뢰인이 절대적으로 불리한 것이고."

생각하면 할수록 한숨만 나왔다. 적어도 여동생이 이야기한 그 증인이라는 사람이라도 만날 수 있으면 어떻게든 돌파구를 찾을 수 있을 것 같은데 도무지 연락이 되질 않았다.

"아무래도 손을 쓴 것 같은데……."

"그러면 어떻게 하죠? 정말 손에 아무것도 없는 거잖아요. 이런 상황인데 어떻게 변호를 하죠?"

위지원 변호사는 정말 죄는 미워도 사람은 미워하지 말라고 했다면서 선처를 바랄 수밖에 없겠다고 이야기했다. 혁민이 가장 싫어하는 내용이었다. 아무것도 준비하지 않은 채, 말로만 대충 때우려는 변호라는 생각이 들어서 그러는 거였다.

그런 식으로 변호할 수는 없었다. 그럴 바에는 차라리 변호를 그만두는 게 나았다.

혁민은 일단 검사 쪽에서 제출한 증거들을 모두 검증해 보아야겠다고 생각했다.

"우리가 가진 게 없으면 상대의 허점이라도 노려야겠지. 그리고 정말 진실이 어떤 것인지 그사이에 알아보고."

재판하기 전에 증거나 증인을 모두 제출하지만, 재판하다 보면 새로운 증거나 증인이 나오게 마련이다. 그러니 일단 시간을 좀 확보하는 게 중요했다.

"그런데 재판을 빨리 진행하려고 할 것 같은데······."

증거도 확실하고 피고인도 구속된 상태다. 굳이 시간을 끌 이유가 없었다. 법원 입장에서도 사건이 한두 개가 있는 게 아니다. 사건을 끌어서 좋을 게 뭐가 있겠는가. 그래서 이런 사건의 경우에는 빨리 마무리하려고 한다.

"골치 아프네. 아주 피곤하게 됐어."

혁민은 머리를 감싸 쥐었다.

"왜요? 시간 끌 방법은 많지 않아요?"

"방법이야 많지. 하지만 시간을 끈다는 걸로 보이면 안 되니까 그러지."

혁민은 임의출석이 어려운 증인을 부를까 하는 생각도 해보았다. 구인장을 통해서 데려오고 하려면 아무래도 시간이 좀 걸리니까. 하지만 그것도 재판에 중요한 증인이어야 가능한 일이다.

"재판장 재량이니까······."

게다가 검사가 차동출이다. 시간을 끄는 것 같으면 가만히

마약 판매 총책 243

있을 사람이 아니다.

혁민의 고민은 점점 깊어만 갔다. 하지만 돌파구는 좀처럼 보이지 않았다.

"가만. 이거는 좀 이상한 것 같은데?"

혁민은 자료를 넘기다가 눈을 번득였다. 문득 떠오르는 게 있어서였다.

*   *   *

철진이 아무런 이야기도 하지 않으니 혁민이 알아서 판단하고 움직여야 했다. 사실 의뢰인이 이렇게 나오는데, 이 사건을 계속 맡아야 하는지 의문이 들기도 했다. 피고인이 이렇게 비협조적으로 나오는데 어떻게 변호를 할 수가 있겠는가.

하지만 여동생인 민주의 간곡한 부탁도 있고, 개인적으로도 어떻게 된 일인지 호기심이 생겨 진행하고 있었다.

"대포통장이요?"

"그래. 마약 사건의 경우에는 대포통장의 실제 명의인이 누구인지 하는 게 상당히 중요하거든. 통장의 실제 주인이 주범이라고 봐도 무방하니까."

사실은 그런 것 말고 다른 내용을 가지고 변호를 하려고 했다. 철진이 실제 마약의 밀수나 판매에는 관여하지 않았다는 걸 증명하는 게 가장 확실한 것 아니겠는가. 하지만 본인이 입을 열지 않으니 방법이 없었다.

검사 측에서 제시한 증거나 증언의 어디가 문제가 있는지를 혁민이 직접 찾아야 했다. 원래는 피고인이 이건 맞고 이건 아니라고 하면 그걸 바탕으로 조사해야 하는 건데 말이다. 그러니 진전이 있을 리가 없었다.

"그런데요, 왜 입을 열지 않는 걸까요? 이상하잖아요. 그냥 자기가 범인이라고 인정하고 교도소 가려는 사람처럼 보이던데요?"

위지원 변호사는 이해가 되지 않는다면서 이야기했다. 교도소에 가고 싶어 하는 사람이 어디 있겠는가. 대부분은 가지 않으려고 온갖 수단을 다 동원한다. 그런데 철진은 아예 교도소에 가겠다고 작정을 한 사람 같았다.

"뭐, 모든 증거가 나왔으니 체념한 것처럼 볼 수도 있겠지. 검찰 쪽에서는 그렇게 생각하는 것 같고. 하지만 그렇게 생각하기에는 뭔가 이상하거든."

혁민이 그렇게 생각한 건 여동생인 민주의 이야기를 들었기 때문이었다.

철진이 입을 열지 않자 혁민은 민주와 많은 이야기를 나누었다. 민주는 무척이나 오빠를 걱정했는데, 혁민이 아무래도 어렵겠다고 이야기하자 자신이 알고 있는 걸 시시콜콜 전부 이야기해 주었다.

"오누이 사이가 내가 생각했던 것보다 훨씬 좋은 것 같더라고. 평소에도 일하는 거나 그런 거 이야기를 많이 한 모양이야. 그리고 무척 동생을 예뻐했고. 그래서 민주가 물어보면 있는 그대로 다 이야기해 줬다고 하더라고."

"그래요? 의외인데요? 여동생은 대학생이고 오빠는 조폭이라서 안 그럴 줄 알았는데……."

혁민도 오누이니까 사이가 좋을 수 있겠지만, 철진이 일하는 것까지 이야기해 줄 것이라고는 생각지 않았다. 하지만 민주의 이야기를 들어보면 정말 많은 이야기를 했다는 걸 알 수 있었다.

철진은 업소 하나를 관리하고 있다고 했다. 민주는 업소의 규모나 업소가 어떻게 돌아가는지도 상세하게 알고 있었다.

"그래서 절대로 오빠는 아니라는 거야. 그런 걸 했으면 자신이 알았을 거라는 거지."

"에이. 그건 좀 아닌 것 같은데요? 아무리 친하다고 해도 그런 일은 동생에게는 숨겼겠죠. 그런 걸 말해주는 오빠가 어디 있겠어요."

혁민도 고개를 끄덕였다. 아무리 오누이 사이가 좋다고 해도 그런 걸 이야기해 주지는 않을 것이다. 하지만 민주가 철진이 마약과는 관련이 없다고 이야기하는 데는 이유가 있었다.

민주는 누구보다도 오빠에 관해서 잘 안다고 이야기했다. 다른 사람은 몰라도 자신은 오빠가 거짓말을 하면 대부분 알아차릴 수 있다고 했다.

"그래서 분명히 무슨 사정이 있는 거라고 하더라고. 그런 낌새가 있었으면 자신이 알아챘을 것이라는 거야. 그런데 그동안은 평소하고는 다를 바가 없었다는 거지."

그 말을 하면서 민주는 확신에 차 있었다. 작은 거짓말도 잘 숨기지 못하는데 그런 큰일을 자신이 모르게 할 수가 없다면서.

"철진이 조금 이상해진 건 구속되기 며칠 전부터 그랬다는 거야."

그래서 민주는 누군가가 대신 들어갔다가 오라고 이야기를 했을 거라고 추측했다. 민주의 말이 전부 사실이라면 그럴 가능성도 있었다.

"그래요? 그런데 그런 거는 나중에 끼워 맞춘 생각일 수도 있지 않을까요? 왜 있잖아요. 무슨 일 터지고 나면 전에 그 사람이 했던 행동이 이상하게 생각되고 그런 거."

그럴 수도 있었다. 하지만 그렇게 생각하기에는 석연치 않은 구석이 너무 많았다. 모든 증거가 철진을 가리키고 있다는 것도 좀 이상했다.

"이렇게 명확하기가 쉽지 않거든. 어떻게 모든 증거와 증인이 전부 철진이 책임자라고 할 수가 있느냐고. 이건 일부러 끼워 맞추기 전에는 어려운 일이야."

"그러면 어떻게 해야 하죠? 설사 그렇다고 하더라도 본인이 입을 열지 않으면 방법이 없잖아요."

그래서 골머리가 아픈 거였다. 그나마 희망이었던 것이 유리한 증언을 해줄 증인이었는데, 그조차도 연락되지 않았다.

"유리한 증언을 해줄 거라고 했던 사람이 거기 웨이터더라고. 철진이 평소에 잘 챙겨줬던 모양이야. 민주도 몇 번 봤고."

"그런데 갑자기 연락이 끊겼다는 거죠?"

"그래. 아무래도 누군가가 손을 썼다고 보는 게 맞겠지?"

가게에도 나오지 않고 전화도 받지 않았다. 확실히 수상쩍은 일이었다. 하지만 어디에 있는지도 모르는 사람을 언제까지 찾아다닐 수만은 없는 일이다. 그 증인이라도 있었다면 무언가 방법을 찾을 수 있었겠지만, 지금으로써는 불가능하니 다른 방법을 찾아야 했다.

그래서 선택한 것이 대포통장과 관련된 것이나 철진의 주변 인물에 관한 조사였다.

"그것도 쉽지 않아요. 검찰에서는 철진이 통장을 관리했다는 증거를 가지고 있잖아요. 증인도 있고……."

"어차피 쉽지 않아. 그래도 분명히 뭔가가 있으니 파보기는 해야지."

그런데 위지원 변호사는 아직도 이해할 수 없다면서 중얼거렸다.

"그런데요. 만약 그렇다고 쳐도 이상하지 않아요?"

"어떤 부분이?"

"철진이라는 사람이 마약과는 관련이 없지만, 조직에서 희생양으로 삼았다고 치죠. 그리고 철진은 그 사실을 알면서도 지금 죄를 덮어쓰고 들어가려고 하고 있고 말이에요."

민주가 주장하는 게 그거였다. 하지만 위지원 변호사는 거기에서 의문을 제기했다.

"그러면 검찰에서는 왜 말을 하지 않은 거죠? 그리고 선배님한테도 이야기하지 않을 이유가 없잖아요."

그녀는 모든 걸 다 인정하면 되는데 왜 묵비권을 행사했는지 모르겠다고 이야기했다. 그리고 혁민에게도 이야기하지 않는 것도 이해가 되지 않는다는 거였다.

"어? 그렇기는 하네… 검찰에서도 그냥 인정하고 동생한테도 자신이 한 일이라고 해도 될 건데 말이야."

그리고 그렇게 생각하니 민주가 아무리 강제로 했다고는 하지만, 혁민을 변호사로 선임한 것도 좀 이상하기는 했다. 그리고 그렇게 변호사를 선임해 놓고는 아무런 이야기를 하지 않는다는 것도 이상했고.

혁민은 잠깐 쉬었다가 하자고 이야기하고는 관자놀이를 꾹꾹 눌렀다. 머리가 지끈지끈 아팠기 때문이었다.

"재판을 받을 때 어떻게 나올 것인지 확인해야겠어……."

혁민은 그렇게 중얼거렸다. 지금까지는 묵비권을 행사하고 있었다. 조사를 받으면서 긍정도 부정도 하지 않았다. 철진은 입을 굳게 다물고만 있었다. 하지만 그것이 재판까지 이어진다면 큰 문제가 될 수도 있었다.

"뭘 확인해요?"

"아… 의뢰인 말이야. 오늘 가서 계속 말을 하지 않을 것인지 확인하려고. 그거야 대답을 하겠지."

철진은 혁민에게는 거의 말을 하지 않았다. 몇 가지 물어본게 있었는데, 제대로 대답을 들은 게 없었다. 하지만 이건 반드시 확인해야 했다.

"설마 법정에서도 말을 하지 않을까… 그런데 만약 그렇게 되면 어떻게 돼요?"

"법정에서 묵비권을? 뭐 말을 하지 않을 수는 있지. 완전히 뭐 되겠지만."

법정에서도 묵비권을 행사할 수는 있다. 하지만 그렇게 되면 판사에게 완전히 찍힐 것이다. 당연히 양형에서도 불이익을 받을 것이고. 그래서 법정에서는 어떤 식으로든 대답하게 된다. 일반적으로는 말이다.

혁민도 설마 그러리라고는 생각지 않았지만, 워낙 특이한 의뢰인이라 도무지 종잡을 수가 없었다. 나오는 건 그저 한숨뿐이었다.

혁민이 머리를 쥐어뜯으며 고민하고 있던 시각, 철진은 누군가와 만나고 있었다.

"재판을 받을 때는 모든 혐의 사실을 인정하라고."

"알겠습니다."

철진의 앞에 앉은 남자는 계속 말을 이었다.

"첫 기일에 모든 걸 인정하면 바로 간이공판으로 넘어갈 거야. 재판장으로서는 만세를 부를 일이지."

판사는 항상 내가 내린 판결이 옳은 것인가에 관한 고민을 한다. 판사도 사람인 이상 판결을 잘못 내릴 수도 있다. 그럴 수 있다는 부담감을 가지고 있어서 피고인이 모든 죄를 자백하면 정말 마음이 편하다.

피고인이 자백했으니 판결을 잘못할 염려가 없으니까. 그래서 피고인이 공소사실에 대해 모두 자백하게 되면, 증거조사를 간소화하고 증거능력 제한을 완화하여 심리를 신속하게 한다. 이를 간이공판절차라고 한다.

모든 죄를 자백했으니 더 살펴볼 필요가 없다는 거다.

"피고인이 공소사실에 대해 모두 자백하였으므로 이후 재판절차는 간이공판절차에 의하도록 한다고 판사가 말할 거다. 요즘은 취지와 방식에 관해서 간략하게 설명하기도 하는데, 아무튼 그러면 끝난 거나 마찬가지야."

"예. 알겠습니다."

철진은 묵묵히 대답했다. 그렇게 간이공판절차로 넘어가면 검사와 변호인은 증거조사기일을 특별히 잡지 않고 구술로 증거조사를 마무리한다.

"증거의 구체적인 내용을 말하지 않고, 그 대체적인 내용을 재판장이 고지하는 방식으로 증거조사를 하니까 특별히 니가 신경 쓸 건 없을 거다."

남자는 그렇게 이야기하고는 마지막이라고 이야기하면서 말을 덧붙였다.

"어차피 너도 아주 연관이 없다고 할 수는 없으니까……."

그 말에 철진은 어쩐 일인지 대답하지 않았다. 하지만 남자는 신경 쓰지 않는다는 듯 계속해서 말을 이었다.

"너는 초범에다가 모두 자백하는 거니까 형량에 혜택을 많이 볼 거야. 아마 니가 깜짝 놀랄 정도로 감경될 거다."

그러니 걱정하지 말라고 이야기했다. 철진은 가만히 듣고 있다가 짧게 질문했다.

"그때 말씀하신 그거는……."

"알아서 신경 쓸 테니 그건 염려하지 말고."

철진은 대답을 듣더니 살짝 고개를 끄덕거렸다. 남자는 자리에서 일어나려다 문득 생각이 난 듯 이야기했다.

"변호사가 있다고 쓸데없는 이야기 하지 말고."

"잘 알고 있습니다."

"그러니까 왜 변호사는 선임하고 그래? 공연히 쓸데없는 짓을 해서 오해를 살 필요가 뭐가 있느냐 말이야."

남자는 다소 화가 난 목소리로 이야기했다. 철진은 아무런 말도 하지 않고 그저 고개만 조금 숙이고 있었다.

"내가 널 모르지 않으니 이렇게 넘어가 주는 거다. 그러니 각별히 조심해. 잘못되면 너뿐만 아니라 나까지 끝장나니까."

"알겠습니다. 죄송합니다."

"아니다. 어차피 일만 잘 마무리되면 상관없지. 그러면 잘 다녀와라."

"예, 형님."

남자는 그렇게 이야기를 마무리하고는 자리에서 일어났다. 면회를 마친 남자는 밖으로 나오면서 어딘가에 전화를 걸었다.

"형사님, 걱정하실 거 없습니다. 잘 마무리될 겁니다."

남자는 이빨을 살짝 드러내면서 웃었다.

"그럼요. 아무런 문제 없습니다."

*   *   *

철진은 재판이 시작할 때까지도 입을 열지 않았다. 덕분에 혁민은 무척이나 고생할 수밖에 없었다. 당연한 일 아니겠는가. 변호사가 사건이 어떻게 된 것인지, 어떤 내용이 진실이고 어떤 부분이 거짓인지를 알아야 뭘 해도 해볼 수가 있다.

"나 참… 이런 경우는 또 처음이네……."

혁민은 법정에서 옆에 앉은 철진을 보면서 중얼거렸다. 그동안 수많은 재판을 경험했지만, 이런 의뢰인은 처음이었다. 의뢰인이 말을 너무 많이 하고, 자꾸만 자신에게 유리한 거짓말을 해대서 골치가 아픈 경우가 보통이다.

하지만 지금은 의뢰인이 말을 전혀 안 해서 문제였다. 아는 게 있어야 전략을 세우든가 조사를 하고 증거를 찾든가 할 것 아닌가. 자신이 알고 있는 것이라고는 검사가 제출한 내용밖에는 없었으니 정말 막막할 따름이었다.

그래도 그 와중에 어떻게든 의뢰인에게 유리한 내용을 찾아서 어떻게든 재판을 끌어가려고 준비는 했는데, 아무래도 미흡할 수밖에 없었다.

"모두 자리에서 일어나 주십시오."

법정경위의 말에 법정에 있던 사람들이 모두 일어섰다.

혁민은 방청석에 있는 성민주가 불안한 표정을 한 채 일어서는 것을 보았다.

성민주도 무척이나 답답해했다. 제발 이야기 좀 하라고 계속 이야기했는데, 철진은 계속 침묵을 지켰다. 기껏 입을 연다 하더라도 네가 나설 일이 아니라면서 상관하지 말라는 말을 하는 정도였다.

"…공판을 개정하겠습니다. 먼저 인정신문을 하겠습니다."

재판의 시작이야 항상 똑같다. 피고인의 신원을 확인하는 인정신문부터 시작한다. 재판장은 이름과 생년월일, 본적 등을 물어보았는데, 아주 형식적인 절차였다.

"검사, 기소 요지를 진술해 주시죠."

차동출이 자리에서 일어나서 기소 요지를 이야기했다. 성철진이 중국으로부터 마약을 밀수해서 판매하는 모든 일을 총괄했다는 내용이었다.

혁민이 느낀 건 무척이나 단단하다는 거였다. 차동출은 조사를 할 때와는 달리 아주 차분하고 담담한 어조로 이야기했는데, 그가 어느 정도 공력이 있는지 대번에 알아챌 수 있었다.

'만만치 않겠어. 게다가 이 인간이 이렇게 비협조적이니……'

혁민은 옆자리에 있는 성철진을 슬쩍 째려보았다.

Chapter 6
누군가를 위한다는 것

혁민은 철진이 왜 이야기를 하지 않는지 이해가 되지 않았다. 못마땅하게 생각할 수는 있었지만, 굳이 이야기하지 않을 것까지는 없지 않은가. 재판 직전에 방청석의 가장 앞쪽에 앉아 있는 동생 민주와 함께 만났었는데, 그 당시에도 전혀 이야기하지 않았다.

오히려 채근하는 동생 민주를 나무라기까지 했다. 쓸데없는 데다가 시간을 낭비한다면서.

혁민은 철진과 만났을 때가 떠올랐다.

"이야기를 해주셔야 어떻게든 변호를 할 수 있습니다."

"……."

철진은 마치 자신의 사건이 아닌 것처럼 입을 다물고 있었다. 동생 민주가 보다 못해 말을 걸었다.

"오빠. 뭐라고 얘기 좀 해. 이러다가 진짜 교도소 간단 말이야."

민주가 계속해서 말을 하자 철진은 마지못해 입을 열었다. 철진은 덩치가 어마어마해서 보기만 해도 위압감이 느껴졌는데, 목소리까지 무척이나 굵었다. 그래서 그가 입을 여니 정말 조직의 보스 같은 느낌이 들었다.

"이런 데 쓸 시간이 있으면 학교 공부나 더 해. 내가 다 알아서 할 테니까."

"당장 교도소 가게 생겼는데 뭘 알아서 해. 그냥 사실대로 얘기해. 왜 교도소를 못 가서 환장한 사람처럼 그러는데?"

철진은 덩치는 산만했지만, 동생에게는 약했다. 민주가 계속 종알거렸으면 짜증을 낼 법도 했는데, 철진은 그저 묵묵히 듣고만 있었다.

"한 가지만 확실하게 합시다. 법정에 가서도 이렇게 입을 다물고 있을 겁니까?"

혁민은 그거라도 알려달라고 이야기했다. 하지만 여전히 철진은 묵묵부답이었다.

혁민은 살짝 짜증을 냈다.

"아니, 이러면 변호사 선임할 때 무인 증명은 뭐하러 해준 겁니까? 아예 변호사 필요 없다고 끝까지 거부하든가 하지."

혁민은 변호사를 선임하겠다고 지장을 찍었으니 이런 정도는 이야기를 해주어야 한다고 말했다. 그리고 민주도 바로 달려들어서 종알거렸다.

"그래, 오빠. 이거는 얘기해도 아무런 상관도 없는 거잖아. 나를 봐서라도 이야기를 해줘."

"맞습니다. 사건에 관한 거는 젖혀놓더라도 어떻게 할 건지는 알아야죠."

그러자 철진은 겨우 입을 열었다.

"모두 내가 한 일이라고 얘기할 거요."

"오빠!! 그게 지금 무슨 말이에욧!!"

민주의 뾰족한 목소리가 날카롭게 울려 퍼졌다. 민주는 눈을 치켜뜨고는 말도 되지 않는 소리 하지 말라고 이야기했다.

"내가 오빠 일하는 거 다 알아. 오빠 가게에서 일하는 것만 해도 바빠서 시간은 내지도 못했잖아."

혁민은 한숨을 내쉬었다. 어쩌다가 이런 사건에 끼어들어서 이렇게 고생을 하게 되었는지 후회도 조금 되었다. 혁민은 일단 자백을 하게 되면 어떻게 되는지 이야기해 주었다. 간이 공판으로 넘어가게 되고, 양형에는 상당히 혜택을 볼 것이라고 했다.

'알고 있군.'

대답은 하지 않았지만, 혁민의 이야기에 놀라거나 반응을 보이지 않았다. 이미 알고 있어서 그런 거라는 느낌이 왔다. 오히려 민주가 혁민의 말에 관심을 보였다. 이런 이야기는 처음 듣는 것이었으니까.

"정말요? 그러면 오빠가 교도소에 가지 않을 수도 있는 거예요?"

"아니요. 그렇지는 않을 겁니다. 초범인 데다가 감경 사유는 있지만, 총책이라고 하면 실형은 불가피하죠. 하지만 판사가 작량감경을 해줄 가능성은 있어요."

작량감경이란 판사가 직권으로 형량을 줄여주는 걸 말한다. 법률상의 감경 사유가 없더라도 법관이 정상을 참작하는 것인데, 원래 형의 절반까지 줄여줄 수 있으니 상당한 혜택이다.

순순히 자백하고 협조적으로 나올 경우 판사로서는 고마운 일이다. 사건을 길게 끌지 않아도 되고, 판결문도 아주 간단해진다. 검사의 공소 사실이 모두 인정된다는 이야기만 적으면 되니까.

그리고 잘못된 판결을 내리지 않았다는 심리적인 만족감까지 얻게 된다. 그래서 상당히 형량을 줄여주기도 한다. 하지만 마약 판매 총책이라고 하면 실형을 받는 건 불가피할 것이다. 교도소에 있는 시간이 그렇게 길지는 않겠지만.

"이 정도로 합시다. 내가 할 이야기는 전부 한 것 같으니까."

철진은 그렇게 이야기하고는 아예 자리에서 일어나 버렸다. 확인할 게 수두룩했지만, 혁민은 이야기를 들을 수 없을 거라는 걸 알 수 있었다.

이야기를 듣고 나서 혁민은 고민이 되었다. 실체적 진실을 다퉈 과연 진실이 무엇인가를 찾아낼 것인가, 아니면 양형에서 이익을 최대한 얻어내는 방향으로 변론할 것인가.

철진은 후자인 것 같았다. 교도소에 가는 거야 피할 수 없지만, 어차피 그리 오래 있지도 않을 것이니 상관없다는 표정이었다. 하지만 민주는 죄를 짓지도 않은 오빠가 교도소에 간다는 걸 이해하지 못했다.

"형량을 적게 받는 방향으로 변호할 수밖에 없다고요?"

밖으로 나온 혁민은 민주에게 그렇게 이야기했다. 철진이 저런 식으로 나오니 자신으로서도 방법이 없다고 하면서. 그러자 민주는 그건 절대로 안 된다고 이야기했다.

"죄를 짓지도 않은 사람이 교도소에 가는 게 그게 옳은 일이에요? 아니잖아요."

"그거하고는 상관이 없는 이야기에요. 생각을 해보세요. 설사 의뢰인이 죄가 없다고 하더라도 아무런 얘기도 하지 않는데 제가 죄가 없다는 걸 어떻게 증명을 할 수가 있겠어요."

혁민도 이래서는 가능성이 없다고 이야기했다.

"그리고 자백을 하면 살더라도 얼마 살지 않을 겁니다. 지금 상황으로서는 그게 최선인 것처럼 보이네요."

철진은 분명히 재판이 시작되면 모든 죄를 인정한다고 했다. 그런 상황에서 변호사가 뭘 할 수가 있겠는가. 의뢰인이 모든 죄를 자신이 했다고 인정한다고 하는데 말이다. 그저 형을 적게 받는 쪽으로 변론하는 방법밖에는 없다는 게 혁민의 생각이었다.

그리고 형을 최대한 낮출 자신도 있었다. 하지만 민주는 끝까지 반대했다. 오빠가 교도소에 가지 않고 같이 있기를 바란다면서.

"그러면 자백을 하면 무조건 그거… 간이 공판? 그걸로 가는 거예요? 그리고 판결 빨리 나오고 그러는 거예요?"

"대부분은 그렇죠."

"대부분이요? 그러면 그렇지 않은 경우도 있다는 거네요?"

민주는 눈을 반짝이면서 물었다. 예외적인 경우에는 어떤 게 있는지 물으면서. 간이 공판으로 가면 증거 조사를 자세히 하지도 않고 재판이 마무리된다고 하자 크게 실망했었는데, 방법이 있다는 소리를 들어서 표정이 변한 거였다.

"대표적인 게 자백이 신빙성이 없는 경우가 되겠죠."

"그래요? 그러면 그렇게 하고 제대로 재판받게 해주세요."

"저기요, 그게 그렇게 간단한 게 아닙니다."

혁민은 특별한 경우가 아니면 그런 걸 입증하기란 쉽지 않다고 말했다.

"검사도 바보가 아닌 이상 혐의를 입증할 증거를 제출했을 거 아닙니까. 그런데 그걸 피고인이 맞다고 인정하면 그걸로 끝난 거예요."

검사가 적용한 법리나 증거에 문제가 있어야 그 점을 노리고 공격을 할 텐데, 피고인이 인정을 해버리면 어떻게 해볼 방법이 없다면서. 하지만 민주는 막무가내였다. 분명히 오빠는 아니라면서 어떻게든 해달라고 했다.

"좋습니다. 의뢰인이 인정하더라도 재판장이 의문을 가질 만한 게 뭐가 있는지 찾아는 보죠. 하지만 기대는 하지 않는 게 좋을 겁니다."

혁민도 죄가 없는 사람이 벌을 받는 건 옳지 않다고 생각했다. 하지만 본인이 그러겠다는데 어쩔 것인가.

그렇게 해서 지금 재판까지 오게 된 것이다. 그리고 검사가 신문을 시작하고 철진은 죄를 모두 인정하기 시작했다.

오히려 차동출이 살짝 당황해서 표정이 변했을 정도였다. 검찰에 있을 때는 묵비권을 행사하면서 아무런 말도 하지 않았는데, 법정에 나오자 순순히 죄를 자백했으니까.

"맞습니까?"

"네. 맞습니다."

아주 싱거운 신문이었다. 구체적인 사항을 물어보는 것도 아니었고, 그저 이런 죄가 있는데 본인이 한 게 맞느냐고 물어보면 그렇다고 대답하는 순서의 연속이었다. 차동출은 조금 이상하게 생각하면서도 자신이 준비한 질문을 모두 마쳤다.

철진은 마약을 중국에서 밀수하라고 지시한 것도 자신이며, 판매하라고 한 것, 대금을 보낸 것도 모두 자신이라고 대답했다. 재판장도 이상하다고 생각했는지 정말 맞는지 한 번 더 물어보았다.

이번에는 혁민이 신문할 차례였다.

"피고인은 마약 판매 조직의 총책이라고 지금 이야기했습니다. 맞습니까?"

"예. 그렇습니다."

보통은 의뢰인에게 불리한 증언을 하는 상대편 증인을 다룰 때 전의를 불태우지만, 혁민은 피고인을 상대로 기세를 끌어올렸다. 지금까지 재판을 해오면서 자신의 의뢰인에게 이렇게 적의를 갖는 건 처음이라고 생각했다.

"그러면 지시는 어떻게 내렸습니까?"

"예?"

"부하들에게 지시했을 것 아닙니까. 마약을 사 오라고도 했을 것이고, 팔라고도 했을 거 아닙니까. 말 그대로 총책이면 모든 걸 관리했을 테니 당연한 걸 텐데요?"

구체적인 질문을 하자 철진은 조금 당황했다. 하지만 미리 답변을 준비했는지 더듬더듬 이야기했다.

"주로 대포폰을 사용해서 지시했고, 가끔은 제가 일하는 업소로 오게 해서 지시를 한 적도 있습니다."

"그렇군요. 그러면 그 대포폰은 지금 어디 있습니까."

"증거가 된다고 생각해서 없애 버렸습니다."

여기까지는 그다지 특별할 게 없는 이야기였다. 사실 철진이 관리하는 업소는 철진이 속해 있는 조직의 본거지 근처에 위치해 있었다. 그래서 대포폰의 발신 기지국만 보았을 때, 철진이 사용했다고 해도 이상할 게 없었다.

"좋습니다. 그렇다면 대포폰의 번호는 어떻게 됩니까?"

"네?"

철진은 대답하지 못했다. 혁민은 당연하다고 생각했다. 본인이 사용한 적 없는 대포폰일 테니까.

혁민은 계속해서 질문했다.

"지금 대포폰이 없다고 했는데, 그렇다면 전화가 오면 어떤 음악이 나옵니까?"

역시나 철진은 대답하지 못했다. 혁민은 대포폰 말고 다른 부분에 관해서도 질문하기 시작했다. 혁민은 사진 한 장을 보여주면서 물었다.

"이 사람이 누군지 아십니까?"

"예. 알고 있습니다."

혁민은 사진 속의 남자가 누구인지 이야기했다.

"강춘규. 마약 밀수 파트의 책임자군요. 피고인은 이 사람에게도 지시를 했겠군요."

"그렇습니다."

"그런데 말입니다."

혁민은 다른 자료를 집고서 흔들면서 말했다.

"강춘규는 조직에서 서열이 피고인보다 높던데요. 어떻게 된 겁니까?"

역시나 철진은 대답하지 못했다. 조직에서 서열이란 회사에서의 직급과는 차원이 다른 이야기이다. 조직에서 서열이 낮은 사람이 서열이 높은 사람에게 지시한다? 있을 수 없는 일이었다.

특수한 경우가 있다고 백번 양보한다고 해도 상식적이지는 않은 일임에는 분명했다. 그래서 자연스럽게 죄를 인정해서 재판이 쉽게 끝나는가 보다 했는데, 분위기가 이상한 쪽으로 흘러갔다.

혁민은 대포통장을 피고인이 관리하기는 했지만, 실제 소유주가 아닐 가능성이 있다는 질문을 통해 이야기하고는 신문을 마무리했다.

*　　　*　　　*

　　차동출은 혁민의 주장을 조목조목 반박했다. 핸드폰 번호나 음악은 자주 사용하지 않는 것이라 기억하지 못할 수도 있는 거다. 강춘규는 책임자로는 되어 있지만, 실질적으로는 활동하지 않고 그 수하가 활동했기 때문에 그런 것이다.

　　대포통장의 경우에는 실질적으로 관리한 것이 피고인이니 실제 소유주도 피고인으로 보아야 한다고 주장했다. 그 자리에서 급하게 반박을 한 것치고는 훌륭했지만, 판사의 의심을 모두 걷어내지는 못했다.

　　판사는 피고인이 죄를 모두 자백하기는 했지만, 충분히 의심이 갈 만한 정황이 있다면서 간이 공판으로 가지 않겠다고 이야기했다. 차동출도 특별히 신경 쓰지 않는 듯했고.

　　"간이 공판으로 가는 거 애초부터 생각하지 않았던 건가요?"

　　"뭐, 그렇게 되면 편하기는 한데, 재미는 없잖아?"

　　차동출은 피식 웃으면서 대답했다. 혁민은 역시나 차동출다운 대답이라고 생각했다. 역시나 파이터 기질을 가지고 있어서 붙어서 싸우는 걸 즐겼다.

　　"의심이 가는 구석이 있기는 하지만, 증거는 명확하다. 그러니까 분발해야 할 거야."

　　차동출은 오히려 혁민에게 더 잘해보라고 격려하기까지 했다. 이 정도로 마무리되면 오히려 서운할 거라면서.

"한 가지는 분명하게 얘기하죠. 이대로 끝나지는 않을 겁니다. 어차피 양형에서 이익을 얻는 건 포기했어요. 실체적인 진실이 무엇인가만 찾을 겁니다."

"좋지. 실체적 진실. 내가 궁극적으로 추구하는 것이기도 하고."

차동출은 아주 흥미롭겠다면서 기대가 된다고 하고는 자리를 떠났다. 혁민은 일단 시간을 조금 벌기는 했지만, 아직도 진실에 다가가려면 험난한 산을 넘어야 한다는 생각에 골머리가 아팠다.

"감사해요, 변호사님."

철진의 여동생인 민주는 마치 승소라도 받은 듯 좋아했다. 하지만 이게 오히려 나쁜 결과를 가져올 수도 있었다.

"기왕 이렇게 된 것이니 그 증인을 빨리 찾아야 해요. 그 증인을 찾지 못하면 뭘 해도 소용없을 겁니다. 지금 유리한 증거가 하나도 없어요."

"제가 어떻게든 찾아볼게요. 방법이 있을 것도 같거든요."

민주는 활짝 웃으면서 이야기했다. 혁민은 조심해야 한다고 이야기를 하려는데, 갑자기 전화기가 울렸다. 병원 번호라는 걸 확인하고 전화를 받았는데, 조금 다급한 목소리가 들렸다.

"예? 율희 상태가 좋지 않다고요?"

혁민은 깜짝 놀라서 곧바로 법원 밖으로 뛰어나갔다. 그리고 자신의 차에 오르고는 정신없이 차를 몰았다.

"아니, 뭐가 어떻게 된 거야? 분명히 얼마 전까지만 해도 안정이 돼간다고 했었는데……."

혁민은 입술을 잘근잘근 깨물면서 차를 몰았다. 오늘따라 자꾸만 신호등에 걸리는 것 같다고 있는 대로 짜증을 내면서. 하지만 병원에 도착했을 때 율희는 웃으면서 혁민을 맞이했다.

혁민은 그 모습을 보자 그 자리에 털썩 주저앉았다. 순간적으로 긴장이 확 풀렸기 때문이었다.

알고 보니 한때 조금 위험한 상태가 되었었다고 했다. 보통의 경우라면 조금 지켜보았을 텐데 혁민이 하도 무슨 일이 있으면 연락하라고 누누이 강조하는 바람에 연락했다는 거였다.

연락한 것에는 혁민이 변호사라는 점, 거기다가 혁민을 소개한 것이 강윤주라는 점도 작용했다. 일반적인 환자의 보호자였다면 이런 정도의 일로는 절대로 연락하지 않았을 테지만, 혁민의 경우는 조금 달랐다.

만약 혁민이 이 사실을 알고 문제 삼으면 골치가 아프니 서로 책임지지 않기 위해서 연락을 한 것이다.

"위험한 것 아닙니까?"

혁민의 질문에 담당 의사는 상당히 곤혹스러운 표정이 되었다. 뭐라고 이야기하기가 어려웠기 때문이었다. 자신도 현재 상황에 대한 확신이 없었으니까. 오늘 갑자기 환자의 상태가 나빠진 것도 전혀 예상 밖의 일이었다.

최근 상태가 안정되는 듯 보였다. 그래서 한숨 돌렸다고 이

야기를 한 거였다. 그런데 그렇게 말한 지 얼마 되지 않아서
이런 일이 터졌으니 난감할 수밖에.

"잠깐 상태가 악화된 것뿐입니다. 전반적으로는 안정세를
보이고 있어요."

담당 의사는 상태가 호전되었다가 악화되는 경우는 흔한 거
라고 이야기하면서 점차 나아가는 중이라고 이야기했다. 실제
로 뇌동맥류의 크기도 조금 줄어들어서 이대로만 간다면 조만
간 수술 일정을 잡을 수 있을 것 같다고도 이야기했다.

"그렇군요. 크기가 줄어든 건 다행이기는 한데……."

의사는 문제가 있는 거라면 다른 징후들이 나타났을 거라
고 했다. 하지만 전반적으로는 안정되는 징후들이 나타나고
있었고, 그런 과정에서 잠깐 상태가 안 좋았던 것뿐이라고 했
다.

만약 그런 거라면 정말 다행이다. 하지만 의사를 믿지 못하
는 건 아니었지만, 어쩐 일인지 혁민은 불안했다. 자신의 전부
나 마찬가지인 사람 아닌가. 혁민은 하루라도 빨리 율희가 쾌
차했으면 좋겠다고 생각했다.

"정말 괜찮은 거야?"

혁민은 율희의 옆에 앉으면서 물었다. 율희는 평소처럼 미
소 지으면서 대답했다.

"괜찮아요. 자 봐요."

율희는 자신은 멀쩡하다면서 이리저리 움직였다. 이대로 낫
기만 하면 바랄 게 뭐가 있겠는가. 정말 율희를 고칠 수만 있

다면 자신이 가지고 있는 모든 걸 다 내놓을 수도 있었다.

"내가 꼭 낫게 해줄게. 반드시! 꼭!"

"말만 들어도 좋네. 빨리 나아서 같이 맛있는 것도 먹고 그래요."

율희는 다 나으면 가장 먼저 공원으로 소풍을 가자고 말했다. 따스한 봄바람, 싱그러운 풀밭의 향기를 맡으면 가만히 있기만 해도 기분이 좋아질 것이라고 이야기하면서.

"요즘은 봄이 짧아져서 빨리 나아야겠다. 그래야 오빠하고 소풍 가지."

"그래. 곧 나을 수 있을 거야. 병세도 안정되어 간다고 했으니까."

혁민은 조만간 건강한 모습이 될 거라고 이야기했다. 그리고 계속해서 율희 곁에서 말상대를 해주었다. 평소 같았으면 빨리 가서 일하라고 했을 율희도 오늘은 조금 놀랐는지 혁민이 곁에 있는 걸 좋아했다.

혁민은 혹시라도 무슨 문제가 생길까 싶어서 마음을 졸였는데, 율희에게 별다른 일이 생기지는 않았다. 아직은 마음을 놓을 수 없는 상황이지만, 그래도 자신이 보고 있는 동안에는 아픈 곳이 없으니 한결 마음이 놓였다.

"내일 또 올게."

"고마워요, 오빠. 우리 꼭 올해 봄 가기 전에 소풍 가요."

"그래. 그럴 수 있을 거야. 꼭!"

혁민은 다른 방법은 없는지 다시 한 번 알아봐야겠다고 생각했다. 그리고 사고를 낸 배후에 누가 있는지도 제대로 알아봐야겠다고 다짐했다.

분명히 사고를 낸 사람들 뒤에는 누군가가 있었다. 그걸 민엽도 알고 있었다. 아마 대충 누구인지 짐작하는 듯했다. 하지만 절대로 그게 누구인지 이야기를 하지 않았다. 혁민은 누군지 걸리기만 하면 이 세상에 태어난 것을 후회하게 해주겠다고 이를 갈았다.

그리고 혹시라도 율희를 미국에 보내서 수술할 수도 있으니 돈을 어떻게 마련할 수 있는지도 좀 알아보았다. 아무래도 만약의 경우까지 대비해 두는 게 좋을 듯싶어서였다.

*   *   *

―이거 이야기가 다르지 않습니까.

"죄송합니다. 이게 빨리 끝날 재판인데 공연히 이상한 변호사가 끼어들어서……."

철진을 면회 가서 이야기를 나눈 남자. 그는 항의 전화를 받고는 절절매고 있었다. 자신이 조직의 이인자이기는 했지만, 전화를 한 사람은 자신을 파멸시킬 수도 있는 사람이었다.

"하지만 걱정하지 마시죠. 제아무리 뛰어난 변호사라고 해도 증거가 없는데 어쩌겠습니까."

―그 변호사를 우습게 보면 큰일 날 겁니다. 여태껏 불가능하다고 생각되었던 사건을 해결한 게 한두 건이 아니에요. 그

래서 말인데…….

전화기 너머에 있는 남자는 아예 확실하게 하자는 제안을
했다.

"확실하게요? 어떻게 하자는 말씀이신지…….."

―어려울 거 없지 않습니까. 그쪽에서 적당한 사람 한 명 증
인으로 세우면 될 텐데요.

이인자는 고민이 되었다. 검찰의 수사망이 좁혀온다는 걸
알고는 핵심 멤버는 빼돌리고 대신 들어갈 사람으로 선택한
것이 철진이었다. 철진이 모든 책임을 지고 들어가게 되면, 검
찰의 수사도 종결된다.

그러면 당분간이야 조용히 있어야 하겠지만, 곧바로 마약
루트를 회복할 수 있다. 핵심적인 멤버는 온전하게 남아 있으
니 말이다. 그래서 잔챙이들과 철진을 엮어서 그럴듯하게 작
품을 만든 것이다.

그리고 그렇게 할 수 있었던 데에는 전화기 너머 남자의 공
이 컸다. 그가 없었다면 그런 식으로 판을 짤 수가 없었을 테
니까. 아니, 검찰이 수사하고 있다는 정보도 몰랐을 것이다.

"그래도 결정적인 증인으로 내세우려면 그래도 비중이 있
는 녀석이어야 할 것 같은데…….."

―공연히 푼돈 아끼려다가 목돈 나가는 수가 있어요. 확실하
게 할 수 있을 때 마무리 지어야 한다는 거 잘 알지 않습니까.

맞는 말이긴 했다. 확실하게 마무리 지을 수 있을 때 마무리
해야 한다. 공연히 불씨를 살려둘 이유가 없는 것이다. 그랬다

가 나중에 그 불씨가 자신을 태울 수도 있는 법이니까. 남자는 결심했다.

"알겠습니다. 적당한 녀석으로 준비하도록 하죠."

—잘 생각했습니다. 역시나 말이 통해서 좋아요. 앞으로도 잘해봅시다.

이인자는 여부가 있겠느냐고 말하면서 조만간 자리를 마련하겠다고 이야기했다.

그리고 같은 시각, 혁민은 철진과 만나고 있었다. 뭐라도 정보를 얻기 위해서였다. 그가 입만 열면 얼마든지 방법이 있다. 혹시라도 재판을 통해서 무언가 변화가 생기지 않았을까 싶어서 여동생 없이 단둘이 만나고 있었다.

그동안은 부득불 민주가 따라오겠다고 해서, 그리고 그나마 여동생과는 철진이 이야기해서 같이 왔었다. 하지만 아무래도 여동생이 있으면 이야기하기 불편한 게 있을 수도 있다. 그래서 일부러 혁민 혼자 온 거였다.

"아시겠지만 변호사는 고객의 비밀을 발설하지 않아야 하는 의무가 있습니다. 그러니 염려하지 마시고 이야기를 하시죠."

"내가 필요 없다고 하지 않았습니까. 소용없는 일이니 그냥 돌아가세요."

혁민은 왜 그러는지 이유나 알자고 했다.

"소송은 그렇다고 칩시다. 뭐 의뢰인이 교도소에 들어가야겠다는데 어쩌겠습니까. 하지만 왜 그러는 건지 이유라도 좀 압시다."

철진은 물끄러미 혁민을 바라보다가 물었다.

"당신. 굶어본 적 없지?"

혁민은 어깨를 으쓱하면서 고개를 끄덕였다. 거의 굶을 만큼 어려웠던 적도 있었지만, 지금 철진이 이야기를 계속하게 하려면 그렇다고 하는 편이 좋았으니까.

"당신 같은 사람들은 몰라. 세상이 얼마나 힘겨운지."

철진은 세상에는 공부 잘하고 좋은 직업에 잘나가는 사람보다 그렇지 못한 사람이 훨씬 더 많다고 이야기했다.

"그런 사람도 먹고는 살아야지. 안 그래?"

"그건 그렇습니다. 그런데 그게 이 사건하고 무슨 상관이 있는 겁니까?"

혁민은 일부러 슬쩍슬쩍 도발했다. 기분을 몹시 상하게 하지 않는 선에서 살살 긁어댔다. 사람 속 긁어대는 건 혁민이 가장 잘하는 것 중 하나 아닌가. 철진은 쉽게 혁민의 수에 넘어왔다.

"당신이 보기에 내가 공부 잘했을 것 같아?"

"잘은 모르겠지만, 아마도 아닌 것 같군요."

철진은 피식 웃었다. 사실이지만 직접 이야기하는 걸 들으니 기분이 좋지는 않았다.

"맞아. 공부하고는 담쌓았지. 해봐야 소용도 없었을 테고. 그런데 그런 사람도 먹고살 길은 있어야 할 거 아냐. 그런데 할 수 있는 게 별로 없더라고."

그나마 덩치 좋고 주먹 쓰는 거야 어디 가서 못한다는 소리 듣지 않을 정도는 되었으니 할 수 있는 건 하나뿐이었다.

"그래서 내가 조직에 들어오게 된 거야."

혁민은 철진이 나름대로 자부심을 가지고 있다는 걸 느낄 수 있었다. 나는 최선을 다했다. 내가 집안을 건사했다. 뭐 그런 생각을 하는 듯했다.

'꼭 틀린 말은 아니지. 아버지가 허리를 다친 지 오래되었다고 했으니까.'

그래서 어머니는 집을 나가고 어린 나이부터 철진은 돈을 벌어야 했다. 혁민은 그가 조폭이라고 해서 손가락질을 하거나 비난할 생각은 없었다. 물론 그것을 좋다고 추켜세울 생각도 없었지만.

"그래서요?"

"그렇다는 거지. 뭐가 더 필요한가."

이후로도 이야기를 조금 더 하기는 했는데, 철진은 사건과 관련된 이야기는 하지 않았다. 그냥 자신이 살아온 이야기, 그리고 동생인 민주 이야기를 주로 했다.

"그렇군요. 그러니까 당신은 하지 않았다는 거군요."

"말이 왜 또 그렇게 되나? 하여간 펜대 굴리는 새끼들하고는 말을 하지 말아야 한다니까."

철진은 혁민이 이상한 소리를 한다면서 화를 냈다. 하지만 분명히 알 수 있었다. 철진이 하지 않았다는 사실을. 그리고 그가 느끼는 다른 감정도 살짝 엿볼 수 있었다.

"그래서 빵에 갔다가 오기로 아예 작정한 것 같은데, 동생이 걱정되지 않아요?"

"민주가 왜? 별일 없을 거야."

혁민은 가만 보니 철진이 가장 소중하게 생각하는 건 여동생인 민주였다. 아버지도 생각을 많이 하기는 했지만, 말하는 걸 들어보면 좀 여러 감정이 뒤섞여 있는 듯했다.

아버지가 불쌍하고 치료도 받게 해주어야겠다는 생각도 하고 있었다. 하지만 어려서부터 고생을 한 게 아버지 때문이라는 그런 생각. 아버지가 허리만 다치지 않았어도 자신이 이렇게 되지는 않았을 거라는 그런 생각도 있었다. 애증이 뒤섞여 있다고나 할까.

하지만 민주에 대해서 오로지 자신이 보호해야 하는 그런 대상으로만 생각하고 있었다. 그래서 민주라면 무조건 양보하는 듯했다.

"그래도 오빠가 곁에 있는 거하고 없는 거하고 다를 거 아닙니까."

가장 소중하게 생각하는 대상. 거길 파보면 무언가가 나올 것이다. 사람의 감정이 가장 격하게 반응하는 건 바로 그 사람이 가장 소중하게 생각하는 걸 건드릴 때 나오는 거니까.

민주 이야기를 본격적으로 하자 철진도 조금 표정이 변했다. 걱정이 아예 없지는 않은 모양이었다. 혁민은 그 점을 붙들고 이야기를 조금 더 해보았다.

"동생이 그렇게 같이 있고 싶다는데 굳이 교도소에 가겠다……."

"이봐, 당신이 뭘 안다고 그래?"

"아니, 좀 이상해서 그럽니다. 꼭 그래야만 하는 이유가 있나 해서요."

만약 상대편이었다고 하면 훨씬 더 강하게 몰아붙였을 것이다. 하지만 철진은 의뢰인이다. 적어도 재판이 마무리될 때까지는 척을 질 수는 없는 일. 그래서 적당한 선을 유지했다.

그러다 보니 이야기가 잘 진척되지 않았다. 철진이 넘어올 것 같다가도 이내 입을 다물었기 때문이었다.

혁민은 그래도 오늘 성과가 있었다고 생각하고는 자리에서 일어났다.

"다음에 또 오죠. 꼭 사건 이야기가 아니더라도 이렇게 말이라도 들으니 훨씬 좋군요."

"소용 없수. 이제는 안 와도 될 거요. 어차피 곧 끝날 테니까."

혁민은 아마도 그렇게 쉽게 끝나지 않을 거라고 하고는 철진과 헤어졌다. 그리고 조금 이상하다는 생각이 들었다.

"아무래도 이상하단 말이야."

혁민은 재판이 어떻게 되든 간에 사건에 관해서는 조금 더 알아봐야겠다고 생각했다. 그런데 그런 생각을 하고 있을 때, 뜻밖의 사람으로부터 전화가 왔다.

"차동출 검사?"

한 사건의 검사와 변호사 사이다. 평소라면 전화를 하더라도 이상할 것 없는 사이였지만, 지금은 조금 이상한 시선을 받을 수도 있지 않은가. 하지만 이내 차동출이 그런 걸 신경 쓸 사람이 아니라는 생각이 들었다.

"하기야 다른 사람이 뭐라고 해도 신경이나 쓰겠어? 어차피 자기 가는 길 확실한 사람인데."

윗선에서 압력을 넣어도 콧방귀도 꾸지 않는 차동출이다. 자신이 떳떳한데 뭐가 무서우냐고 하면서.

"왜요?"

─왜요? 이 자식이 말이 짧다?

"아, 지금이야 맡은 사건 검사하고 변호사 아닙니까. 서로 존중하자고요, 존중."

─하여튼 이 녀석은 말로는 못 당한다니까……

차동출은 키득대더니 잠깐 만나자고 이야기했다. 혁민이 이런 식으로 보면 문제가 되는 것 아니냐고 묻자 차동출이 바로 되물었다.

─내가 뭐 청탁 같은 거 하거나 정보 빼낼 사람으로 보이냐?

"아뇨. 그렇지야 않죠."

─그러면 니가 그런 거 할 사람이야?

"그것도 아닐걸요?"

차동출은 그럼 뭐가 문제냐고 이야기했다. 어차피 찔릴 게 없는데 말이다.

"뭐, 그럼 그래요. 어디로 갈까요?"

혁민은 갑자기 차동출이 왜 보자고 한 것인가 궁금했다.

"무슨 일이에요?"

혁민이 왜 갑자기 불러냈느냐면서 투덜거리자 차동출은 눈을 부릅뜨면서 으르렁거렸다.

"어허. 하늘 같은 선배가 불렀는데……."

"그런 거는 검사 후배들한테나 통하는 거예요. 다른 사람들한테까지 그러면 한 소리 듣는다니까요."

하지만 장난이라는 걸 아는 혁민은 다른 데 가서는 그러지 말라고 받아쳤다. 그랬다가는 모임에서 왕따당할 거라면서.

"뭐 마실래?"

"술은 좀… 일 많아요. 오늘 같은 날은 한잔하고 싶기도 하지만……."

혁민은 그냥 커피나 마시겠다고 했다.

"그래? 그럼 나도 차나 한잔하지. 여기요~"

차동출은 손을 들고는 큰 소리로 웨이터를 불렀는데, 혁민은 이상하다는 눈초리로 차동출을 쳐다보았다. 이럴 사람이 아닌데 왜 저러나 싶어서였다. 차동출이 술 대신 차를 마신다니. 사자가 채식한다는 것과 비슷한 말로 들렸다.

"어디 아파요?"

차동출은 웨이터에게 주문하려다 혁민이 하는 말을 듣고는 갑자기 그게 무슨 말이냐는 표정으로 고개를 돌렸다. 그러다가 무슨 말인지 알았다는 듯 껄껄대며 웃었다.

"아… 술?"

키득대던 차동출은 자신도 오늘은 일이 있어서 들어가 봐야한다고 이야기했다.

"나라고 술만 마시는 줄 아냐? 나 생각보다 술 많이 먹지 않아."

"그래요? 그럼 이따가 일 끝나고는 안 마실 건가 보죠?"

"음? 아니 뭐… 그런 건 아니고……."

말은 술을 많이 먹지 않는다고 했지만, 오늘도 일 끝나고 약속이 있는 모양이었다. 차동출은 갑자기 시선을 돌리면서 웨이터에게 마실 걸 시키고 간단하게 먹을 것도 하나 주문했다.

"그런데 갑자기 왜 보자고 한 건데요?"

어차피 무언가 할 이야기가 있어서 부른 게 뻔했다. 차동출이 차 마시면서 노닥거리자고 불렀을 리는 없으니까. 그러니 빨리 본론으로 들어가자고 혁민은 말했다. 그러자 차동출은 슬쩍 혁민의 눈치를 보더니 입을 열었다.

"너 돈 필요하냐?"

"예? 그건 또 무슨 말이에요?"

이번에는 오히려 혁민이 당황해서 물었다.

"너 돈 구하고 다닌다는 소문이 있어서."

"아… 그거요… 그러고 보니 돈이 필요하기는 하네요."

율희 수술 때문에 돈을 좀 알아보고 다녔다. 몇 명에게는 혹시 빌려줄 수 있느냐고 물은 적도 있었고. 혹시라도 당장 급하게 되면 바로 움직일 수 있게 대비를 하려고 그런 거였다.

사실 돈이 한두 푼 들어가는 것도 아니지 않은가. 억 단위도 아니고 십억 단위로 돈이 필요한 일이다. 자신이 가지고 있는 현금은 그만큼은 아니었고. 그래서 알아본 거였는데, 그게 벌써 차동출의 귀에까지 들어갔는지는 몰랐다.

　"너 이상한 소문 도는 거 알아?"

　"소문이요? 뭔데요?"

　그런데 차동출은 좀 이상한 이야기를 했다.

　"니가 돈 때문에 마약상 사건을 맡았다는 소문이 돌아."

　"예에? 나 참… 아니 진짜 어이없네요…….'

　정말 어처구니가 없었다. 철진의 사건은 돈을 생각하고 맡은 게 아니었다. 실제로 수임료도 거의 받지 않았다. 성공 보수 같은 것도 정하지 않았고. 그런데 다른 사람에게는 그렇게 보이지 않았던 모양이었다.

　혁민은 도대체 어떤 소문이 도는지, 그리고 다른 사람들은 어떻게 생각하는지 갑자기 궁금해졌다. 그래서 사정이 어떤지 이야기하지 않고 다른 사람들은 무슨 이야기를 하는지 물어보았다. 질문의 첫 타자는 차동출이었다.

　"나? 나야 아닐 거라고 생각이야 하지."

　"그래요? 아까 물어볼 때 보니까 절 믿고 있는 것 같은 그런 표정은 아닌 것 같던데요?"

　혁민이 눈을 게슴츠레하게 뜨면서 이야기하자 차동출은 아니라며 손을 저었다. 황급하게 손을 휘젓는 폼이 약간은 의심을 했던 모양이었다. 하지만 차동출은 절대로 그런 게 아니라고 강조하더니 다른 이야기를 했다.

"상상은 괴물이야. 사람도 잡아먹는 괴물."

"그건 또 무슨 말이에요?"

"왜, 그런 경험 없냐? 이런저런 상상 하다가 엉뚱한 결론까지 이르게 된 그런 경험."

"음… 그런 경험이야 한두 번쯤은 다들 있는 거 아니에요?"

혁민의 말에 차동출이 고개를 끄덕였다. 자신도 많지는 않지만 그런 경험이 있기는 하다면서. 그리고 그래서 가능하면 직접 물어본다고 이야기했다.

"공연히 혼자서 끙끙 매다가 보면 오히려 상황만 안 좋아지더라고. 그래서 직접 물어보는 거야. 그러면 고민할 것도 없잖아."

"그래요? 그러면 내가 말하면 믿을 거예요?"

혁민은 어떤 대답을 할지 궁금해하면서 물었다. 차동출은 생각도 하지 않고 대답했다.

"믿지. 모든 사람의 말을 다 믿지는 않지만, 내가 믿는 사람의 말은 믿는다. 설사 그게 거짓말이라고 하더라도."

혁민은 정말 차동출다운 대답이라고 생각했다. 그리고 다른 사람들의 반응도 물어보았는데 혁민을 잘 아는 사람들은 대부분 무언가 사정이 있는 것이며, 돈 때문에 마약상을 변호하는 건 아닐 것이라고 생각한다고 했다. 물론 오해를 하는 사람도 있다고 했다.

"하지만 오해하기 딱 좋은 상황이야. 그래서 사법개혁 모임 사람 중에도 이상하게 생각하는 사람들이 있더라고."

"뭐 어쩌겠어요. 사람은 자신이 원하는 대로 보고 생각하는 거잖아요."

혁민은 그런 것에는 신경 쓰지 않는다고 말했다. 어차피 무슨 말을 해도 듣지 않으려는 사람은 듣지 않고, 오해할 사람은 오해한다면서.

차동출은 고개를 끄덕이며 동의했다.

"하지만 널 아는 사람이라면 그렇게 생각하지는 않을 거다. 니가 돈에 굶주리거나 환장한 사람도 아니고. 그런 캐릭터였다면 지금까지 그런 식으로 일하지 않았겠지."

그러면서 차동출은 그런 이야기를 하는 사람들은 혁민과 사이가 좋지 않은 사람들이거나 잘 모르는 사람일 것이라고 말했다. 혁민은 그 말을 들으니 기분이 나쁘지 않았다. 지금까지 헛산 건 아니라는 생각이 들었다.

"사실은 율희가 좀 좋지 않거든요. 잘못하면 미국에 가서 수술을 받아야 할 수도 있어요."

혁민은 사정을 간략하게 이야기했다. 의학적으로 깊이 들어가 봐야 혁민이나 차동출이나 잘 알지도 못했고, 그 이야기를 그렇게 길게 하고 싶지도 않아서였다.

"진짜? 아이구. 그 아가씨 정말 착하고 참한 것 같던데……."

차동출은 어쩌다가 그런 일이 생겼느냐면서 안타까워했다. 하지만 혁민은 바로 화제를 돌렸다. 그 이야기는 가능하면 언급하고 싶지 않았으니까. 그래서 법조계 이야기를 꺼냈는데,

그러자 차동출이 의미심장한 말을 했다.

"새로운 증인이 생겼다. 마약 밀수 관련해서 검거된 사람이 있거든. 그런데 그 사람도 총책으로 철진을 지목했어."

"정말요? 이상하네. 아무리 생각해도 철진은 아닌 것 같은데……."

차동출도 분명히 이상한 구석은 있다고 이야기했다.

"하지만 철진이 아니라고 생각하기에는 증거들이 너무 확실해. 이번에는 너라도 어쩔 수 없을 거다."

"쉽지는 않죠. 뭐, 제가 맡았던 사건 중에 쉬운 사건이 있었나요. 그런데 말이에요, 만약 그 사람이 총책이 아니면요?"

혁민의 질문에 차동출은 생각도 하지 않고 대답했다.

"아닐 수도 있지. 그럴 가능성이 있다는 거야 나도 잘 알아. 하지만 그런 것 때문에 흔들리지는 않아. 나는 모든 증거를 종합해서 판단하고, 그걸 바탕으로 내 일을 하면 되는 거야."

차동출은 커피를 조금 마시고는 바로 말을 이었다.

"이렇게 증거가 명확한데 혹시라도 진범이 아닐 수도 있는 일말의 가능성 때문에 주저하거나 하면 그게 더 문제가 있는 거 아닌가?"

그는 자신도 충분한 시간을 두고 조사하고 살펴보면 좋다는 거 모르지 않는다고 했다.

"하지만 그 사건 하나 잡고 있으면 다른 사건들 전부 밀린다고. 그러면 그 와중에 선의의 피해자가 나올 수도 있는 거 아니냐."

차동출은 세상일이라는 게 그렇게 간단한 게 아니라고 이야 기했다. 그 점은 혁민도 동의하는 바였다. 정말 선의를 가지고 일했는데 오히려 피해를 주는 경우도 있고, 해코지하려다가 사람을 구하게 되는 경우도 있다.

"그렇긴 하죠. 하기야 신이 아닌 다음에야 그런 걸 모두 어떻게 알겠어요. 그냥 자기가 맡은 일에 최선을 다하는 거지."

"그래 인마. 하지만 일하는 사람의 의지는 중요하지. 난 그런 게 확고한 사람이 좋아. 물론 방향이 바를 때 말이지."

그렇게 짧은 만남은 마무리되었는데, 혁민은 차동출이 자신을 걱정해서 일부러 연락했다는 것에 살짝 감동받았다. 이상한 소문이 돈다는 걸 알려주려고 부른 거였다. 워낙 민감한 이야기라서 전화로 하지 못하고 직접 보자고 한 거였다.

"그런데 새로 잡힌 사람은 뭐지? 그런 식으로 증거들이 자꾸 나오면 어떻게 할 방법이 없는데… 이제는 유리한 증언을 해줄 사람이 있어도 어렵겠는데?"

정말로 모든 증거가 철진이 총책이라고 가리키고 있었다. 게다가 본인은 입을 열지도 않고. 혁민은 정말 답답했다.

*   *   *

"이분인가요?"

"네. 인사해요. 내가 얘기한 변호사님이에요."

민주는 전부터 계속 이야기했던 증인을 데려왔다. 이야기를 들어보니 어디에 있는지 수소문해서 지방에 내려가 있는 걸 찾아가서 데려왔다는 거였다. 그것도 꽤 오래 설득을 해서 말이다.

"앉으시죠."

웨이터를 했던 남자는 무척 순박해 보였다. 그 세계에서는 이런 외모가 오히려 해가 될 것 같았다. 아무래도 순하고 유약해 보이면 사람들이 깔볼 테니까.

들어보니 실제로도 그래서 좋지 않은 일도 좀 당했다고 이야기했다. 그리고 그런 웨이터를 잘 챙겨준 게 철진이었고. 그래서 무척이나 철진을 따랐다고 했다.

"그러니까 의뢰인은 절대로 총책이 될 수가 없다는 거죠?"

"네, 절대로요. 그랬다면 제가 모를 리가 없죠."

웨이터는 종일 가게에만 있는 사람이 어떻게 그럴 수가 있느냐면서 이야기했다.

"게다가 찾아오는 사람도 없었어요. 형님은 주먹 쓰는 건 그냥 넘어갔지만, 애들이 약하고 그런 건 절대로 못 하게 했어요."

"하지만 다른 사람들은 전부 의뢰인이 총책이라고 하던데……."

"그게……."

웨이터는 한참을 고민하다가 입을 열었다. 이건 절대로 이야기하지 말라고 하면서.

"약은 관리하는 사람이 따로 있어요. 대부분 알죠. 그 사람이라는 거."

"그래요? 그러면 그렇게 증언해 줄 수 있습니까?"

웨이터는 천천히 고개를 저었다.

"저는 형님이 아니라는 건 얘기할 수 있어요. 형님께는 신세진 것도 있으니까……."

하지만 누가 진짜로 마약을 관리하고 있는지는 이야기할 수 없다고 말했다.

"그랬다가는 바다 밑에서 발견될 겁니다. 시멘트가 가득 찬 드럼통 속에서 말이에요."

웨이터는 절대로 그런 증언은 할 수 없다고 손사래를 쳤다.

혁민은 그러면 증언은 하지 않아도 좋으니 누군지만 알려달라고 했다. 하지만 웨이터는 그것도 거부했다.

"죄송해요. 하지만 형님이 아니라는 건 이야기할 수 있어요. 그런데 형님이 원하시지 않을 거예요."

혁민은 왜 그런 것이냐고 물었다. 그러자 웨이터는 민주의 눈치를 슬쩍 보았다. 민주 앞에서는 이야기하기가 조금 그렇다는 뜻. 혁민은 민주에게 양해를 구하고는 밖으로 내보냈다.

"왜 그런 겁니까?"

"형님이 조직에서 입지가 아주 약하거든요. 형님은 이거 하는 게 오로지 돈 때문인데요, 관리하고 싶어 하는 업소가 있어요."

그래서 철진은 평소에도 학교에 한번 다녀오면 좋겠다는 이야기를 했다는 거였다. 그러면 그 업소를 자신이 맡을 수도 있을 거라면서.

혁민은 참 철없는 생각을 하고 있다고 느꼈다.

"그러니까 돈을 더 벌기 위해서 그러는 거다? 하아… 이걸 뭐라고 해야 하는지…….."

"저기요. 이런 말 하는 거 좀 그렇긴 한데, 변호사님 같은 사람들은 몰라요. 우리 같은 사람들은 돈이 벼슬이에요. 돈 없으면요 개쓰레기 취급받아요."

웨이터는 돈만 많이 벌 수 있으면 자신도 같은 선택을 할 거라고 이야기했다. 혁민은 무언가 단단히 잘못되었다고 생각했다.

"돈 중요하지. 자본주의 사회니까. 하지만 돈만 중요하면 안 되는 거 아닌가?"

"네?"

웨이터는 혁민의 말을 잘 알아듣지 못했다. 혁민도 그런 이야기를 굳이 증언하겠다고 온 사람과 나눌 필요는 없다고 생각해서 더 하지는 않았다. 혁민은 철진이 업소에서 바쁘게 일해서 다른 건 할 틈도 없었다는 거라도 제대로 이야기해 달라고 말했다.

"일단 그런 증언이라도 해주겠다고 하니 다행이네요."

"그런 거라면 특별히 뭐라고 할 것 같지는 않아서요."

웨이터는 조직에서 해코지라도 할까 봐 무척 걱정하고 있었다.

"아! 혹시 조직에서 약 관련해서 잘 아는 사람이 누가 있습니까?"

"약 관련해서요? 음… 어떤 사람을 이야기하는 건지…….."

"왜 그런 사람 있잖아요. 직접 관여는 하지 않는데, 어떻게 돌아가는지는 잘 아는 사람."

혹시라도 다른 정보라도 알 수 있지 않을까 싶어서 물어보았는데, 웨이터는 그런 이야기를 하는 것도 주저했다. 그리고 결국 누가 잘 아는지도 이야기해 주지 않았다.

"하아, 이거 무슨 방법이 없으려냐?"

"형량 거래 쪽을 건드려 볼 방법은 없나요?"

혁민의 한숨 섞인 푸념을 들은 위지원 변호사가 말을 걸어왔다.

"형량 거래?"

"네. 그거 분명히 문제가 있는 거잖아요. 사람들이 그것 때문에 위증하고 있다고 하면……."

"위증이라……."

혁민은 고개를 저었다. 문제가 많은 방법이었기 때문이었다.

"일단은 규명하는 것 자체가 어려워. 거래했다는 걸 어떻게 증명할 건데? 검사하고 당사자하고 둘만 입 다물고 있으면 밝히기 어렵지."

형량 거래는 점조직으로 이루어져서 증언이 아니면 범죄를 입증하기 어려운 경우에 사용된다. 위증이 아니라 내부 고발 같은 거라고나 할까. 이 경우에는 뭔가 이상하게 돌아가고 있었지만. 혁민은 갑자기 머리를 스치고 지나가는 생각이 있었다.

'가만. 검찰의 수사망이 좁혀온다는 걸 알게 되었다. 그리

고 완전히 벗어나는 건 불가능하다는 걸 파악했다.'

혁민은 상상의 나래를 펼쳤다.

'조직에서는 어차피 피할 수는 없으니 피해를 최소한으로 하는 방향으로 작전을 짰다. 일단 책임자로 바지를 내세우고 실제 책임자는 그 밑에서 일하는 것으로 한다. 그리고 형량 거래를 하게 해서 형기를 줄인다.'

혁민은 왜인지는 모르겠지만, 그런 식으로 일이 진행된 것이 아닌가 하는 생각이 들었다. 충분히 생각해 볼 만한 이야기라고 생각했다.

'가능한 일이야. 하지만 그렇게 되려면 몇 가지 더 필요한 게 있을 것 같은데……'

중요한 건 정보였다. 검찰이 소문내면서 수사를 할 리가 있겠는가. 혹시나 어떻게 수사하는 걸 알았다고 하더라도 그것만 가지고는 그런 작전을 짤 수가 없었다. 누군가는 협조하고 도와주는 사람이 있어야 가능한 일이었다.

그런 생각을 하는 사이에 위지원 변호사는 그래도 그러는 건 잘못된 거 아니냐고 이야기했다.

"그렇게 형량 거래 하는 건 형사소송의 대원칙에도 어긋나는 거잖아요."

"그렇긴 하지. 실체적 진실 규명과는 거리가 있는 거니까. 하지만 나는 개인적으로 필요는 하다고 생각해. 그런 게 아니면 밝히기 어려운 것들이 너무 많거든."

혁민도 문제가 있다는 건 알지만, 필요한 거라고 생각했다.

세상에는 밝히기 어려운 범죄가 너무나도 많았기 때문이었다.

"어렵네요. 그렇게 죄를 좀 감해주면서까지 다른 죄를 밝혀야 한다니……."

어려운 문제다. 인정해야 한다는 쪽이나 아닌 쪽이나 모두 타당성이 있어서 아마도 평생을 이야기해도 결론을 낼 수 없는 그런 문제일 것이다.

"그러면 어떻게 하실 거예요? 그냥 포기하시는 거?"

위지원 변호사는 호기심이 가득한 눈으로 혁민을 쳐다보았다. 이렇게 어려운 소송을 과연 혁민이 어떻게 헤쳐 나가는지를 알고 싶다는 그런 표정이었다. 그녀는 혁민이라면 반드시 이걸 해결할 것이라고 생각하는 듯했다.

"글쎄. 지금으로서는 나도 모르겠네."

혁민은 고개를 흔들면서 대답했다. 다른 것보다 과연 철진이라는 사람을 위해서 변호를 해야 하는지도 의문이 들었다.

아주 비협조적으로 나오는데 굳이 본인의 의사에 반하는 변호를 해야 하는지가 의문이었다. 요즘에는 본인이 원하지 않으니 할 필요가 없다는 생각이 강하게 들었다. 그나마 여동생인 민주가 하도 간절하게 매달려서 계속하고 있는 거였다.

그리고 철진의 사고방식도 마음에 들지 않았다. 철진이 가족을 위해서 이런 일을 하는 건 알겠지만, 그렇다고 해서 모든 게 용서되는 건 아니다. 철진은 돈이면 무조건 다 된다는 마음을 갖고 있었다.

"돈이 중요하긴 하지. 하지만 그것만 위해서 사는 건 아닌데……."

혁민은 거창하게 신념이나 정의 같은 걸 내세울 생각은 없었다. 하지만 적어도 돈이면 뭐든 해도 되고 그걸 위해서는 어떤 거라도 하겠다는 사고방식은 인정할 수 없었다.

자신도 돈 좋아한다. 가능하면 많이 벌고 싶고, 넉넉하게 가지고 있었으면 좋겠다. 하지만 돈만을 위해서 살고 싶지는 않았다. 얼마나 비참한 일인가. 돈만을 위해서 살아간다니. 하지만 자신이 생각하는 그런 일이 끼어 있는 것이라고 한다면 그냥 넘어가기에는 조금 찜찜했다.

'만약에 조직에서 작전을 짠 거라면? 그러려면 수사와 관련해서 정보를 물어다 줄 사람이 있다면? 적극적으로 협조까지 하면서 말이지.'

그런 상황을 생각하니 섬뜩했다. 만약 그런 거라면 그냥 넘어갈 수는 없는 일이었다. 하지만 아직 확실한 건 아니었다. 그냥 그러지 않을까 하는 생각만 한 거였지. 혁민은 일단 그런 방향으로 확인해야겠다고 생각했다.

그런데 그런 생각을 하고 있을 때, 갑자기 핸드폰이 울렸다.

"병원에서?"

두근두근.

병원 번호였다. 혁민은 갑자기 심장이 쿵 내려앉는 그런 기분이 들었다. 병원에서 연락이 올 일이 뭐가 있겠는가. 좋은 소식보다는 문제가 있다는 소식일 확률이 높았다. 혁민은 떨리는 손으로 전화를 받았다.

"예. 정혁민입니다."

—빨리 오셔야겠어요.

혁민의 귀를 강타하는 다급한 목소리. 혁민은 심장이 미친 것처럼 펄떡거리는 걸 느꼈다.

두근두근두근.

심장 박동이 확연하게 빨라졌다. 그리고 갑자기 눈앞의 모든 사물이 뒤틀리는 게 보였다. 갑자기 어지러움을 느낀 혁민은 중심을 잃고 비틀거렸다.

"선배님!!"

위지원 변호사가 깜짝 놀라면서 혁민을 부축했다. 숨을 가쁘게 몰아쉬는 혁민은 몸을 제대로 가누지도 못했다.

"괜찮으세요? 보람 씨. 빨리 병원에 연락해요!!"

사무실에 고개를 내밀었던 보람도 혁민이 몸을 가누지 못하고 비틀거리는 걸 보고는 깜짝 놀랐다. 그리고 위지원 변호사의 말을 듣고는 후다닥 달려갔다. 병원에 전화를 걸기 위해서였다.

"괜찮아."

혁민은 손을 저으면서 병원에는 연락하지 않아도 된다고 이야기했지만, 위지원 변호사는 무슨 말을 하느냐며 소리쳤다.

"괜찮긴 뭐가 괜찮아요. 사람이 갑자기 쓰러져 놓고서."

"정말 괜찮아. 잠깐 어지러워서……."

혁민은 이제 괜찮다고 말하면서 몸을 바로 세웠다. 그리고 머리를 흔들었다.

"갑자기 무슨 일이에요? 뭐 안 좋은 이야기라도 들은 거예요?"

"나 지금 병원에 가봐야겠어."

위지원 변호사는 몸부터 챙기고 나서 가라고 했지만, 혁민은 그 말을 듣지 않았다. 지금 한가하게 쉬고 있을 수 없었다.

혁민은 곧바로 병원으로 달려갔다. 병실 문을 거칠게 열고 들어갔는데, 율희의 모습은 보이지 않았다.

"어떻게 된 겁니까? 율희는 지금 어때요?"

혁민은 간호사를 붙잡고 물어보았는데, 상태가 좋지 않아져서 중환자실로 옮겼다는 이야기를 들었다. 혁민은 허겁지겁 중환자실로 달려갔고, 거기에서 의식 없이 누워 있는 율희를 보게 되었다.

"율희야……."

심장이 옥죄어오는 느낌. 누군가가 심장을 손에 쥐고 주물럭거리는 그런 느낌이 들었다. 혁민은 갑자기 심장이 제멋대로 펄떡거리는 걸 느꼈다. 마치 심장이 몸 밖으로 뛰쳐나가려는 것 같았다.

미친 듯이 펄떡거리는 심장. 혁민은 갑자기 눈앞이 어두워지는 걸 느꼈다. 그리고 그 자리에 풀썩 쓰러졌다. 혁민의 귓가에는 여러 사람이 난리법석을 떠는 게 들렸다. 그리고 그 소리는 점점 작아져서 마침내 들리지 않게 되었다.

　　　　　*　　　　*　　　　*

"좀 괜찮아요?"

위지원 변호사의 목소리에 혁민은 어리둥절한 표정으로 주변을 둘러보았다. 주변에는 위지원 변호사와 보람, 그리고 민주엽이 있었다.

"이게 무슨……."

혁민은 자리에서 몸을 일으켰는데, 순간적으로 머리가 어지러운 걸 느꼈다. 위지원 변호사가 그대로 누워 있으라고 말렸지만, 혁민은 기어코 몸을 일으켰다.

"율희는요?"

"안정을 찾았대요."

위지원 변호사의 말에 민주엽도 고개를 끄덕였다.

혁민은 한숨을 크게 내쉬었다. 뭐가 어떻게 되었든 간에 지금은 무사하다는 말이었으니까. 혁민은 침대에서 내려오려고 몸을 틀었다.

"의사가 쉬어야 한댔어요."

"괜찮아. 어디가 아픈 것도 아닌데……."

혁민은 침대에서 내려와 신발을 신었다. 하지만 아직은 좀 어지러운 기운이 좀 남아 있는 듯했다. 중심이 제대로 잡히지 않아서 침대를 짚고 일어섰는데, 그래도 일어서고 나자 좀 괜찮아지는 것 같았다.

"아버님. 율희는 중환자실에 있습니까?"

"그렇네. 지금 보러 가려고?"

혁민이 그렇다고 하자 민주엽은 잠깐 자신과 이야기를 하자고 말했다. 혁민은 그 이야기를 듣자 갑자기 걱정이 되었다. 혹시 좋지 않은 이야기를 할까 두려운 거였다. 하지만 몸이 좋지 않아서인지는 몰라도 심장이 마구 뛰거나 그러지는 않았다.

민주엽과 혁민은 조금 걷다가 병원의 조금 한적한 곳을 발견하고는 걸음을 멈추었다.

민주엽은 창밖을 보면서 이야기했다.

"상당히 좋지 않다는군."

"얼마나 좋지 않은 겁니까? 어떻게 손을 쓸 수는 없구요?"

민주엽은 침중한 표정으로 이야기했다.

"국내에서는 손을 쓸 방법이 없다더군."

율희는 갑자기 의식을 잃었다고 했다. 다행인 것은 의식은 다시 돌아왔다는 거였는데, 담당 의사 말로는 상태가 무척 좋지 않다고 했단다. 호전되었던 병세가 갑자기 나빠졌다고도 했고.

"제가 미국에서 수술할 수 있는지 알아보겠습니다. 미국에는 율희와 같은 케이스를 수술한 팀이 있다고 했거든요."

"나도 들었네. 그런데……."

민주엽은 말을 잇지 못했다. 혁민은 왜 그런가 했는데, 율희는 미국으로 갈 수 없는 상태였다. 민주엽은 한숨을 내쉬면서 이야기했다.

"후우… 비행기는 위험하다더군."

혁민은 자신이 의사와 직접 이야기를 해보겠다고 했다.

"방법이 있을 겁니다. 제가 돈은 마련할 수 있습니다. 어떻게든 방법을 찾아야죠."

"그러자고. 나도 지금 백방으로 알아보고 있네……."

민주엽은 혁민에게 정말 고맙다고 이야기했다.

"그래도 자네가 있어서 다행이라는 생각이 들어. 어떻게든 율희가 나았으면 좋겠는데……."

"반드시 고칠 겁니다. 이대로 율희를 내버려 둘 수는 없어요. 반드시, 반드시 방법을 찾을 겁니다."

혁민은 눈이 벌게져서 이야기했다.

민주엽은 혁민의 손을 잡았다. 그리고 일단 몸부터 챙기라고 말했다.

"자네, 사무실에서도 쓰러질 뻔했었다며? 율희 걱정하는 것도 좋지만, 몸은 챙겨가면서 해야지. 그래야 뭘 알아봐도 알아볼 거 아닌가."

그렇게 말하는 민주엽의 목소리가 조금 떨렸다. 혁민은 지금까지 살아오면서 장인이 이렇게 약한 모습을 보이는 걸 처음 본 것 같았다.

"걱정하지 않으셔도 됩니다. 충격을 받아서 잠깐 어지러웠던 모양인데 별거 아닙니다. 그것보다는 빨리 무슨 방법이라도 알아봐야죠."

혁민은 당장 담당 의사를 만나겠다고 하면서 자리를 뜨려고 했다. 하지만 민주엽은 지금 수술 중이라서 만날 수 없다고 이야기했다.

"그러면 제가 아는 사람한테 좀 알아보겠습니다."

"그래. 그런데 강윤태라는 친구가 누군가?"

"예? 윤태요? 윤태는 갑자기 왜 물어보시는 건지……."

갑자기 윤태의 이름이 나오자 혁민은 무슨 일인가 싶었다. 그리고 율희가 윤태 이야기는 민주엽에게 하지 않았다는 것도 알게 되었다.

"아까 병원에 찾아왔더군. 상당히 놀라면서 무척 걱정을 하더라고. 그리고 의사가 나타나자 마구 쏘아붙이기도 했고. 그래서 좀 이상하다 생각했지."

"윤태가요?"

혁민은 전혀 윤태답지 않은 행동이라고 생각했다. 윤태가 허둥지둥거리면서 누군가에게 화를 내는 모습을 생각하니 그림이 그려지지 않았다.

자신이 윤태의 모든 면을 안다고 생각하지는 않았지만, 그래도 제법 많이 아는 사람에 속했다. 하지만 어떤 기억을 더듬어봐도 윤태가 그런 모습을 보인 적은 떠오르지 않았다.

그리고 둘이 가깝다는 건 알고 있었지만, 윤태의 행동은 좀 과한 게 아닌가 싶었다. 물론 자신도 이채민이나 위지원 변호사가 위독하다면 당연히 슬퍼하고 도울 방법이 없을까 찾을 것이다.

하지만 윤태의 행동은 가족이나 아내가 위독할 때나 할 법한 행동 아닌가. 그래서 의아하다는 생각을 하고 있었다.

그리고 그 시각, 강윤태는 심각한 표정으로 병원장을 만나고 있었다.

"방법이 없겠습니까."

"글쎄요······."

어렸을 때부터 강윤태를 알고 있던 병원장은 조금 당황하고 있었다. 지금까지 한 번도 본 적이 없는 강윤태의 모습을 보았기 때문이었다.

이렇게 무서운 얼굴을 하고 사람을 대하는 강윤태가 아니었다. 언제나 온화하고 부드러운 미소를 지으면서 상대를 배려하는 그런 사람이 바로 강윤태였다. 하지만 지금은 잘못 건드리면 폭발할 것 같다는 느낌마저 들었다.

"제가 알기에는 특별한 방법이 없습니다. 일단은 경과를 조금 지켜보면서······."

"제가 그런 한가한 소리를 듣기 위해서 여기에 온 것 같습니까?"

병원장은 움찔거렸다. 강윤태가 무시무시한 기세를 보이고 있어서였다.

"원장님. 혹시 말입니다······."

병원장은 윤태가 이야기하자 바로 경청하는 자세가 되었다. 윤태는 잠시 생각을 가다듬고는 이야기했다.

"병원 급 시설이 갖추어진 비행기를 타고 이동한다면 어떻겠습니까? 가능할까요?"

"그런 비행기라면······."

병원장도 잠시 생각을 정리했다.

"그렇다면야 조금 나을 것 같긴 합니다만, 그래도 위험한 건 매한가지입니다. 그런 시설이 있다고 해도 위급 상황이 닥치면 아무래도……."

윤태는 미간을 찌푸리더니 다시 물었다.

"현재 그 수술을 할 수 있는 건 전에 이야기했던 그 팀뿐입니까?"

병원장은 고개를 끄덕였다. 학계에 보고된 바로는 그 팀을 제외하고는 성공한 사례가 없었다. 사례 자체도 희귀하고 대단히 난도가 높은 수술.

그 대답에 윤태는 깊은숨을 내뱉었다. 하지만 그의 표정은 여전히 딱딱하게 굳어 있었다. 어떤 결의 같은 게 느껴졌다. 어떻게든 방법을 찾겠다는 그런 결의가.

『괴짜 변호사 : 악마의 저울』 8권에 계속…

초대형 24시 만화방

신간 100%, 샤워실, 흡연실, 수면실(침대석), 커플석, 세탁기 완ㅂ

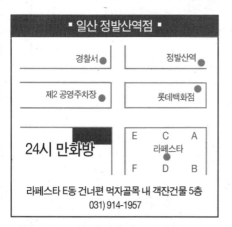

■ 일산 정발산역점 ■

경찰서 ●　　　정발산역 ●

제2 공영주차장 ●　　　롯데백화점 ●

24시 만화방

E　C　A
라페스타
F　D　B

라페스타 E동 건너편 먹자골목 내 객잔건물 5층
031) 914-1957

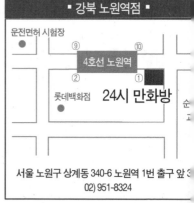

■ 강북 노원역점 ■

운전면허 시험장 ●

⑨　　　⑩

4호선 노원역

②　　①

롯데백화점 ●　24시 만화방

서울 노원구 상계동 340-6 노원역 1번 출구 앞 3
02) 951-8324

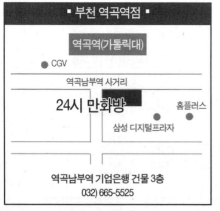

■ 부천 역곡역점 ■

역곡역(가톨릭대)

● CGV

역곡남부역 사거리

24시 만화방

홈플러스 ●

삼성 디지털프라자 ●

역곡남부역 기업은행 건물 3층
032) 665-5525

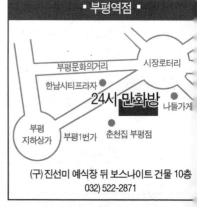

■ 부평역점 ■

시장로터리

부평문화의거리

한남시티프라자 ●

24시 만화방　나들가게

부평
지하상가　부평1번가　춘천집 부평점 ●

(구)진선미 예식장 뒤 보스나이트 건물 10층
032) 522-2871

가프 장편 소설

관상왕의
1번룸

FUSION FANTASTIC STORY

거대한 도시의 그늘에서 벌어지는
짜릿하고 통쾌한 이야기!

『관상왕의 1번룸』

텐프로의 진상 처리 담당, 홍 부장.
절망적인 삶의 끝에서 만난 남국의 바다는
그를 새로운 인생으로 인도하는데…….

쾌락을 원하는 거부, 성공에 목마른 사업가,
그리고 실패로 절망한 사람들이여.

여기, 관상왕의 1번룸으로 오라!

Book Publishing CHUNGEORAM

유행이 아닌 자유추구 -
WWW.chungeoram.com

박선우 장편 소설
FUSION FANTASTIC STORY

PERFECT GAME 퍼펙트 게임

고통과 좌절의 시간들을 뛰어넘어
불사조처럼 일어나 세계를 제패한 사나이의 일대기.

대한민국을 넘어 메이저리그를 평정하며
명예의 전당에 헌정된 언터처블 투수, 이강찬.

강철 같은 어깨에서 뿜어져 나오는 그의 패스트볼은
무적이었으며 야구계에 길이 남을 **신화**였다.

야구만을 사랑했던 고독한 사나이.
그의 *퍼펙트게임*이 이제 시작된다!

Book Publishing CHUNGEORAM

유행이 아닌 자유추구 -
WWW.chungeoram.com

가프 장편 소설

관상왕의
1번룸

FUSION FANTASTIC STORY

거대한 도시의 그늘에서 벌어지는
짜릿하고 통쾌한 이야기!

『관상왕의 1번룸』

텐프로의 진상 처리 담당, 홍 부장.
절망적인 삶의 끝에서 만난 남국의 바다는
그를 새로운 인생으로 인도하는데…….

쾌락을 원하는 거부, 성공에 목마른 사업가,
그리고 실패로 절망한 사람들이여.

여기, 관상왕의 1번룸으로 오라!

Book Publishing CHUNGEORAM

유행이 아닌 자유추구 -

WWW.chungeoram.com